KB176517

조선대학교 재난인문학 교양총서

# 재난과 여성

* 이 책은 2019년 대한민국 교육부와 한국연구재단의 지원을 받아 수행된 연구임
 (과제번호 NRF-2019S1A6A3A01059888).

조선대학교 재난인문학 교양총서 01

# 재난과 여성

**초판** 1쇄 인쇄 2021년 5월 10일
**초판** 1쇄 발행 2021년 5월 24일

**기   획** 조선대학교 재난인문학 연구사업단
**지은이** 김기림 김영미 예지숙 우승정 이숙 이영란 최은영 황수연
**펴낸이** 이대현
**편   집** 이태곤 권분옥 문선희 임애정 강윤경
**디자인** 안혜진 최선주 이경진 | **기획마케팅** 박태훈 안현진
**펴낸곳** 도서출판 역락 | **등록** 1999년 4월 19일 제303-2002-000014호
**주   소** 서울시 서초구 동광로46길 6-6(반포4동 577-25) 문창빌딩 2층(우06589)
**전   화** 02-3409-2060(편집부), 2058(영업부) | **팩시밀리** 02-3409-2059
**이메일** youkrack@hanmail.net
**홈페이지** www.youkrackbooks.com

ISBN  979-11-6244-563-1 04800
      979-11-6244-562-4 (세트)

조선대학교 재난인문학 교양총서 01

# 재난과 여성

조선대학교 재난인문학 연구사업단 기획

김기림 김영미 예지숙 우승정 이숙 이영란 최은영 황수연 지음

역락

　조선대학교 인문학연구원이 〈동아시아 재난의 기억, 서사, 치유—재난
인문학의 정립〉이라는 연구 어젠다로 교육부와 한국연구재단이 지원하는
인문한국플러스(HK⁺) 사업에 첫발을 내디딘 지 두 해째가 되었다. 어젠다
와 관련한 학술행사, 곧 학술세미나와 공동연구회, 포럼, 국내·국제학술대
회가 다양하게 열리는 한편, 인문학의 대중적 확산을 위해 별도로 설치한
지역인문학센터에서는 '재난인문학 강좌'와 'HK⁺인문학 강좌'를 다채롭게
개설, 운영해 온 바, 이를 토대로 하는 재난인문학 연구총서와 교양총서 간
행 작업도 빼놓을 수 없는 과제가 되었다. 『재난과 여성』은 바로 이와 같은
취지에서 기획된 첫 번째 '재난인문학 교양총서'이다.

　인류가 지나온 발자취를 재난이라는 렌즈를 통해 살펴볼 것 같으면 인
류의 역사는 다름 아닌 재난의 역사라고 해도 과언이 아니다. 홍수와 가뭄,
태풍, 지진, 해일 등 온갖 종류의 자연재난을 비롯하여 산불 및 각종 화재,
대형 사건과 사고, 전쟁과 국가 폭력, 끊임없이 생명을 위협해 왔던 전염병
혹은 감염병 등 개인의 실수나 잘못, 사회나 국가가 저지른 억압이나 시스
템 붕괴에 의해 이루어진 사회재난이 끊임없이 일어났던 것이 바로 인류의
역사라고 할 수 있기 때문이다. 근래 들어서는 황사와 미세먼지, 폭염, 식량
난, 이로 인한 난민 발생 등 기후 관련 재난도 날로 심화되고 있음도 간과하

기 어려운 일이다.

실로 다양한 종류의 재난 상황에 놓여 그러한 재난을 온몸으로 겪어 왔던 사람들 가운데 여성은 때로 그 고난과 희생이 가장 컸던 재난 약자로서의 모습을 보이기도 하지만, 때로는 가장 선봉에 서서 재난에 맞서 대응하는 한편 개인의 자유를 억압해 온 낡은 규범과 지배 이데올로기를 새롭게 변화시키는 모습으로 나타나기도 한다. 이 책은 과거에서부터 현재에 이르기까지 재난 속에 놓인 여성들이 걸어 온 길을 담아내고자 노력하였다.

책의 내용은 모두 3부로 구성하였다. 제1부는 '전쟁, 여성 규범을 변화시키다', 제2부는 '지배 이데올로기, 내면화되다', 제3부는 '재난의 삶은 계속된다'로 주제를 구성하였다.

제1부는 '전쟁, 여성 규범을 변화시키다'라는 주제를 중심으로 총 2장으로 구성되어 있다. 여기에서는 한반도에서 일어난 전쟁이 여성들을 어떻게 관통해갔는지, 이러한 참혹한 전쟁을 통해 여성의 성 역할은 어떠한 변화와 균열을 보이는지 문학적·사회사적으로 살펴보고 있다.

1장 「전쟁 재난과 여성—조선시대 전쟁소설에서 근대 의병가사까지」는 전쟁담이 그동안 주로 남성의 목소리를 통해 전승되고 이해되었으며 상대적으로 여성의 목소리는 약화되었거나 배제된 측면이 다분하다는 문제의식을 토대로 우리의 전쟁과 여성 서사 속에서 여성의 얼굴과 그녀들의 목소리를 더듬어보고자 했다. 전란의 소용돌이에서 탄생된 조선시대 전쟁소설 속 여성의 모습을 예각화하고 있으며, 여성의 참전을 다룬 설화와 일제

강점기 여성의 의병 활동 및 의병 가사 등을 통해 규범화된 여성의 이면을 살펴보고 있다. 전통적이고 규범적인 여성이 아닌, 직접 총칼을 들고 온몸으로 전쟁의 소용돌이를 돌파한 '여성'들을 소환함으로써 전쟁에 대한 고정적 성 관념의 변화를 감지하게 하는 것이다.

2장 「한국전쟁이 여성의 삶에 남긴 것」에서는 종전의 남성 중심적이고 전장 중심의 전쟁 서사에서 소외되어 온 여성의 모습을 그려냈다. 2000년대 이후 전쟁미망인 연구가 생산되고 구술사 연구도 이루어졌으나, 실상 전쟁이라는 재난 상황 속에서 이들의 삶을 조명한 대중적 서사가 드물다는 점을 감안하였다. 여성은 후방에서 보호받았던 존재가 아니었으며 남성이 부재한 상황 속에서 가장으로서 재난을 온몸으로 돌파하고자 했음에 주목하였고, 이를 통하여 당대 사회의 성 역할에 변화를 일으켰다는 사실을 구체화하였다.


제2부는 '지배 이데올로기, 내면화되다'라는 주제를 중심으로 총 4장으로 구성되어 있다. 여기에서는 고대 그리스, 한국, 중국 등에서 여성에게 닥친 재난이 어떻게 지배 이데올로기로 작동하였는지, 혹은 지배 이데올로기를 통해 여성을 어떤 재난 상황으로 포박되어 가는지 역사적인 통찰을 시도하였다.

3장 「『안티고네』의 재난은 따로 있었다—드러나지 않은 뒷이야기」는 고전 중의 고전으로 알려진 『안티고네』는 두 가지 측면에서 재난과 관련된 작품임을 살피고 있다. 먼저 민주주의의 시초라고 여겨지는 도시국가 아테네는 여성의 권리를 제한하는 행위를 법으로 정당화하고 있다는 점에서 재난의 관점에서 논의할 수 있다. 아테네보다 더 고대의 기록들은 여성의 권리를 보호하고자 하는 노력을 엿볼 수 있지만 그보다 훨씬 더 이후에 탄생한 아테네는 여성들이 노예와 비슷한 수준의 권위를 갖도록 규정했다. 이러한 법들은 후에 여성에 대한 차별을 이론적으로 확립한 아리스토텔레스와 같은 철학자에 의해 견고해졌고 이후 세대에 많은 안티고네를 생산했다. 또 다른 면은 『안티고네』가 아테네 민주주의를 선전하고 이웃 국가의 통치제를 비난하는 선전용으로 사용되었다는 점이다. 『안티고네』에서 테베는 위기의 아테네를 배신한 나라이므로 열등한 관습과 법을 지닌 폭군의 나라이며 그들이 비극적 파국을 맞는 것은 당연한 것으로 그려진다. 『안티고네』가 아테네의 국가주의에 대한 찬양을 담은 정치선전극, 즉 새로운 지배 이데올로기의 시초를 보여주는 점에서 작품이 가진 가치와 별도로 의미심장한 시사점을 내포하고 있음을 설파하고 있다.

4장 「정치적 재난에 대처하는 여성들—士禍를 극복하고 가문을 지키다」는 신임사화를 극복하고 가문을 지킨 여성들에 대해 다루고 있다. 조선시대에 사화는 사대부 가족의 일상과 행복을 송두리째 빼앗고 운명을 바꾸는 정치적 재난이었다. 사화를 겪은 여성들은 아버지, 남편, 아들 등 남성이 부재한 상황에서 자신의 입장을 정확히 인식하고 해야 할 역할에 충실했다. 필자는 여성들이 주체적인 판단에 따라 자신이 해야 할 일을 함으로써 가문에서 지위가 향상되고 끊임없이 담론화됨으로써 역사적 인물로 기억될 수 있었던 사실을 규명하고 있다. 하지만 공식적 영역에서는 여성들이 여전히 왜곡되고 배제되는 현실 또한 지적하며 정치적 재난을 당한 여성들의 노고와 희생, 업적에 대한 객관적이고 정당한 평가가 필요하다고 주장한다.

5장 「여성의 복수는 왜 권장되었나」에서는 '복수'에 대한 새로운 의미 정립을 시도한다. 원래 복수는 폭력, 살인 등을 동반하므로 사회적으로 권장하지 않는다. 그런데 19세기 말, 20세기 초 여성 교훈서에는 남편 또는 아버지를 위해 살인, 시신 훼손과 같은 잔혹한 복수를 한 일을 여성의 덕행으로 규정한다. 이는 남성에 대한 여성유교 윤리가 흔들리면서 가부장 남성 권위의 재강화를 위한 烈 강조, 국권 침탈 시기에 당면하여 烈을 忠으로 연계·확장하기 위한 의도가 내포되어 있음을 간파해 내고 있다.

6장 「전족—전통, 욕망, 억압 그리고 해방」에서는 여성에 대한 직접적 폭력의 형태인 '전족'의 문제를 다루고 있다. 여성에게 미인 그리고 결혼의 조건으로 여성의 신체 일부분을 훼손하는 일을 요구한다는 것은 비인간적 행위일 것이다. 자신의 의지가 아닌 타자의 강요 또 사회적 욕망 때문에 5살 어린 여자아이에게 고통과 억압으로 희생을 강요하는 전족 풍습은 근대 이후 사라졌다. 그러나 비록 눈에 보이는 폭력의 형태인 전족은 사라졌지만, 비가시적인 여성성과 남성성을 강조하는 사회적 이데올로기 문제는 여전히 남아 여성들을 옥죄고 있음을 논하였다.


제3부는 '재난의 삶은 계속된다'라는 주제를 중심으로 총 2장으로 구성되어 있다. 여기에서는 전쟁은 끝났지만 전쟁 이후의 삶은 계속되고 그 속에서 고통받는 여성의 모습을 현대소설 작품과 영화를 통해 환기하고 있다.

7장 「재난은 계속된다, 일본군'위안부'서사—김숨 소설 읽기」는 일본군 '위안부'를 소설로 재현한 김숨 작가의 근작들을 살핀 글이다. 필자는 역사적 재난의 상징적 존재인 일본군'위안부' 피해 생존자의 목소리를 재현한 작가 김숨과, 그들의 고통에 공명하는 현시대의 독자들을 주목하고 있다. 더불어 일본군'위안부'로 표상되는 역사적 비극, 그 재난의 영속성을 환기하고 일본군'위안부'의 존재론적 위상을 짚어보고 있다.

8장 「전쟁 '이후'에도 삶은 계속된다—영화 〈미망인〉에 재현된 전쟁미망인」은 한국 최초의 여성 감독인 박남옥이 연출한 〈미망인〉을 통해 전후 '미망인'의 삶에 주목한다. 영화에서 '미망인'은 순결한 여성과 위험한 여성의 경계를 위태롭게 오가지만, 결국 정상 가족의 환영을 스스로 깨고 전쟁 이후 생계를 책임지는 건강한 여성으로 재현된다. 필자는 영화 〈미망인〉을 통해 재난 이후 여성의 삶에 주목하고 있다.

이 『재난과 여성』 재난인문학 교양총서는 세부 전공 분야가 다른 여러 여성 인문학자들이 함께 모여서 재난을 살아낸 여성의 문제를 다각도로 고민한 결과물이다. 이를 통해 재난 약자에 대한 사회적 관심을 넘어 재난 약자들에 대한 깊이 있는 분석 그 극복과 치료에 대한 인식이 확대되는 기회가 될 수 있기를 바라는 마음이다.

조선대학교 재난인문학 연구사업단장
강희숙

# 차
# 례

제1부

# 전쟁,
# 여성 규범을
# 변화시키다

# 제1장

# 전쟁 재난과 여성

## 조선시대 전쟁소설에서
## 근대 의병가사까지

김영미(조선대)

## 전쟁은 여자의 얼굴을 하지 않았다[01]

인간에게 닥친 모든 재난이 재산과 생명을 앗아가는 참혹성을 띠지만 전쟁만큼 인류의 생존에 직접적인 위협을 가하는 동시에 인간의 존엄성을 가장 밑바닥까지 짓밟는 재난이 또 있을까. 이러한 폭력적인 전쟁 재난은 인류사에서 사라진 적이 없으며 여전히 지금도 세계 곳곳에서 전쟁으로 고통받고 있는 사람들이 포진해 있다. 그리고 그 가공할 폭력성만큼이나 전쟁에 관해서는 사상자가 몇 명이라는 식의 사실 차원뿐만 아니라 사실과 전설의 경계에 있는 많은 이야기가 유전되고 있다.

그런데 전통적으로 전쟁담은 승리와 영웅의 이야기에 매몰된 형태로 전승되는 경향이 강한데 우리는 주로 남성의 목소리를 통해 전쟁을 이해하고 있다. 전장(戰場)의 주체가 '남자=군인'이라는 이유로 전쟁담에서 승리의 주인공이나 영웅 역시 남자들로 설정되기 때문이다. 전쟁은 주로 남성들에 의해 기록되었으며 전쟁 관련 공식 역사 속에서 여성들의 전쟁 관련 경험은 지극히 주변적인 것으로 치부되거나 배제 혹은 망각 당했다.

그러나 전쟁은 전장의 주체와 상관없이 그것이 발발하는 순간, 그 시공간에 당면해 있는 모든 사람들이 전쟁의 당사자가 되며 동시에 피해자가 된다. 전쟁은 남녀를 막론하고 참혹한 상처를 남기는 사회재난으로, 당면한 모든 사람들에게 가혹하고 비극적인 역사적 사건인 것이다. 전쟁으

---

01 벨라루스의 여성 작가 스베틀라나 알렉시예비치의 전쟁 증언 소설 제목이다.

로 인한 부상 및 사망, 피난이나 포로 생활로 인한 강제 이주, 살아남은 사람들의 집단적 트라우마는 누구나 똑같이 겪는다는 측면에서 전쟁 자체의 폭력성은 남녀 모두에게 공평하게 찾아온다고 할 수 있다.

그러나 전쟁의 영향력은 여성에게 훨씬 더 가혹하다. 현재 코로나19 같은 감염병의 파장을 반추해 보면 쉽게 납득이 갈 것이다. 인간 모두가 전염병의 숙주가 될 수 있다는 점에서는 평등하다고 할 수 있지만 그 영향력은 사회적으로 이미 공고화된 젠더나 계급, 인종적 불평등에 기대어 증폭된다. 이렇듯 감염병의 피해가 사회적 불평등에 의해 차등적으로 영향력을 미치듯 전쟁의 폭력성은 여성에게 더욱 절대적으로 다가온다.

전쟁 속에서 여성은 생존 자체의 위협뿐만 아니라 그녀들만이 겪는 강간 같은 피해까지 겪어야 하며 전쟁에 뒤따라오는 사회질서 붕괴의 영향을 남자보다 훨씬 많이 받는다. 캐럴라인 크리아도 페레스는 『보이지 않는 여자들』이라는 책을 통해 여성들이 전쟁이나 자연재해 같은 재난 이후 상황에서 강간과 가정폭력의 수위가 극도로 높아진다는 것을 데이터로 제시한 바 있다.(캐럴라인 크리아도 페레스 2020; 362) 즉 여성이 전장의 주체가 아니라고 해서 전쟁이 여성에게 덜 가혹한 것이 아니라는 뜻이다.

그리고 사실 인류사적으로 남자만이 전장의 주체였던 것은 아니다. 여성이 군대에 등장한 것은 기원전부터이다. 이미 기원전 4세기경에 여자들이 아테네와 스파르타의 그리스 군대에서 싸웠으며 마케도니아 알렉산더 대왕의 원정에 참가했다는 기록이 있다. 또한 1560년부터 1650년 사이에 영국에서 최초로 여자 병사들이 복무한 병원이 생겼으며 20세기에 들어 제1차 세계대전 때 왕립 공군이 여자들을 받아서 왕립 보조군단과 여성 차량수송대로 조직되었다고 한다. 제2차 세계대전 중에는 영국군, 미국군,

독일군에서 여성들이 120만 명 정도를 차지했으며, 소비에트 군대에서는 100만 명가량의 여성들이 참전했다고 한다.[02]

전쟁 참전자나 사망자를 숫자로 기록할 때 개개인의 처절한 고통은 수면 아래로 가라앉고 단순히 숫자의 많고 적음만 남는 폭력성을 무릅쓰고 이렇게 숫자를 제시하는 것은, 그럼에도 불구하고 이렇게 많은 여성들이 실제로 전쟁에 참전했음을 증명하기 위한 것이다. 아울러 여성이 전쟁에 참전한 역사 역시 아주 오래되었다는 점을 상기시키고자 하는 것이다.

그러나 그동안 전쟁을 이야기하는 여성의 목소리는 주목받지 못했다. 대부분 남성들에 의해 기록된 전쟁 관련 공식 기록 속에서 여성들은 찾아보기 힘들다. 여자들도 전쟁의 당사자이자 가장 큰 피해자였음에도 불구하고 여성들 입장에서 전쟁을 바라보는 '시선'은 없거나 역부족이었다. 심지어 같은 여성들이나 그들의 가족들조차도 전쟁이라는 대재난 속에서 여성들이 받은 고통에 대해서는 망각하는 경향이 강했다. 설령 언급이 되더라도 전쟁 실기류나 전쟁 서사류, 전쟁 증언담 속에서 여성들의 전쟁 경험은 지극히 주변적이거나 사적인 것, 아니면 이데올로기적인 틀에서 논의되었다. 그야말로 "전쟁은 여자의 얼굴을 하지 않았으며" 여성의 목소리를 담아내지 못했다고 할 수 있다.

다음은 참전 후 전쟁에 관한 전대미문의 경험을 '너무나 말하고 싶어 했던, 하지만 수십 년의 세월 동안 아무도 그녀의 말을 들어주지 않았던' 상황을 증언하고 있는 한 여성의 외침이다.

---

**02** 스베틀라나 알렉시예비치, 박은정 옮김, 『전쟁은 여자의 얼굴을 하지 않았다』, 문학동네, 2015, 머리말 부분 참조.

"말하고 싶어…… 말할 거야! 전부 다 말할 거야! 드디어 사람들이 우리 이야기에 귀를 기울이기 시작했으니까. 그 숱한 세월을 우리는 입을 닫고 살았어. 심지어 집에서조차 아무 말도 할 수가 없었지. 그렇게 수십 년이 흘렀어. 전쟁에서 돌아온 첫해에 나는 말하고 또 말했어. 아무도 듣질 않았지. 그래서 입을 다물어버린 거야……"(『전쟁은 여자의 얼굴을 하지 않았다』, 91)

위 인용문은 2015년 노벨문학상을 수상한 스베틀라나 알렉시예비치의 『전쟁은 여자의 얼굴을 하지 않았다』의 한 부분이다. 백만 명 이상의 소련 여성들이 제2차 세계대전에 참전해서 남자들과 똑같이 총칼을 들고 싸우고, 폭탄을 터뜨리고 탱크를 몰고, 전투기를 조종하고 적의 진영에 침투해 정보를 캐내는 일을 했으며 부상자들을 간호하는 일도 맡아서 했다. 이 작품은 이들 중에서 200명의 참전 여성들의 목소리를 담은 소설이다. 그녀들은 한결같이 전쟁과 함께 자신들의 모든 삶이 송두리째 빼앗겨버렸음을 서글픈 목소리로 증언하고 있다.

그런데 흥미로운 사실은 이들 여성들이 전쟁에 대해 들려주는 이야기는 남성들의 전쟁 이야기와 차이가 난다는 점이다. 많은 참전 남성들이 떠들썩하게 격앙되고 과장된 어투로 국가적 이상과 승리나 패배, 전쟁의 작전 및 영웅적 행위에 대해서 주로 말하는 것에 빈해 참진 여성들의 증인은 너무나 평범하고 일상적이다. 그런데 오히려 그렇기 때문에 전쟁이 우리의 일상을 얼마나 잔인하게 무너뜨리는지 알게해 주어 전쟁이라는 가혹한 참상이 더 실재적이고 현실적이며 더 잔혹하게 다가온다.

이 작품은 그동안 전쟁 서사에서 배제되어 왔던 참전 여성들의 이야기

재난과 여성

를 담아낸 증언록 형식의 '목소리 소설(Novels of Voices)'로, "다성악 같은 글쓰기로 우리 시대의 고통과 용기를 담아낸 기념비적 문학"이라는 평가를 받고 있다. 특히 그동안 전쟁에 참여했지만 이제까지 들리지 않았던 전쟁을 이야기하는 여성의 얼굴과 목소리를 재현하는 데 성공했다는 점에서 이 책의 의미를 찾을 수 있겠다.

그렇다면 우리나라의 상황은 어떤가. 우리나라의 경우 전쟁 재난의 가장 폭력적인 시기는 조선시대였다. 16세기 말에서 17세기 초는 동아시아 질서가 재편되는 역사적 전환의 시기로, 한반도와 그 주변은 전쟁 재난의 현장이었다. 조선은 16세기 말에 임진왜란과 정유재란 두 번의 전란을 겪었다. 이어 17세기 초 명·청 교체의 분기점이 된 요동 심하(深河), 부차(富車) 전투(1619년)를 시작으로 정묘호란(1627년), 병자호란(1636년), 그 이후 후금의 파병 요청으로 동원되었던 전쟁까지 합산하면 16세기 말에서 17세 중반기 조선은 전쟁의 소용돌이 속에 휩싸여 있었던 폭력의 시대였다.

이뿐만 아니라 한국의 근현대사 역시 전쟁에 강력하게 포획되어 있었다. 일제 강점기에 독립투쟁을 위한 많은 의병 활동을 비롯하여 제2차 세계대전의 소용돌이, 거기에 1950년에 있었던 한국전쟁까지 고려하면 한국은 그 어떤 나라보다 전쟁으로 얼룩진 역사를 통과해 왔다고 할 만하다. 이러한 한반도의 '전쟁' 역사 속에서 '여성'은 어떻게 기억되고 있는가.

본 글에서는 우리의 전쟁과 여성 서사 속에서 여성의 얼굴과 그녀들의 목소리를 더듬어보려고 한다. 전쟁이 여성들에게 얼마나 잔혹했는지, 그 통곡의 목소리를 찾고자 하는 것이다. 또한 전쟁에 직접적으로 참여했던 여성 인물들과 그녀들의 활동을 탐색해 보고자 한다. 찾아내야 기록하여 기억할 수 있고, 기억해야 그 의미를 궁구하는 일 또한 시작될 수 있기 때문이다.

먼저 전쟁과 여성의 관점에서 읽어볼 수 있는 조선시대 몇몇 전쟁 재난 소설과 설화, 또 근대의 여성 인물과 그녀의 의병가사를 살펴보겠다. 그 이야기 속에서 온몸으로 전쟁의 소용돌이를 뚫고 온 여성들을 만나게 될 것이다.

## 조선시대 전쟁 재난 소설 속 여성들; 정절에 포획되다[03]

전쟁 상황에서는 생존의 위협 속에서 살아남는 것이 그 어떤 일보다 우선시되는 지상 과제이다. 그런데 조선 사회는 전쟁 상황에서도 여성의 경우, 생존 자체를 중요시한 것이 아니라 '정절'이데올로기 기준에 맞는 생존인지를 따졌다. 사회 전체에 정절 이데올로기를 각인시켜 정절을 지킨 여자와 정절을 지키지 못한 여자로 이분화하고, 살았건 죽었건 정절을 지킨 여성에 대한 기억만을 공유하고자 했다. 따라서 여성들은 전쟁이라는 생사를 가르는 잠상을 겪으면서도 살아서도 죽어서노 그녀들의 정절을 스스로 증명해야 하는 이중고를 겪게 된다.

본 장에서는 조선시대 전란을 배경으로 한 대표적인 전쟁 재난 소설 「최척전」과 「강도몽유록」 속 여성들의 전쟁 대응 모습을 살펴보도록 하겠다.

---

03  본 절은 필자의 「조선시대 전쟁소설에 나타난 여성에 대한 기억과 침묵」
(『인문학연구』61집, 조선대학교 인문학연구원, 2021.2.28.)의 일부 내용을 수정·요약하여 정리하였다.

## 귀향녀(歸鄕女)와 환향녀(還鄕女)의 간극

「최척전」이라는 소설은 조위한(趙緯韓, 1567~1649)이 1621년에 지은 작품이다. 주인공 최척과 그의 아내 옥영이 임진왜란, 정유재란, 심하 전투라는 전란의 소용돌이 속에서 각각 고향 남원을 떠나 중국, 일본, 베트남 등지로 이산하여 떠돌다가 결국에 모든 가족이 우여곡절 끝에 다시 고향 남원에 돌아와 온전한 가족의 복원을 이루는 이야기이다.

이 소설은 흩어졌던 가족의 온전한 복원이라는 해피엔딩을 통해 낙관적이고 희망적인 메시지와 위안을 전해준다. 또한 최척과 옥영, 그리고 그 가족을 통해 전쟁이 어떻게, 그리고 얼마나 보통 사람들에게 크나큰 고통을 주었는지 구체적인 사회 역사적 맥락 속에서 보여주고 있다. 전쟁이 평범한 한 가족의 삶과 운명에 어떤 영향을 주었는지 알 수 있게 해주는 작품이라는 측면에서 전쟁소설로서의 충분한 가치를 지니고 있다.

그런데 이러한 가치를 전제하고 이 작품을 여성 인물 '옥영'을 중심으로 살펴보면 의미심장한 두 개의 화소가 등장한다. 바로 옥영의 남장과 옥영의 빈번한 자살 시도가 그것이다. 이 작품은 표면적인 제목에서 알 수 있듯 남편 '최척'을 주인공으로 내세우고 있지만 소설을 읽어보면 사실상 '옥영에 의한, 옥영을 위한, 옥영의 서사'라고 일컬을 만하다. 귀향도, 가족 복원도 중요하지만 무엇보다 옥영의 정절 보존이라는 시대적 이념이 중요했고, 그것을 강조하기 위한 서사 진행이 필요했기 때문으로 보인다.

먼저 정절을 보존하기 위해 옥영이 할 수 있는 가장 단순한 선택은 남장이다. 옥영이 전란 속에서 포로의 신분으로 일본, 베트남을 떠돌면서도 정절을 지킬 수 있었던 것은 전적으로 남장 덕분이다. 옥영의 남장은 남편 최척과 헤어지는 시점에 시작되어 남편과 재회할 때까지 이어진다. 옥영은 정유재란 때부터 남장을 하였으며 옥영이 왜적 돈우에게 포로로 붙잡혀 일본으로 갔을 때 역시 계속 남장을 하고 있었다.

옥영의 남장은 '그 누구도 옥영이 여자인 줄 알지 못했다'는 것이 핵심이다. 옥영을 포로로 데려갔던 장본인 돈우조차 옥영이 여자라는 사실을 알지 못했다고 한다. 옥영을 남자라고 생각해서 돈우는 "집안에 달리 남자가 없어 옥영을 집에 살게 하되 아내와 딸이 있는 내실에는 출입하지 못하게 했다."(박희병·정길수 2007; 32)라는 것이다. 그리고 최척과 옥영이 안남(베트남)의 한 항구에서 극적으로 상봉했을 때 돈우는 다시 한번 부연한다.

돈우는 옥영과 친형제처럼 함께 밥 먹고 함께 잠자며 4년을 지냈지만 옥영이 여자인 줄은 꿈에도 몰랐다는 것이다. 이렇게 옥영이 여자인지 '꿈에도 몰랐다'는 거듭된 진술은 옥영의 훼절(毁節)이나 실절(失節)은 '절대 없었고' 옥영은 '정절을 잘 지켜냈다'는 의미를 부각시키기 위한 것임은 말할 나위가 없다.

한편 옥영은 걸핏하면 자살을 시도한다. 옥영은 매번 서사의 국면이 전환될 때마다 거듭 자살을 시도한다. 그런데 옥영은 작품 속에서 누구보다 삶의 의지가 강하고 적극적이며 주도적으로 운명을 개척해 나가는 인물로 형상화되고 있다. 그런 그녀가 삶의 포기를 의미하는 '자살'을 그토록 빈번하게 시도하는 이유는 무엇인가. 옥영의 자살 시도는 모두 남편 최척과 연관된 상황에서만 선택된다는 점이 시사적이다. 남편과 헤어지거나 남편을 다시는 만나지 못하리라는 절망적인 상황에서만 자살 시도가 이루어진다.

특히 옥영의 좌절과 슬픔은 오직 남편에게 집중되어 있다는 점도 눈여

재난과 여성

겨 볼만하다. 남편 외에 자신의 어머니나 큰아들 몽석과 헤어졌을 때 그녀의 심적 고통은 전혀 문면에 형상화되지 않는다. 이런 점에 비추어 볼 때 옥영의 자살 시도는 남편에 대한, 남편을 위한 '옥영의 절대적 열(烈)'을 상징적으로 보여주는 행동적 장치이며, 정절에 대한 그녀의 결기를 드러내는 장치로 작동하고 있는 것이다. 이는 자살을 시도할 만큼 중요하게 여기는 옥영의 정절을 온전히 지켜 귀향시키려는 서사적 수식 역할을 하고 있다. 결론적으로 옥영의 남장이 외적으로 정절을 보존하는 데 결정적인 역할을 했다면, 옥영의 자살 시도는 옥영의 내적 정절을 보증해 주는 역할을 하고 있다.

옥영은 남장과 자살 시도를 통해 전쟁 포로 생활 속에서도 온전히 정절을 지켜내고 고향 남원으로 돌아오면서 국제적으로 이산했던 가족들이 모두 온전한 재회의 기쁨을 누리며 이야기는 대단원의 결말을 맺게 된다. 가족의 이산과 만남을 다루고 있다는 점에서 가족 복원의 서사 또는 가족 서사라고 할 수 있는데 가족 서사의 내면에는 옥영의 '열녀 서사'가 바탕을 이루고 있는 것이다.(김영미 2019; 412~417)

가족의 복원은 이산했던 가족들이 다 모이기만 한다고 이루어지는 것이 아니다. 단순히 살아 돌아와서 '환향녀'라는 손가락질을 받게 된다면 가족은 온전히 복원될 수 없기 때문이다. 그래서 '남장'과 '자살'을 통해 옥영은 몸도 마음도 정절을 완벽하게 보존하여 단순히 살아남아서 환향(還鄕)한 여성이 아닌, 정절을 지켜 귀향(歸鄕)한 여성임을 증명해야 했다. 그녀의 정절이 있었기에 부모님을 포함하여 헤어졌던 가족들이 모두 다시 모여 행복한 가족이 유지될 수 있었다. 즉 가족들이 온전히 모여 행복을 누릴 수 있는 중요한 전제 조건이 바로 옥영의 정절이었던 것이다. 생존의 위협이라는 전쟁의 직접적인 폭력 외에 정절에 집착하도록 하는 이데올로기적인 폭력, 이것이 전쟁이 여성에게 가하는 이중적 폭력 양태임을 암시적으로 보여주고 있는 것이다.

전쟁이 여성에게 가하는 정절 이데올로기 폭력은 이웃나라 일본에서도 찾아볼 수 있다. 조선의 환향녀와 비슷한 느낌으로 다가오는 '인양녀(引揚女)' 혹은 '인양낭(引揚娘)'라는 단어가 있다. 이 용어는 '히키아게샤(引揚者)'라는 단어에서 나온 말로, 직역을 하면 '물에서 끌어올린 자'라는 의미인데 1945년 일본이 패망한 후 외국에서 본국으로 귀환한 사람들을 일컫는 말로 사용된 단어이다.

당시 모든 히키아게샤(引揚者)에 대해서 전반적으로 일본 사회의 시선은 곱지 않았다. 패전으로 인해 그렇지 않아도 본토인들도 살기 어려운 판국에 해외에서 거주하던 일본인들이 본토로 몰려오자 이들을 민폐 집단으로 여긴 것이다. 그 중에서 여성 히키아게샤인 '인양녀(引揚女)'에 대해서는 더욱 더 폭력적인 시선을 노정하였는데 그 가장 직접적인 이유가 정절을 의심받기 때문이다.

일본이 1945년에 연합군에 패망하자 동남아시아 전역에 거주하던 일본인들은 그들의 고향으로 돌아가야 하는 상황에 처했다. 물론 한국에 거주하던 많은 일본인들도 그들의 고향으로 돌아가게 되었는데 그들이 돌아가는 길은 참혹하고 험난했다. 그들의 귀향길 곳곳에서는 일본인들에 대한 보복의 보복 형태로 앙갚음이 진행되면서 전쟁의 가장 밑바닥의 상황이 벌어졌다.

특히 소련 점령지에서 귀향하는 일본 여성에게는 더욱 가혹한 상황들이 연출되었다. 한국의 북쪽에 거주했던 일본 여성들은 본국으로 돌아가

재난과 여성

기 위해 남쪽으로 이동해야 했는데 그 과정에서 소련군 눈에 띄는 여성들은 강간과 폭력에 노출되었다. 이때 일본 여성들 중에는 머리를 빡빡 미는 이들이 많았는데 이는 소련군에게 강간당하지 않기 위한 방편이었다. 소련군들이 머리를 민 여성을 싫어했기 때문이라고 한다. 시대는 다르지만, 「최척전」의 옥영이 정절 보존을 위해 남장을 했듯이 일본의 여성들은 강간의 공포로 인해 머리를 밀었던 것이다.

그런데 이 여성들이 어렵게 본국에 돌아가도 '인양녀'라는 낙인 속에서 정절을 의심받으며 살아갔다. 물론 남성 引揚者 역시 곱지 않은 시선을 견뎌야 했지만 여성 引揚者가 받는 폭력은 훨씬 배가되었다. 사실 패망 전에도 일본인 남성들은 원래 조선에서 태어난 일본인 여성을 싸잡아 '불량한 말괄량이'라고 부르며 부정적으로 폄하하였다. 패전 후에는 본토인에게 민폐만 끼치는 귀환자라는 차별적 이미지까지 덧씌웠고 거기에 해외 귀환 여성은 정조마저 잃은 집단으로 매도하였다.(이연식 2012; 191) 정조 이데올로기에 기반해서 목숨을 걸고 어렵게 귀환한 여성들에게 사회적 낙인을 찍고 '인양녀'라고 수군거렸던 것이다. 이 지점에서 조선의 '환향녀'와 오버랩되면서 시대와 나라를 초월하여 여성들이 겪는 전쟁의 이중적 고통을 새삼 뒤돌아보게 한다.

한편 「최척전」에서 간과해서는 안 되는, '정절' 이데올로기적인 변화가 감지되는 지점이 있다. 바로 옥영의 개인적 정절 문제가 개인 주체를 넘어 '가족'이라는 집단 속에 포섭된다는 점이다. 「최척전」 이전 애정전기소설 속의 열녀들도 정절이 위협받을 때는 망설임 없이 죽음을 선택하곤 했다. 대표적인 애정전기소설인 김시습의 「이생규장전」 여주인공 최랑 역시 정절이 위협을 당하자 주저 없이 자결을 선택한다.

물론 이러한 『열녀전』의 입전 인물 같은 행위는 열녀 이데올로기를 통해 정절의 위협 속에서 여성이 취할 수 있는 행동 양태가 '자결'이라는 것을 이념적으로 각인시킨 결과이지만, 이때 최랑의 정절은 적어도 가족이나 가문 차원의 집단의 문제가 아니라 개인적 차원의 행동 양태로 취급되고 형상화되었다. 그런데 전란을 겪으면서 여성의 정절은 가족이라는 집단 관계의 질서 안에서 평가받게 된다. 이는 문학사적으로 중요한 전환점을 마련하고 있다. 그래서 적이 닥쳐 정절이 훼손되기도 전에 아들에 의해 죽음을 강요당하는 여성, 가문을 위한다는 명목으로 명예 살인을 당하는 여성, 그로 인해 '만들어진' 여성의 절개가 빈번하게 출현하게 되는 것이다.

「최척전」은 '옥영'이 '가족' 속에서 정절의 의미를 찾는 시발점이 되는 작품이다. 가족의 완벽한 회복과 재건을 서사화하기 위해 여성의 정절이 가족을 위한 지향으로 변화하고 있는 것이다. 여성의 정절에 대한 집착이 '가족'과 연계되면서 여성의 성은 그녀 개인의 소유라기 보다 집안 동족의 소유물이 되는 상황이 가속화된다.(이종필 2017; 94) 이에 따라 열녀를 기억하는 방식 역시 가족이나 가문의 차원에서 끊임없이 추승된다. 죽은 여성은 말이 없고 그녀가 열녀로 인정받아 공식적인 기억 속에 자리하게 되는 것은 모두 그녀들의 사후에 그 가족이나 가문이 앞다투어 열(烈)을 입증했기 때문이다.

그런데 문제적인 것은, 정절을 개인의 차원이 아니라 집단의 차원으로 몰아가면서도 한 개인의 힘으로 어찌지 못하는 전쟁이라는 대재난 속에서 정절을 지키는 것은 여성 개인의 몫으로 남기고 있다는 점이다. 따라서 어떤 재난 상황에서라도 여성들이 옥영처럼 완벽하게 정절을 지키는 것을 당연시했고, 그렇지 못한 여성들에 대해서는 그 책임을 전적으로 그녀들에게 돌리게 되는 것이다. 그래서 옥영은 주변인들이 '여자인 줄 꿈에도 모를 정도로' 완벽하게 남장을 해야 했으며, 그토록 자주 자살을 시도하여 스스로가 정절을 증명해야 했다. 정절이 증명되어야 환향녀가 아닌 귀향녀가 될 수 있는 것이다. 「최척전」이 전란의 상처를 극복하고 다시 행복을 꿈꿀 수 있게 해주는 텍스트라는 점에서 문학적 위안을 대변하는 작품인 것은 분명하지만, 한편에서 더욱 문제적인 작품으로 보이는 이유가 여기에 있다.

### 죽음으로 이룬 정절, 그리고 긴 통곡

이들 모두는 놀라고 두려워 허둥지둥하는 모습에 서글픈 기운을 띠고 있었다.(중략) 연약한 머리가 한 길 남짓한 밧줄에 묶이거나 한 자쯤 되는 칼날에 붙어 있는 이도 있고, 으스러진 뼈에서 피가 흐르는 이도 있고, 머리가 모두 부서진 이도 있고 입과 배에 물을 머금고 있는 이도 있었다. 그 참혹하고 애처로운 모습을 차마 볼 수 없었고 이루 다 기록할 수도 없었다.(「강도몽유록」, 83)

병자호란 당시 강화도에서 스스로 목을 매거나 적의 칼에 목이 박혀 거꾸러진 모습, 절벽이나 강에서 투신하여 온몸이 모두 산산이 부서진 모습 등을 생생하게 전해주는 작자 미상의 한문소설 「강도몽유록」이다. 「강도몽유록」은 강화도 피란 중에 처참하게 죽은 15명의 '여자' 귀신들의 모습을 사실적으로 형상화하며 시작된다. 유례없는 대전란 속에서 억울하게 죽은 원혼들의 모습이 흡사 영화 속 집단 좀비들의 모습을 연상시킨다.

이렇게 「강도몽유록」처럼 전쟁의 기억을 서사화하고 있는 소설에서 전쟁 현장을 생생하게 표상하는 방법으로 참혹하게 죽은 '시신들'의 모습을 묘사하는 것만큼 강력한 것은 없다. 참혹하게 죽은 '시신'의 모습을 적나라하게 묘사하는 것은 이후 진행되는 등장인물들의 어떤 이야기보다 전쟁의 참상이 얼마나 컸는지 시각적 각인 효과를 불러일으킬 수 있다. 이는 전쟁이 지닌 폭력성과 참혹함을 좀 더 사실적으로 표상하고 기억하게 하고자하는 전쟁소설 작가의 욕망이라고 할 수 있다. 전쟁 영화 등에서 이야기의 전개와 무관한 전투 장면이나 피비린내가 진동하는 전쟁터의 상황을 길게 보여주는 것도 이러한 이유에서이다.(오카 마리 2002; 73)

이렇게 「강도몽유록」은 전쟁의 폭력적인 참상을 전제하고 시작되는데 이후 이야기 전개는 병자호란 참패라는 전쟁의 결과에 대한 책임 소재를 드러내는 방향으로 진행된다. 15명의 귀녀를 차례차례 소환하여 강화도 방비에 책임을 다하지 못한 남성들을 비판하고 후금과 끝까지 항전을 주장했던 척화파 남성들에게는 정치적 시선의 찬사가 이어지고 있다. 이러한 핵심적 서사 사이사이에 「강도몽유록」에서는 여성의 '절개'에 대한 다양한 환기를 불러일으킨다.

병자호란 당시 강화도는 여성의 피해가 다른 어떤 곳보다 심했던 곳으로 알려져 있다. 강화도에는 왕실 및 사대부가의 식구들과 여성들이 주로 피난을 갔는데 함락된 이후 살육과 약탈이 자행되었다. 이때 적에게 죽임을 당한 여인들도 많았지만, 사대부 여성들은 정절을 지키기 위해 스스로 죽어갔다. 많은 여성들이 포로로 잡혀가기도 했는데 여성들은 적에게 포로로 끌려가기 전에 자결해야 정절을 지킨 것으로 간주되어 순절로 이어지게 된다. 혹 포로로 끌려갔다가 살아서 속환되어 오면 정절을 의심받아 문제가 되었다.

전쟁 중에 여성들에게 실절(失節)의 오명에서 벗어날 수 있는 유일한 방법은 자결하는 것이었다. 병자호란 이후 정계의 환향녀 논쟁에서 알 수 있듯, 사대부 남성들은 병자호란 때 포로로 잡혀갔다가 어렵사리 속환되어 온 여성들을 가족의 일원으로 받아들이려 하지 않았다. 대표적으로 계곡 장유(張維)는 1638년(인조 16) 자신의 외아들이 포로로 잡혀갔다 돌아온 며느리와 이혼할 수 있도록 허락해 달라고 예조에 청하는 글을 올리기도 했다. 이미 정절을 잃어 선조의 제사를 받들 수 없다는 것이 이유였다. 이에 대해 당시 조정에서 이혼을 허락하지는 않았지만 상당수의 신료들이 장유와 같은 생각이었고 이에 많은 여성들이 가정에서 내침을 당하는 등 전쟁의 이중적인 폭력을 당했다.

이 작품에 등장하는 15명의 귀녀들은 모두 병자호란 당시 절개를 지켜 죽은 여성들이다. 14명은 사대부가 여성들이고 마지막 한 명은 기녀인데, 이들은 모두 기본적으로 정절을 찬양하고 있다. 특히 열 번째 귀녀는 절개를 지켜 자결한 것을 "얼마나 아름다운 일이냐"며 거듭 미화한다. 마지막 열다섯 번째 기녀로 등장하는 귀녀는 '여성들의 절개에 하늘이 감동하고 사람들이 탄복할 것이니 죽어도 죽은 것이 아닐 것'이라며 여성의 절개를 총체적으로 적극 추켜세운다.

여기에서 재미있는 것은 「강도몽유록」에는 스스로 자결하여 이룬 절개뿐만 아니라 실절(失節), 강요된 절개, 의심받는 절개 등 정절의 다양한 스펙트럼이 드러난다는 점이다. 네 번째 귀녀로 등장하는 정백창의 아내는 아들이 적의 칼날이 닥치기도 전에 자신에게 죽음을 강요하여 자신의 정절이 만들어진 것임을 한탄한다. 열 번째 귀녀는 자신의 동생이 오랑캐에게 귀화하여 정절을 지키지 못했다고 힐난한다. "연지로 단장하고 비단 옷을 차려입고 나귀에 올라타 손수 채찍질을 하며 해질녘 봄바람 속에 오랑캐 땅으로 향했다."고 동생의 실절을 비난하는 것이다. 한편 열두 번째 천하제일 미녀는 자신은 절개를 지켜 바다에 몸을 던져 빠져 죽었는데 남편이 자신의 절개를 몰라주고 의심하여 오랑캐 땅으로 들어갔나 의심하는 것을 원통해한다. 여성의 절개는 죽어서도 의심받는 것이고 죽은 뒤 귀신이 되어서도 스스로 증명해야만 하는 것이었다.

그런데 「강도몽유록」 마지막 부분에서는 당당한 절개든 의심받는 절개든 강요된 절개든, 모든 귀녀들이 통곡하며 운다. '자결하여 최종적으로 영예로운 죽음을 택했으니 서글퍼할 것이 없을 것'이라고 귀녀들을 위로하자 아이러니하게도 좌중의 귀녀들이 모두 일시에 '통곡'한다. 그리고 서술자 청허선사는 "통곡 소리가 너무 참담해서 차마 들을 수 없다."라고 서술하고 있다. 절개라는 이념적 단어가 해결해 주지 못하는 참담하고 억울한 죽음의 소리가 바로 이 여인들의 '통곡'이다. 「강도몽유록」이 여성들의 입을 통해 이념적이고 정치적인 작가의 목소리가 덧씌워진 작품(정충권, 72)이라는 평가를 받고 있는 한편에서 전쟁에 대한 여성의 목소리를 담았다는 평가를 받는 것도 바로 이 통곡 소리 때문이다.(조혜란, 286) 여성 귀신 15명이 대거 등장하여 전쟁의 실책이 남성들에게 있음을 이야기하며 여성의 목소리를 통해 전쟁의 참상을 들려주고 나아가 '통곡'을 통해 여성들의 인간 본연의 감정을 우의적으로 드러낸다는 측면에서 여성의 목소리를 담은 소설이라는 의견에는 이론의 여지가 없을 것이다.

그런데 역설적으로 한 번 더 깊이 생각해보면, 이는 인간의 본연한 감정인 통곡조차도 '정절'이라는 이념적 성취를 이뤄낸 죽음만이 할 수 있도록 포획되어 있는 것은 아닐까 하는 의구심을 갖게 하는 부분이기도 하다. 수

재난과 여성

없이 많은 여성들이 전란의 소용돌이 속에 죽어갔지만 그녀들을 기억해 내는 매개는 정절을 지켜 스스로 자결했느냐 아니냐의 잣대가 작용하고 있기 때문이다. 즉 맘껏 '통곡'할 수 있는 것조차도 스스로 자결해야만 가능하도록 여성들에게 '자격'을 부여하고 있다는 혐의를 지니게 된다.

자격이란 '일정한 신분이나 지위를 가지거나 어떤 역할이나 행동을 하는 데 필요한 조건 또는 능력'이라고 할 수 있는데 '~할 자격이 있다/없다' 같은 자격 담론은 철저히 그 사회 문화적 분위기 속에서 형성된다. 때문에 어떤 자격 조건에는 그 시대 이데올로기가 강력하게 작용할 수 있다. 전란 속에서 적에게 쫓기며 공포와 불안 속에 죽어간 수많은 여성들 중에 실제로 열녀로 인정받은 여성들은 모두 추후에 그 절개를 증명받아 기억되고 있다. 광해군 때 편찬한 『동국신속삼강행실도』「열녀편」에는 553명의 열녀들이 수록되어 있는데 이 중 80%인 441명이 임진왜란 때 죽은 여성들이다. 이들 여성들은 여러 형태로 죽었지만 모두 절개를 지켜 죽었다는 점, 모두 그것을 증거할 수 있어 기록되어 기억하게 되었다는 점은 동일하다.

결국 「강도몽유록」 속 '통곡'의 목소리는 정절에 포획되어 기억되고 유전되고 있음을 내포적으로 보여주고 있는 것이다. 그리고 한편으로 「강도몽유록」은 전란 속에서 상대적으로 울 자격조차 가질 수 없었던 많은 강간 피해 여성, 피로(被虜) 여성들의 모습을 미루어 비추어보게 한다는 점에서 서사는 더욱 중층적 의미를 파생시키고 있다.

## 전설과 역사 속 참전 여성들; 밥할머니에서 윤희순까지

우리나라에서 여성이 전쟁에 직접 참전하여 싸운 기록은 흔치 않다. 많은 사람들이 역사적 사실처럼 인식하고 있지만, 사실은 '전설'인 행주대첩 관련 〈행주치마 이야기〉 속 아낙들이 최초의 참전 여성에 대한 기록일 것이다. 한편 일제 강점기 때에는 여러 여성들이 독립운동에 직간접적으로 참여하면서 몇몇 여성들이 독립운동가로 이름을 남기기도 했다. 1919년 3.1운동 후 만주로 망명하여 독립운동에 투신한 남자현(南慈賢, 1872~1933) 여사 같은 분이 대표적이다. 영화 '암살'의 안옥윤이 이 분을 모티프로 했다고 알려져 있다.

또한 2018년 여름에 방영되었던 드라마 〈미스터 션샤인〉을 기억하는가. 이 드라마는 1900년부터 1907년까지 대한제국 시대 일제 강점기의 의병(義兵) 이야기를 다루고 있는데 드라마의 인기 속에서 수많은 화제를 낳기도 했다. 그중에 '총을 든 여성 의병장'의 모습을 낯설게 지켜봤던 시청자들이 많았는데 그 실제 모델이 바로 여성 의병장 윤희순(尹熙順, 1860~1935)이라고 한다.

드라마 '미스터 션샤인' 속 한 장면, '총을 든 여자 배우 고애신 역의 김태리'

재난과 여성

본 장에서는 우리나라에서 여성이 직접 전쟁에 참전한 설화적·역사적 기록들을 살펴보고 허구와 역사의 간극 속에서 전쟁과 여성의 의미를 짚어보고자 한다.

### 행주치마 이야기와 여성의병대장 밥할머니 전설

고양시 행주산성에 전해오는 이야기는 권율 장군 관련 설화와 밥할머니 설화를 대표적으로 들 수 있다. 익히 알려져 있듯, 권율(權慄, 1537~1599) 장군은 임진왜란 때 한강을 건너 행주산성에 주둔하며 관군(2,300명)과 승병(500명)을 모두 합쳐서 1만 명이 채 되지 않는 병력으로 왜적 3만여 군대를 이긴 행주대첩을 이끈 장수이다. 행주대첩은 김시민의 진주대첩, 이순신의 한산대첩과 함께 임진왜란의 3대 대첩 중의 하나로 꼽히는 기념비적 전투이다. 이 전투에서 여인들이 행주치마로 돌을 날랐는데 그 돌을 무기삼아 승리하게 되었다는 행주치마 전설이 전승되어 오고 있다.

전설의 내용을 간략하게 살펴보면 다음과 같다.

권율 장군은 임진왜란 당시 1593년(선조 26) 2월 병력을 덕양산 행주산성에 집결시켜 행주산성을 수축하게 하였다. 왜군은 2월 12일 새벽, 3만여 병력을 이끌고 와서 여러 겹으로 행주산성을 포위하고 7차례에 걸쳐 하루 종일 공격을 해왔다. 이에 맞서 권율 장군은 1만 명이 채 되지 않은 병력으로 갖은 방법을 동원해 왜군과 싸움을 이어나가며 필사적으로 대항했다.

그런데 치열한 전투가 계속되자 어느 순간 성안의 화살이나 포탄

등 무기가 다 떨어지고 목책도 무너지고 있었다. 이를 알아차린 왜군은 더욱더 맹렬하게 공격해왔다. 이에 권율의 장졸들은 성을 올라오는 왜군들에게 돌을 던지고 뜨거운 물을 부어서 가까스로 성을 지켜내고 있었다. 이를 안타까운 눈길로 지켜보던 부녀자들 중에 누군가(밥할머니)가 '우리도 돕자'고 하며 '돌을 나르고 물을 끓여 운반해서 전투하는 데 일손을 보태는 것이 좋을 것 같다'고 말하였다.

이에 부녀자들은 다 함께 짧게 자른 치마를 앞에 두르고 여기에 돌을 담아 날라주고 뜨거운 물을 끓여서 운반하였다. 수차석포에 돌을 장전하는 일을 돕기도 하고 성으로 올라오는 왜군을 향하여 돌을 굴려 떨어뜨렸다. 아녀자들은 순식간에 척석군(擲石軍)이 되었다. 누가 먼저랄 것도 없이 모든 아녀자들이 합심하였다.

또한 이 짧게 자른 치마를 성 밖 왜군들에게 던졌는데 치맛자락이 왜군들 얼굴을 덮었다. 그러자 왜군들은 시야가 가려져 허공을 향해 화살을 쏘고 달리던 말과 함께 땅 위로 고꾸라지기도 하였다. 얼마 후 다행히 2척의 배가 무기를 싣고 한강을 건너와 다시 기세는 반전되었다. 혼신의 힘을 다한 결사항전으로 결국 왜군은 대패하고 행주산성에서 퇴각하였다. 행주대첩에서 아낙네들의 돌 나르기 항전은 유명해졌으며 이 행주산성 전투에서 부녀자들이 돌을 나를 때 사용했던 짧은 치마를 '행주치마'라 하였다고 한다.04

---

04 고양시(http://www.goyang.go.kr)의 권율과 행주치마 관련 설화 및 한국구비문학대계(gubi.aks.ac.kr/web/default.asp)의 「행주대첩과 권율장군」 설화들을 참조하여 구성함.

이 행주치마 전설은 '임진왜란', '권율 장군', '행주대첩'이라는 역사적 사실과 사건, 역사적 실존 인물의 실제 행적과 맞물리면서 '사실'처럼 인식되고 있다. 하지만 아낙들이 돌을 나르고 던지는 척석군(擲石軍)이 되어서 왜적을 물리치는 데 앞장섰다는 이야기는 사실이 아니라고 한다. 사실 그 당시 행주산성에서 전쟁이 일어날 것을 염려하여 여성들은 이미 강화도로 대피를 시켰기에 행주대첩 당시에 성안에 아낙들이 한 명도 남아있지 않았다고 한다. 다만 돌멩이를 나른 것은 사실인데 군사들이 마대를 앞치마처럼 두르고 날랐다고 밝히고 있다.

또한 행주치마라는 말 역시 행주산성에서 유래된 것이 아니라고 한다. 행주치마라는 단어는 '닦는 천으로 된 치마'라는 뜻으로 행주대첩 이전부터 사용되었다. 행주대첩은 1593년에 있었는데 '행주치마'라는 단어는 이미 1517년에 출간된 『四聲通解』라는 책에 '힝즈쵸마'라고 기록되어 있다. 이 행주치마 유래 역시 행주대첩에서 나온 것이 아닌 것이다.

그런데 전설은 애초에 사실일 수도 거짓일 수도 있는 '전해지는 이야기'이기 때문에 사실인지 아닌지를 따지는 것 자체가 그렇게 큰 의미를 갖지는 않는다. 다만 우리는 전설을 통해 이야기가 생성되고 그것을 전승시키는 민중 의식의 저변을 읽어보는 것이 더 중요하다. 여성들의 '행주치마 이야기'는 기본적으로 행주산성과 그 발음이 비슷하여 잘못 전해지기 시작한 것으로 생각되지만, 행주치마 전설은 그 사실 여부를 떠나서 여성들이 전쟁에 참가한 첫 번째 이야기로서의 흥미성을 지닌다. 이는 행주대첩이 '남성'의 전장(戰場)에서 우리네 아낙네들의 작은 힘 하나하나가 보태져서야 이길 수 있었던 어려운 전쟁이라는 의미와 함께 보이지 않는 '여성들의 힘'이 전쟁을 승리로 이끌었음을 보여주는 상징적 의미를 내포한다.

권율이라는 역사적 명장과 행주대첩이라는 역사적 사실 속에는 여성들의 숨은 힘이 작용했다는 민중 의식의 발로인 것이다.

아울러 관민이 일체가 되어 행주대첩이라는 커다란 승리를 이뤄낸 것을 강조하고 싶은 민중의 열망으로 이 설화를 읽어낼 수도 있다. 실제로 여성들이 돌멩이를 나른 것은 아니지만 군인과 백성 모두가 일체가 되었음을 부각시키는 데 일반 백성들, 그중에서도 '아낙들'을 강조하는 것이 이야기에 더 큰 흥미성을 불러일으킬 수 있었을 것으로 보인다. 이러한 여러 요인들로 인해 이야기는 끊임없이 전승되어 '행주대첩'하면 자연스럽게 전설 속 행주치마의 아낙들과 최초의 여성 치마 부대를 떠올리게 된 것이다.

다음 이야기는 고양시에 전해오는 〈여성의병대장 밥할머니〉 이야기이다. 제목에서부터 '여성의병대장'이라는 호칭이 붙은 설화이다. 내용을 살펴보면 다음과 같다.

옛날 한 마을에 어려운 일을 해결하는 지혜로운 여인이 있었다. 집 안은 북한산 일대에 농경지가 많았는데, 그녀는 모내기 작법을 활용한 농사 기술을 보급하고 관개를 크게 개선하여 수확량을 높였다. 또 곡식 중 싱딩 부분은 구휼에 사용했고, 일부는 전란을 예견해 미축하였다. 그러던 중 1592년 그녀가 마흔아홉 살 때 임진왜란이 일어났다. 조선과 명나라 연합군은 고양 벽제관 부근에서 왜군과 큰 전투를 벌이다 패하여 퇴각하였고, 왜군은 기세가 올라 창릉천에 머물고 있었다. 이때 여인은 밤중에 동네 사람들을 이끌고 북한산에 올라가 노적봉을 짚으로 둘

재난과 여성

러 노적가리처럼 위장하였다.

그리고 창릉천 상류에 석회를 뿌린 뒤 다음 날 함지박을 이고 창릉천으로 갔다. 마침 왜병들이 물을 마시러 나왔다가 여인을 보고 물었다. "물이 이렇게 뿌연 까닭이 무엇이오?"그러자 여인은 북한산 노적봉을 가리키며, "저곳에 조선군 수만 명이 주둔해 있는데 저 봉우리 같은 것이 바로 조선군이 군량미를 쌓아둔 노적가리라오. 마침 밥을 지을 시간이니 쌀 씻는 물이 흘러 내려오는 것이 아니겠소?"라고 말한 후 백성들에게도 나누어주는 쌀을 받아오는 길이라며 함지박의 쌀을 보여주곤 총총히 사라졌다. 배고픔과 갈증에 시달리던 왜적들은 앞다투어 물을 마시고 끌고 왔던 말에게도 물을 먹였다. 얼마 후 이 물을 마신 왜적들은 다들 배탈이 나서 배를 움켜잡고 쓰러졌다. 말들도 모두 탈이 났다. 이때 여인이 급히 조선과 명나라 연합군에게 전갈을 보내 창릉천을 급습하게 했다. 이날 전투 이후 왜군은 퇴각하기 시작하였다.

이후 이 여인은 마을의 여인들을 모아 의병대 상군(裳軍, 치마군대)을 조직해 북한산 일대 전투 때마다 우리 병사들에게 끼니를 제공하고 부상자 치료를 도왔으며 전황 연락책을 맡아 봉화를 올렸다. 여인은 우리나라 최초의 여성의병대장이 되었다. 행주산성 전투에도 참여하여 군사들의 밥을 하고 전쟁에 필요한 물을 끓이고 재주머니를 만들었다. 싸움이 치열해지자 행주치마에 돌을 날라 왜군과 싸웠다. 임진왜란이 끝난 후 선조는 노적봉이 잘 보이는 창릉 모퉁이에 석상을 세워주었다. 동산동 밥할머니 석상이 그것이다. 밥할머니가 세상을 떠난 뒤 인조는 밥할머니를 정경부인으로 봉하고, 남편 문옥형에게는 가선대부 위계를 내렸다.[05]

---

05  고양시(http://www.goyang.go.kr) 설화 자료 참조.

위 설화는 고양 지역의 '밥할머니'이야기인데, 내용을 크게 두 부분으로 나눌 수 있다. 첫 번째 부분에서는 밥할머니가 농사 기술과 관개시설 등을 활용하여 곡식 수확량을 크게 늘렸고, 곡식을 구휼에 사용하고 전란을 예견했으며 아울러 곡식으로 임진왜란 당시 왜군을 퇴각시키는 데 크게 일조하게 되는 부분이다. 곡식과 관련된 부분에서 '밥할머니'라는 별칭을 얻은 것임을 쉽게 알 수 있으며 노적가리와 쌀뜨물로 위장하여 적군을 속인 이야기는 그녀의 지혜로움을 강조한다.

두 번째 부분은 '여성의병대장'이라는 직접적인 호칭에 걸맞은 이야기이다. 밥할머니는 직접 여성 의병대 상군(裳軍)을 조직하여 의병대장이 된다. 그리고는 전투 때마다 병사들에게 끼니를 제공, 부상자를 치료, 연락책을 맡아 봉화를 올리는 일을 맡았다. 특히 행주산성 전투에 참전하여 군사들의 밥을 하고 전쟁에 필요한 물을 끓이고 재주머니를 만들었으며 아낙들로 구성된 행주치마 부대를 지휘하여 행주치마에 돌을 날라 왜군과의 전투에서 조선이 대승하게 만든 여장부의 이미지를 보인다. '남성들'의 싸움터에서 단순히 보조적인 역할을 하는 것을 넘어 '여성 의병대 상군'을 조직하고 적극적이고 주체적으로 전투에 참여하는 여성의 모습을 볼 수 있다.

사실 '밥할머니 이야기'는 애초에는 '여신', '지장보살', '부처' 등 신적 존재로 해석하는 설화적 관점이 강했다. 그런데 이 이야기는 역사성과 사실성을 강화하기 위한 수용과 변주를 거치게 된다. 밥할머니는 해주 오씨 혹은 밀양 박씨로 상정되고, 남편은 문옥형(文玉亨), 아들을 문천립(文天立)이라는 구체적인 인물로 상정되면서 더욱더 역사적 성격을 강조하는 콘텐츠들로 발전한다. 아울러 역사성과 사실성을 바탕으로 밥할머니는 우

재난과 여성

리나라 최초의 여성 의병장 이미지를 강화하고 있다.

### 최초의 여성 의병장 윤희순과 의병가사

'밥할머니'가 설화적 성격이 강한 여성 의병장이라면 역사적 실존 인물로 우리나라 '최초의 여성 의병장'이라는 타이틀을 가진 이는 항일 독립운동가 윤희순(尹熙順, 1860~1935)이다. 설화 속 여성 의병 대장 밥할머니의 이미지가 실제 역사 인물 의병장 윤희순에게로 그대로 옮겨간 느낌이다. 그녀는 국내에서 의병 활동 15년, 국외에서 독립 활동 25년 등 40여 년간 독립운동에 투신한 여성이다. 윤희순은 신분제도가 여전히 엄격하고 남녀유별 사상이 뚜렷하던 유교 사회에서 여성의 존재감을 확실하게 각인시킨 인물이다.

그녀는 서울 회현방에서 1860년에 명망 있는 유학자 집안이었던 해주 윤씨 윤익상과 덕수 장씨의 장녀로 태어났다. 16세 때 화서학파(華西學派)[06]인 유학자 외당(畏堂) 유홍석(柳鴻錫, 1841~1913)의 장남이며 의암(毅菴) 유인석(柳麟錫, 1842~1915)의 조카인 유제원과 결혼한다. 윤희순은 혼인을 하면서 시댁 집안과 남편의 영향을 받기 시작한다. 시댁은 위정척사 운동과 의병운동을 주도했던 유인석(13도 의군도총재), 의병장 유중교, 의병장 유홍석 등 강직한 가풍을 지닌 집안이었다. 그녀는 시아버지 유홍석

---

06  화서학파는 19세기 전반 화서(華西) 이항로(李恒老)를 중심으로 그의 영향을 받은 유림에 의해 성립되어, 조선 후기 조선의 고유문화 수호 및 구국운동에 큰 역할을 한 재야의 대표적인 위정척사 세력이다. 『역사용어사전』, 다음(Daum백과 2021.3.8.검색)

과 남편의 영향을 받아 의병 활동에 적극 참여하는 여성이 된다.

1895년 일본이 명성황후를 시해하는 을미사변을 일으키고 단발령을 강행하자 전국적으로 민중들이 저항하는데 이것이 을미의병이다. 윤희순도 이때 의병가사를 제작·배포하고 대담한 내용으로 격문을 써서 단호하게 일본 대장에게 경고하기도 한다. 조선 선비의 아내 윤희순의 이름으로 왜놈 대장에게 글을 보낸다.

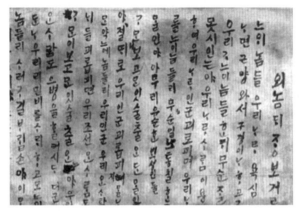

「왜놈 대장 보거라」 격문

왜놈 대장 보거라

만약에 너희놈들이 우리 임금

우리 안사람네를 괴롭히면

우리 조선 안사람도 의병을 할 것이다.

우리 조선 안사람이 경고한다 …

남의 나라 국모를 시해하고

네놈들이 살아갈 줄 아느냐

재난과 여성

빨리 사과하고 돌아가라

우리나라 사람들은 화가 나면

황소나 호랑이 같아서

네놈들을 잡아서 처단하고 말 것이다(「왜놈 대장 보거라」 중)

'왜놈 대장 보거라'라는 격문인데 여기에는 '조선 선비의 아내 윤희순'이라 하여 자신의 이름을 당당히 밝히고 있는 것이 특징적이다. 이를 계기로 윤희순은 시아버지와 남편이 이끄는 의병들의 뒷바라지를 하기 시작했다. 또한 일본에 저항하는 의병가사를 만들어 일반인과 여성들에게 의병 활동 참여를 독려하며 여성도 민족의 일원임을 깨닫게 하였다. 그녀는 '안사람 의병가', '애달픈 소리', '방어장', '병정노래', '의병군가 1·2', '왜놈 앞잡이들은', '금수들아 받아보거라'등 16편의 의병가사를 남겼다.[07]

"아무리 외놈(왜놈)들이 강성한들 우리들도 뭉쳐지면 외놈잡기 쉬울세라. 아무리 여자인들 나라 사랑 모를소냐. 아무리 남녀가 유별한들 나라없이 소용있냐. 우리도 의병하러 나가보세. 의병대를 도와주세…"(「안사람 의병가」 중)

그녀의 의병가사에는 빼앗긴 조국에 대한 울분을 바탕으로 여성들의 구국운동을 일깨우고 의병 활동을 권면하는 내용을 담고 있지만 이외에 남녀가 유별했던 시대적 한계를 극복하고자 했던 한 '여성'의 고뇌도 녹아

---

07  윤희순의 의병가사집은 2019년에 문화재로 등록되었다.

있다. 그리고 한편으로는 당시 여성이 썼으리라고는 상상하기도 어려운 전투적인 가사 내용을 보이기도 한다.

> 우리 조선 사람들은 너희들을 돌려보내 죽이잖고 분을 풀어 보내리라
> 너희놈들 오랑캐야 너 죽을 줄 모르고서 왜 왔느냐
> 너희들을 우리 대에 못잡으면 후대에도 못잡으랴
> 원수같은 왜놈들아 너희놈들 잡아다가
> 살을 갈고 뼈를 갈아 조상님께 분을 푸세
> 의리 의병 물러스랴 만세만세 의병만세 만만세요(「병정가」)

윤희순이 의병들을 지원하는 활동을 벌이던 1907년(48세) 고종의 강제 퇴위와 조선 군대 해산 등으로 국권 상실의 위기가 고조되자 정미의병이 일어난다. 이때 윤희순은 '안사람의병단'을 조직했는데 그녀가 의병장으로 불리게 된 것은 이 활동을 통해서다.

유교 사회에서 여성의 의병항쟁 참여는 이례적인 사례로 기록되어 있다. 윤희순이 중심이 되어 조직된 '안사람의병단'은 강원 춘천 지역 여성 30여 명으로 구성되었는데 주로 화서학파 유생 부인과 선비 아내들이었다. 이 여성 의병단은 남성들처럼 고된 군사훈련을 하는 것은 물론이고, 군자금을 모집하고 심지어 무기와 화약을 제조·공급, 군수품 전달, 의병 연락 활동 등에 참여했다. 여성 군대인 안사람의병단은 국난 속에서 남녀 유별에 안주하지 않고 여성들이 꽃과 같이 멈춰있어서는 안된다고 생각했다. 이러한 변화는 일제 강점기라는 그 시대적 분위기 속에서 여성의 구국 의지가 유교사회의 남녀유별보다 선행함을 표출한 것이었다.

유인석이 이끄는 창의군이 서울 진공에 실패하자, 윤희순은 의병 가족들과 함께 중국으로 망명한다. 이곳에서도 윤희순은 의병장의 본분을 잊지 않고 남자들의 독립 활동을 지원한다. 그리고 노학당(老學堂)을 세우고 교장이 되어 학생들을 직접 모집한 뒤 항일 독립운동을 고취시키는 민족 교육에 앞장선다. 이 학교는 1915년 폐교될 때까지 50여 명의 반일 애국자를 키워냈다고 한다. 1919년에는 만세 운동을 주도하고, 만주, 몽골, 중국 중원에 뿔뿔이 흩어진 의병 후손과 문인들을 규합해 아들 유돈상과 함께 '조선독립단'을 만들어 항일 투쟁을 이어나갔다. 그리고 1932년 조선독립단은 무순 함락 작전에 참여하지만 실패로 끝나고 일본은 그 보복 조치로 3천명 이상의 백성들을 학살한다. 또한 1935년 큰아들 유돈상이 붙잡혀 무순 감옥에서 모진 고문 끝에 숨을 거두고 며느리마저 죽자 비통해 하던 윤희순은 식음을 전폐하고 자신의 일생을 회고하며 쓴 〈일생록〉을 남기고는 아들이 죽은 지 11일 만에 75세의 나이로 숨을 거둔다.

윤희순은 보수적인 유학자 집안에서 태어나 남녀 간 역할이 분명하던 시기에 그것에 얽매이지 않고, 자신의 신념에 따라 실천한 여성 의병장이었으며 40년간 독립운동에 투신한 여전사였다. 사대부의 여성으로 16세에 시집와서 75세로 생을 마치기까지 '조국의 독립'을 염원하였고, 독립 정신은 후대에도 이어가야 한다고 강조했다. 생을 마감하는 그 순간까지 자신의 일생을 떠올리며 후손에게 독립운동을 당부하는 〈일생록〉을 남겨 의병장으로서의 표본을 보여주었다. 그녀는 누구의 며느리나 누구의 아내가 아닌 윤희순이라는 이름으로 명실상부 우리나라 최초의 '의병장'이 되었으며, 우리 역사에서 전쟁에 적극적이고 전투적으로 참여했던 여성 인물로 '기억'하여 '기록'되었다.

## 글을 맺으며; 다성적 목소리의 복원을 위하여

전쟁은 남녀 모두에게 참혹한 상처를 남기는 사회재난이지만 특히 여성에게는 더 폭력적이다. 그럼에도 불구하고 대부분 남성들에 의해 기록된 전쟁 관련 공식 기록 속에서 여성들의 고통은 잘 드러나지 않는 경향이 있다. 이 글은 이러한 문제의식을 가지고 조선시대 전쟁 재난 소설 속의 여성 인물을 예각화해서 살펴보고 여성이 전쟁에 직접 참전한 설화와 근대 역사인물 윤희순과 그녀의 의병가사 등을 다시 살펴보는 작업을 진행했다.

먼저 조선시대 두 편의 소설 「최척전」과 「강도몽유록」을 통해 전쟁 상황에 당면하여 전쟁과 정절이라는 이중적 폭력에 갇힌 여성들의 부조리한 죽음과 고통을 살펴보았다. 17세기 조선시대 전쟁소설 속에서 여성들의 고통은 전장(戰場)의 주체가 아니라는 이유로 주변적인 것으로 처리되든지 아니면 '열(烈)'이라는 프리즘을 투과시켜 논의되는 것을 확인할 수 있었다. 전쟁을 겪은 여성들은 그 참상을 말할 수 있는 자격이 주어진 사람과 말하지 못하고 견디는 여성으로 나눌 수 있는데 17세기 조선의 전쟁소설에서는 정절이 증명된 여성들의 목소리만을 형상화하고 있었다.

꿈이라는 틀을 통해 죽어서야 말할 수 있었던, 그것도 자살로 정절을 지킨 지만이 말할 수 있었던 「강도몽유록」의 귀녀들이나 살아서 정절을 잘 지켜내고 말할 수 있는 자격을 획득한 「최척전」의 옥영 같은 여성이 있었다. 이 여성들은 살아서나 죽어서나 자신의 정절을 증명해야 했다. 그 정절이 증명된 여성들만 기억하고 추승되어 15명의 귀녀들처럼 본인들의 슬픔을 맘껏 통곡할 수 있었고, 옥영처럼 본인과 가족이 모두 행복해질 수

46

있는 자격을 가지게 된다. 물론 「최척전」이나 「강도몽유록」의 여성들은 모두 소설 속 인물들로, 역사적 실제 인물들은 아니지만 그녀들을 통해 전쟁 재난이 여성들의 삶에 끼친 부조리함을 우회적으로 반추해 볼 수 있다.

한편 전란의 소용돌이에 직접 참전한 여성들의 이야기를 직간접적으로 확인할 수 있는 설화와 근대 여성 인물 윤희순 및 그녀가 남긴 의병가사 작품에 대해서도 살펴보았다. 밥할머니나 의병장 윤희순의 경우 전투적인 이미지가 부각되어 있다. 밥할머니는 설화적 인물이라 논외로 친다고 해도, 윤희순은 40년을 한결같이 왜적에 대한 분노와 적개심으로 오직 독립운동에 투신하며 삶을 단단하게 살아낸 인물로 보인다.

하지만 그 강철같은 삶 이면에는 이분도 역시 무섭고, 슬프고, 고되고 서러운 평범한 사람이었음을 잊어서는 안 될 것이다. 그녀의 글을 보면 독립투사적인 이면에는 평생을 전쟁 속에 살아낸 그녀의 서러운 목소리가 숨어있다.

> "이 내 몸도 슬프련만 의리 의병 불쌍하다…내 땅 없는 설움이란 이렇게 서러울까…이역만리 찬바람에 발자국마다 얼음이요. 발끝마다 백서리 맺고 눈썹마다 얼음이, 수염마다 고드름이 달렸다…불쌍하다. 불쌍하다…방울방울 눈물이라. 맺히나니 한이로다."(윤희순, 「신세타령」 중)

윤희순은 '신세타령'이라는 가사를 통해 이국 땅에서 겪는 고통과 설움, 고향으로 가고픈 애달픈 사연을 담아내고 있다. 전쟁의 폭력성은 아무리 강한 의병장이라고 해도 빗겨가지 않는다. 슬픔, 설움으로 '방울방울 눈물'이고 한 맺힌 삶을 살다가 윤희순의 목소리를 경건하게 청취할 필요가 있는 것이다.

　인류의 역사만큼 긴 전쟁 재난의 역사, 우리는 전쟁 재난의 역사를 재고해야 한다. 전쟁사에서 주변화되고 배제되었던 존재들, 숨어서 통곡하는 이들의 목소리, 가열찬 투쟁을 외치 목소리는 물론, 그 이면의 설움에 찬 목소리도 복원해야 한다. 그리고 그 다양한 목소리들을 타자화시키지 않고 주체화해야 한다. 이는 역사의 주체를 여성으로 새롭게 정립하자는 차원의 것이 아니다. 이는 한두 사람의 영웅으로 전쟁 재난의 주체를 단일화시키지 않고 다성적인 목소리를 살리는 '다성적 주체화'를 생각해야 할 때라는 의미이다.

　가장 잔인한 밑바닥의 목소리를 들어야 하는 전쟁 이야기, 전쟁에 대한 여성의 목소리를 듣는 데서 나아가 이제 더 이상 전쟁에 대한 여성의 목소리를 듣는 것에 집중하지 않아도 되는 세상이 되기를 희망한다. 왜냐하면 전쟁은 '여자의' 얼굴은 물론 '인간의' 얼굴을 하지 않는 참혹한 재난이므로.

　　　　　　　　　　　　　　　　　　　　　　　　재난과 여성

김영미, 「「최척전」에 나타난 가족 서사의 특징」, 『열린정신인문학연구』제20집 3호,
   2019, 399-425면.

김은실, 『코로나시대의 페미니즘』, 휴머니스트, 2020.

박양리, 「병자호란 피로여성 트라우마의 서사적 대응과 그 의미」, 『여성학연구』27권
   3호, 2017, 41-70면.

박희병·정길수 편역, 『전란의 소용돌이 속에서』, 돌베개, 2007.

스베틀라나 알렉시예비치, 박은정 옮김, 『전쟁은 여자의 얼굴을 하지 않았다』, 문학
   동네, 2015.

오카 마리, 김병구 옮김, 『기억 서사』, 소명출판, 2004.

이연식, 『조선을 떠나며』, 역사비평사, 2012.

이종필, 『조선 중기의 전쟁과 고소설의 기억』, 소명출판, 2017.

임지현, 『기억 전쟁』, 휴머니스트, 2019.

정지영, 「'논개와 계월향'의 죽음을 다시 기억하기: 조선시대 '의기'의 탄생과 배제된
   기억들」, 『한국여성학』23권 3호, 2007, 155-188면.

정출헌, 「임진왜란의 상처와 여성의 죽음에 대한 기억」, 『한국고전여성문학연구』21,
   2010, 35-67면.

정충권, 「〈강도몽유록〉에 나타난 역사적 상처와 형상화 방식」, 『한국문학논총』45,
   2007, 67-90면.

조혜란, 「여성, 전쟁, 기억 그리고 〈박씨전〉」, 『한국고전여성문학연구』9, 2004, 279-
   310면.

캐럴라인 크리아도 페레스, 황가한 옮김, 『보이지 않는 여자들』, 웅진지식하우스,
   2020.

# 제2장 | 한국전쟁이 여성의 삶에 남긴 것

예지숙(조선대)

1950년 6월 25일 새벽 북한군은 해주, 춘천, 철원, 양양에 걸쳐 전면적 남침을 감행하였다. 이승만 대통령의 한국 정부는 서울시민을 뒤로 한 채 피난을 감행하였고, 6월 28일 북한군이 서울을 점령하였고 7월 중순에서 9월 중순까지 한국군과 유엔군은 부산 중심의 영남지역의 방어선인 '워커라인'(Walker Line)에서 북한군과 대치하였다. 미국은 전쟁이 발발하자마자 유엔에서 한국 문제를 논의하였고, 6월 26일 유엔안전보장이사회에서 북의 행위를 규탄하는 결의안이 통과되었다. 9월 15일 인천상륙작전 '9.28 서울수복' 이후 한국군과 유엔군은 38선을 넘어 북진을 강행하였고 이는 중국의 참전을 불러왔다. 추위에 익숙치 않은 유엔군은 보급선과도 유리되어 고전을 면치 못하였다. 11월 장진호 전투와 흥남철수를 거치면서 1951년 1.4후퇴를 거친 후 전세는 다시 역전되었다. 하지만 중국군이 진격 중지하면서 그해 3월 말 전선은 다시 38도선 부근으로 고착되었다. 이어 1951년 6월 23일 소련이 공식적으로 휴전을 제안하면서 휴전협정이 시작되었다. 2년간의 지루한 협정이 이어지는 동안 38선 근방의 전방에서는 치열한 공방전이 이어졌다.

1953년 7월 휴전협정이 체결되기까지 3여 년의 전쟁을 통하여 발생한 인적 물적 피해는 어마어마했다. 한국 정부의 발표에 의하면 한국군 사망 147,000명 부상 709,000명, 행방불명 131,000명에 달하였고 민간인의 경우 사망 244,663명, 부상 229,625명, 행방불명 330,312명이었고 북한군 사망 520,000명, 부상 406,000명에 달하였다. 남한 측의 인적 피해만 보더라도 사망자가 총 40만 명, 부상자는 거의 100만 명에 달하였으며 행불자

는 36만 명에 달하였다.[01]

그런데 이 참혹한 전쟁 속에서 여성이 어떠한 경험을 했는지 아는 것이 그다지 많지 않다. 공식 역사 속에서 한국전쟁은 남성 중심의 서사로 채워져 왔다. 비단 한국전쟁이 아니더라도 대부분의 전쟁 재현물은 남성들의 이야기로 가득하다. 2차 세계대전의 참혹한 풍경을 묘사한 2017년 개봉작 『덩케르크』나 유려한 롱테이크 샷으로 유명한 2019년 개봉작 『1917』도 남성들의 이야기로 빼곡하다. 여성은 남성의 보호를 받는 대상으로 재현되거나 삭제되어왔다. 과연 전쟁 중 여성은 남성들의 보호를 받으며 '후방'에서 안전했을까?

2000년대 이후 한국전쟁을 전후한 시기 여성의 실제 삶을 다룬 연구들이 생산되면서 한국전쟁과 1950년대 여성의 삶이 복원되기 시작하였다. '전쟁미망인', 혼혈문제 그리고 〈자유부인〉 등 전후 가부장제에 도전하는 여성들의 등장을 조명한 연구들이 대표적이다. 다음에서는 이러한 최근의 성과들을 바탕으로 잡지와 신문기사를 참조하면서 한국전쟁이 여성의 삶에 미친 영향을 살펴보겠다.

## 3년간의 전쟁이 남긴 것

대규모 인명 손실이 발생한 연령층은 10대 후반에서 30대까지의 청장년층의 남성이었다. 참전 중 부상을 입은 상이군인은 부상이 가져

---

01   김인걸 외 편저, 『한국현대사 강의』, 돌베개, 1998, 143면.

온 신체적 제약으로 전쟁이 남긴 고통을 경험할 수밖에 없었다. 전쟁 전후 상이군인은 종종 '갈고리 손'을 휘두르며 물건 강매를 일삼고 폭력과 구걸을 일삼는 무서운 집단으로 여겨졌다. 전쟁의 피해자이자 가해자인 이들은 신체적 손상에 대한 분노, 사회적 천시, 대책 없이 방치하고 있는 국가에 대한 분노를 일상에서 표출하였다.

> "외박을 나오면 버스가 세워주지를 않아 우리를, 그 공짜베기다 이거지 응! 그러니 열이 나? 안 나? … 거 올라 가면은 운전수 막 패고 차장 보고 '이년 죽인다'고 말야"
>
> —상이군인의 구술[02]

전쟁 중인 1952년 7월에 발생한 '칠곡사건'은 상인군인들이 부산역과 부산진역에서 대규모 시위를 벌이며 사회와 국가에 대한 분노를 조직적·집단적으로 표출한 대표적인 사건으로 사회적 관심을 불러일으켰다. 이승만 대통령은 제일 영광스러운 죽음은 순국이고 다음으로 상이군인들이라며 이들을 우리나라 사람 중 제일 영광스러운 생명을 가진 사람들이라 추켜세웠으나 상이군인의 생활은 명예나 영광과는 차이가 있었다.

상이군인과 함께 대표적인 전쟁 피해자는 가장을 잃은 전쟁미망인이었다. 1950년대 전쟁미망인이라 하면 군인과 경찰관으로 전사하거나 행방불명자가 된 자의 부인, 제2국민병으로 모집되어 사망 혹은 행방불명된 자의 부인, 민간인으로 납치자 또는 행방불명된 자의 부인, 북한군 또

---

02 이임하, 「상인군인 만들기」, 『중앙사론』33, 2011, 298면에서 재인용.

는 좌익에 의해 피살당한 자의 부인, 군인, 경찰관 중 전쟁 후유증으로 사망한 자의 부인 등을 지칭하였다. 하지만 전쟁미망인을 다룬 연구에서는 한국전쟁 전의 4.3이나 여순 사건 등으로 발생한 미망인도 적지 않은 수를 차지하였고 사회적으로 큰 문제가 되었으므로 이들도 전쟁미망인이라 칭하고 있다.[03]

그렇다면 전쟁미망인의 수는 어느 정도나 될까? 1950년대의 미망인 수 조사 통계는 연도와 통계 조사 주체에 따란 큰 차이를 나타내고 있어 그 정확한 수를 알기는 난망하다. 자료에 의하면 전제 인구 중 미망인의 비중은 1952년도에는 100명당 6명, 1955년도에는 6명, 1959년에는 100명당 8.4명에 달하는 것으로 나타나 있다. 전체 미망인 중 전쟁미망인의 비중은 『1952년의 대한민국통계연감』에 의하면 전체의 34.7%에 달하여 큰 비중을 차지하였다.

한편, 한국전쟁이 낳은 희생자 중 하나는 전쟁고아였다. 전쟁미망인과 마찬가지로 이들에 대한 정확한 통계도 없다. 연구자들은 대략 남한에서만 5만 정도가 발생하였고 남북한을 통틀어서 10만 명가량의 전쟁 고아가 발생한 것으로 추산하였다.[04] 이들은 전후 복구 과정에서 해결해야 할 주요한 과제였다. 전쟁고아와 미망인에 대한 최소한의 대책은 외원단체들을 통하여 이루어졌으며 상이군경은 원호 대책을 통하여 국가가 담당하였다.

---

03  이임하, 「한국전쟁이 여성생활에 미친 영향—1950년대 '전쟁미망인'의 삶을 중심으로」, 『역사연구』8, 2000.

04  소현숙, 「전쟁고아들이 겪은 전후—1950년대 전쟁고아 실태와 사회적 대책」, 『한국근현대사연구』84, 2018.

## 확대되는 여성의 경제 활동
### ─농부, 행상, 노점상, 식모, 미군부대 세탁부, 계 오야

전쟁은 여성들을 가정에서 사회로 불러냈고 이들의 역할을 확대하는 계기가 되었다. 부양해야 할 가족이 있었기 때문에, 여성들은 전쟁 미망인이든 상이군인을 남편으로 둔 여성이든 관계없이 거리에 나와 생계유지를 위한 일을 하였다.

한국전쟁으로 남성들이 대규모로 동원된 후에는 여성들의 경제 활동이 급격하게 늘어났다. 일제 말인 1939년과 1943년에 직업을 가진 여성 인구가 각각 36.4%, 34.6%였고 미군정기인 1949년에 28.4%였음에 반하여 전쟁기인 1951년, 1952년에는 63.7%, 58.4%로 크게 늘어났다. 직업은 농업이 가장 높았으나 비농업 부문에서도 여성 인구 비율이 늘어났다. 특히 상업-자영업에서 상당한 폭으로 증가한 결과 1951년, 1952년에는 전체 상업 종사자의 50%를 차지할 정도였다. 당시의 상가 풍경을 묘사한 자료를 한 번 살펴보자.

동대문시장이나 남대문시장이나 자유시장이나 천변시장으로 풍경을 구경하기 위하여 발길을 옮겨본다. 콩나물장사, 미역장사, 더덕장사부터 시작하여 양담배장사, 양주장사, 양과자장사, 딸라장사, 양말장사, 샤쓰장사, 양단장사, 나이론장사, 좌우 옆 포목전의 주인이 모두 다 묘령의 처녀가 아니면 허우대 좋은 점잖은 부인들이다. 목침덩이보다 더 큰 천 환짜리, 5백 환까지 뭉치를 종이에 싸지도 않고 상거래를 해서 거침없이 서로들 주고 받는다⋯.사내들은 꼬리를 감추고 완전히 여자들의 판국이 되었다.

—박종화, 「해방 후의 한국여성」, 『여원』, 1959.8.

자료에 의하면 '여자들의 판국'이라 할 정도로 장사하는 여성들이 많았다. 특별한 기술 없어도 약간의 자금만 있으면 노점이나 행상 등의 조그마한 장사를 하는 것이 비교적 쉬웠기 때문에 교육 정도가 낮은 여성들에게 상업은 접근성이 좋았다. 여성들은 시집에나 친정에서 얻은 패물을 팔아서 장사 밑천으로 삼았다. 다음은 먹고 살기 위해 여러 가지 일을 전전한 한 미망인의 구술담이다.

> **구술자** 시집이서 인제, 그게 결혼반지라고 서 돈을 해준 거지. 먹을 것도 없는디. 그래 그걸 팔아 가지고 스물 한 살 때부터 그냥 장사를 했어요.
>
> **면담자** 그때 먹고 살기 위해서 무슨 무슨 일 하셨어요?
>
> **구술자** 밭도 매고, 저기 옛날에 저기 사방 공사라고 모를겨들. 사방공사도 하구, 보따리장사도 하구, 마늘장사, 고추장사, 쌀장사 다 해보고, 여다가 배달도 해야지, 누가 해줘, 나 쌀 한 가마 씩 이고 다녔어요…지게질도 나 잘햐. 시골서 지게질, 여기서 이렇게 하고, 시골서는 밭일하지, 또 방이 춥잖아, 그러면은 또 산에 가서 낭구 베다가 때야지. 조금만, 몸이 그러니께 조금만 춰도 못 살아, 있덜 못 해요, 막 소리 질러서, 쳐다 때야 돼.
>
> **면담자** 보따리 장사 같은 경우는 어떤 거
>
> **구술자** 난닝구도 떠다 팔구, 옛날에는 성냥, 비누, 뭐 그게 뭐여, 라

56                                                    재난과 여성

이터, 별 거 다 광주리다 이고 댕겼잖아요, 처음에는 그렇게 하다가 과일 나오면 인저 과일 떠다 하다, 인저 그렇게 하구 겨울이는 인저 내복 장사, 내복 떠다가.

**면담자** 어디 한 군데 점포 (잡고 장사하신 게 아니고)

**구술자** 아니지, 그게 없지, 돈이 있어야 그걸 하지, 그냥 이고 댕기매, 사방 동네 다 댕기매, 이고 댕기매 했지, 그렇게 가게 자리에 앉아서 하면 편하게.

논에 시골서 모심으면 아침부터 가서 반찬 장만해주고, 일해 주고, 밥광주리에 이다 주고 오면 밥 남으면 이렇게 한 숟가락씩 이렇게 해서 양재기, 한 양재기 주면은 그거 갖다가 애들 저녁 해먹이고, 달머슴 이렇게 가면 한 달 내 그 집이 일을 해 줘유…한 달, 그걸 타야 한 달 동안 먹고 살아야 되니께.[05]

구술자는 결혼반지를 자금으로 물건을 사서 행상을 했고 농촌의 계절노동에도 참여하였다. 즉 돈을 벌 수 있는 일이면 "술장사만 빼고" 다 했다고 한다. 1959년 서울부녀자직업보도소의 답사보고서에서도 미망인의 경제 활동에서 수위를 차지한 것은 행상이었다. 행상 다음의 직종은 식모살이였으며 그 뒤를 편물, 재봉이 이었다. 다방, 요정, 미장원, 음식점 등이 늘어났는데 가족의 생계를 담당하는 여성들이 종사하거나 경영하는 경우가 많았다. 이러한 업소들은 전쟁 때문에 농촌에서 먹고 살길이 사라져버린 사람들이 서울로 옮겨오면서 급속도로 늘어났고 무허가인 채로 운영

---

05  이임하, 『전쟁미망인, 한국현대사의 침묵을 깨다―구술로 풀어 쓴 한국전쟁과 전후 사회』, 2010, 책과 함께, 175-177면.

하는 경우가 많았다. 서울로 온 인구는 교육 정도가 낮고 생활기반이 없었기 때문에 영세 상인이 되는 경우가 태반이었다.

일정한 여유 자금이 없는 여성들이 할 수 있는 일로 위에서 잠시 언급한 삯바느질, 식모, 유모, 찬모 등이 있었다. 가사노동은 전통 시대에 노비 노동에서 여성인 비가 했던 것이었는데, 노비제가 사라지고 노비가 담당한 일이 임금노동으로 변화하면서 생겨난 새로운 일자리였다. 식모는 일제시기에 여성 직업 중 항상 수위권에 있었으며 조선총독부가 집계한 인구통계에서 '가사사용인'이라는 명칭을 달고 단일직업으로 독립적인 항목을 차지했다. 1950년대에도 식모는 이른바 '인기 직종'이었다. 1953년 4월에서 1954년 2월까지 직업소개소의 여성 직업 알선 상황을 살펴보면, 구인신청자는 1,867명에 구직신청자 3,448명이었는데 구직자의 대부분이 식모를 지원하고 있었다. 이러한 양상은 이후에도 계속되었다. 식모들은 20세 미만의 소녀들과 30대 전후의 기혼여성이 대부분이었고 20대 미만의 소녀들은 대개 농촌에서 올라왔거나 전쟁고아였다.

삯바느질은 재봉틀 한 대만 있으면 집에서 영업할 수 있었기 때문에 여성들이 집 바깥으로 나가지 않아도 아침부터 저녁까지 일을 할 수 있었다. "예로부터 부인네들이 삯바느질을 해 남편을 공부시키고 자녀들을 교육시킨 미담", "원래 바느질은 여성들의 천직으로 천직을 지켜나가면서 또 한편 경제생활이 해결될 수 있다면 더욱 반가운 일…"운운하면서 여성들에게 바람직한 일이라 권장하였다.[06] 이는 여성 전문직의 하나로 기성복이 대량 생산되고 미혼의 여성 공장노동자가 많아지기 전까지 가족을 부

---

06 「주부의 부업」, 『경향신문』 1958.9.9. ; 「기술습득 –양재」, 1959.3.15.

재난과 여성

양하는 큰 방편이었다.

1960년대 산업화 이전의 한국 사회는 농업사회로 농업인구가 압도적인 비중을 차지하고 있었으므로 여성도 역시 농촌에 대다수가 거주하였다. 농촌에서 여성 노동의 추세는 일제 말 징병과 징용으로 남성 노동력이 부족해지자 농업종사자에서 여성의 비율이 높아졌고 해방 후 남성들이 귀환하자 낮아졌다. 한국전쟁으로 장기간 남성 노동력의 공백이 이어지고 또 손상당한 채로 돌아오면서 농업종사자에서 여성의 비율이 급격히 늘어났다.

> 농촌의 경제는 즉 농사는 여성의 손으로 이루어진다고 해도 과언이 아니다. 출정한 남편을 대신하여 전사한 행방불명인 남편과 아들을 대신하여 후방 고향의 농사는 젊은 아내와 노모의 손으로 이루어지고 있다.
> —「자립에서 가정평화로」, 『여원』, 1957.8.

'부인들이 놀고 있는 것을 볼 수 없으며 남자들이 할 수 있는 일을 부인들이 하고 있는 것을 흔히 볼 수 있을 정도'로 여성의 농업노동은 큰 비중을 차지하게 되었고 이들의 노동력이 가족을 먹여 살리는데 절대적인 역할을 하였다.

또 여성들은 돈을 벌기 위해서 '계'를 활용하였다. 다음은 계를 통해 자금을 마련한 미망인들의 구술담이다.

> 계도 많이 했지, 돈놀이도 많이 허고 돈을 그래서 모았지, 내가 인자 계 같은 거 돌고 해서 이렇게 모아놨다가 우리 아들 대학교…돈 5만 원

딱 타다 났다가 대학교 입학금 내고…

계도 했죠. 계를 안 하고는 돈이 안 모아지잖아요. 그러니까 주워 모아서 조금씩 들어가고 목돈 타고 그러니까 그래서 많이 꾸려 나갔죠

그 하루하루 모심은 삯을 받아가지고 계를 또 했어요,. 계를 하는 걸 누구한테 배워 가지고 사람을 주워 모아 가지고 내가 오야 노릇도 하고….[07]

보통 사람들은 금융조합과 같은 금융기관을 이용하는 것이 어려웠기 때문에 장사 밑천을 마련하든 아이들 교육자금을 마련하든 간에 계는 돈을 모으는데 효율적인 방법이었다.

남편이 부재한 상태에서 여성들은 생업을 위한 노동뿐 아니라 돌봄노동도 전담했다. 이들은 시부모와 시댁 식구들을 돌보면서 아이를 돌보아야 했다.

낮에는 남자들과 같이 들에 나가 일을 해야 하며 어두워 집에 들어오면 저녁을 짓고 빨래를 하고 또 애들을 돌보고 하노라면 밤이 늦어서야 비로소 잠을 자게 됩니다. 새벽이면 또 남 먼저 일찍 일어나야 하므로 잠시도 숨돌릴 사이가 없습니다. 아침에는 식사준비 외에도 집안 청소 가축 모이 주는 일 등 여러 가지로 바쁩니다.

—「농촌주부의 가사」, 『여성계』, 1955.10.

이외에 여성들은 가마니 짜기, 축산, 양잠과 같은 부업에도 참여하였다. 농업노동과 가사노동, 돌봄노동, 부업까지 농촌여성들은 쉴 틈 없이 과

---

07   이임하, 2010, 179-180면에서 인용.

중한 노동에 시달렸다.

여성들은 한국전쟁 후 1950년대의 여성들은 남성의 부재의 상황 또는 남성성을 상실한 남편들을 대신하여, '전통적' 영역인 돌봄노동과 가사노동의 부담을 안은 채, 실질적 가장으로서 역할을 다 하였다.

## 성매매와 기지촌

한국전쟁과 여성의 이야기를 풀어나가면서 성매매와 기지촌을 빼고 갈 수는 없을 것이다. 미국을 비롯한 여러 나라의 남성들이 한국전쟁에 참전했고 전쟁 후에도 미군은 한반도에 주둔하였다. 전쟁과 미군의 주둔은 여성의 삶에 지대한 영향을 미쳤다. 앞에서도 보았듯이 가족들의 생계를 책임진 여성들은 농업, 행상, 식모살이, 삯바느질, 노점상, 각종 서비스업 등 할 수 있는 모든 일에 뛰어들어 돈을 벌었다. 이 중 군인을 상대하는 성매매를 택하는 여성들도 생겨났다. 성매매의 원인의 대부분은 생활고였다. 1952년 부산 해운대에서 성매매를 하는 여성 368명을 조사한 결과 95%가 생활난으로 성매매를 하게 되었다고 밝혔다. 또 1958년 2월 ~1959년 8월까지 서울의 성매매 여성 382명을 면접 조사한 결과에서도 65.2%가 생활고를 그 이유로 들었다.[08] 사회에서도 빈곤이 여성을 성매매로 내몰았음을 뻔히 알고 있었다.

---

08  김아람, 「1950년대 한국 사회의 혼혈인 인식과 해외 입양」, 『고아 족보없는 자』, 책과 함께, 2014.

'양공주'라면 사회에서 버림받은 타락한 여성군이지만 허영과 금욕에 눈이 어두워 뛰어든 극소수의 일부 탈선 여자 이외에 대부분은 불가피한 생활 사정으로 몸을 팔게 된 기막힌 '요구호 대상자'이다.

—「해방 10년의 특산물 ③양공주」, 『동아일보』, 1955.8.18.

제일 여인의 경우 이런 형은 분명히 빈곤이 가져온 일시적인 실수이다. 제이, 제삼의 경우도 이 빈곤이 병이라면 분명히 첫째 원인은 이 나라의 가난이 이런 짓을 한다고 생각한다….

—「딸라의 매력인가 – 양공주의 실태」, 『여원』, 1956.1.

1950년대 성매매 여성의 특징은 성매매 여성이 되기 이전에 결혼 관계에 있던 여성의 비율이 높다는 점이다. 다음의 표를 통해 살펴보자.

〈표1〉 1940~70년대 초 성매매 여성 실태조사(배우관계 / 표본조사)

|  | 1949년 | | 1953년 | | 1958년 | | 1965년 | | 1971년 | |
|---|---|---|---|---|---|---|---|---|---|---|
|  | 수 | % | 수 | % | 수 | % | 수 | % | 수 | % |
| 미혼 | 220 | 40.7 | 1,494 | 29.3 | 194 | 50.8 | 624 | 89.5 | 1,006 | 85.7 |
| 유부녀 | 65 | 12.0 | 811 | 15.9 | 38 | 10.2 | 73 | 10.5 | 47 | 4.0 |
| 이혼녀 | 165 | 30.6 | 835 | 16.4 | 60 | 15.7 | | | 90 | 7.7 |
| 미망인 | 90 | 16.5 | 1,010 | 19.8 | 34 | 8.9 | | | 15 | 1.3 |
| 기타 | | | 953 | 18.7 | 55 | 14.4 | | | 16 | 1.4 |
| 계 | 540 | | 5,103 | | 382 | | 697 | | 1,174 | |

※ 이임하, 『여성, 전쟁을 넘어 일어서다』, 서해문집, 2004, 140면에서 편집 인용

재난과 여성

전쟁 전 미혼 여성의 비율에 비하여 전쟁 중인 1953년에는 29.3%에 불과하고 1958년에는 50.8%로 늘어났으며 1965년 1971년에는 80%를 훨씬 상회하였다. 이에 비하여 한국전쟁을 전후하여 미망인, 이혼녀, 유부녀 등의 성매매가 늘어났다. 이임하의 연구에 1955년 전국 112개 성병 진료소의 진료 자료가 인용되어 있는데 이 중 미망인의 비율은 33.6%에 달하였고, 미망인 중 전쟁미망인은 34.6%로 나타나 있다. 이에 따르면 상당히 많은 수의 미망인이 성매매를 통해 생계를 이은 것으로 보인다.[09]

앞서 살펴본 것처럼 성매매 여성의 다수가 가난 때문에 성매매에 나서게 되었다고 했는데, 실상 많은 미망인이 사회생활이 없는 상태에서 어린 자식들을 부양해야 하는 상황에서 성매매에 나서게 되었을 것이다. 생활고 때문에 성매매에 뛰어들게 되었다는 사연을 적은 기사들은 1950년대 신문 잡지에 꽤 자주 등장하였다.

> 김복술(29)씨는 오래전 인천여고를 졸업한 후 남부럽지 않은 가정 생활을 해오다가 뜻하지 않게 남편이 사망하자 날이 갈수록 심한 생활고를 해결하려고 마침내 댄서 생활을 하면서 윤락의 길을 걸어오다가 마침내 아편 중독자가 되었다.
>
> —『동아일보』 1955.6.6.

20~30대 미망인은 처음에는 바느질로 생활을 하다가 여의치 않으면 다방의 마담으로 취직하였다. 생계를 이을 찾을 수 없던 미망인들은

---

09  이임하, 『한국전쟁과 젠더—여성 전쟁을 넘어 일어서다』, 서해문집, 2004, 146면.

다방 레지나 마담으로 시작해서 댄서로 그러다가 요정의 접대부로 전전하면서 집안의 생계를 이어갔다.

—「전쟁에 상처받은 여인들을 보라」, 『여원』, 1964.6.

위의 사례에서 보이는 미망인 이외에 기혼여성(유부녀)도 성매매에 나서는 경우가 있었다. 이 경우에도 대부분 원인은 가난이었는데 남편이 병에 걸리거나 전쟁에서 부상을 당하여 장애인이 되어 경제력을 잃거나 또 남편의 도박과 방탕이 부인을 성매매로 내모는 사례도 있었다.

이혼을 당하거나 유기당한 여성들이 생계를 위해 성매매에 뛰어들기도 했다. 사회에서는 이혼의 원인을 여성의 탓으로 돌렸고 도덕적으로 타락한 자유부인, 성질 나쁜 여자, 부모를 봉양하지 않는 부인으로 매도하였다. 예상할 수 있는 일이지만 이혼 여성의 사회적 지위는 열악할 수밖에 없었다. 친정과 사회에서 외면당하고 교육도 받지 못하고 기술도 없는 여성들은 식모살이, 행상 등을 전전하다가 생계를 꾸려가는 방법으로 성매매를 선택한 것이었다.

〈그림 1〉

전쟁으로 변해가는 마을과 가부장제에 억압받는 여성의 고통을 그린 영화이다. 미망인으로 두 아이를 키우며 살아가던 언례가 미군에게 강간을 당한 후 마을 사람들로부터 강하게 배척을 받게 되었고 결국 그녀는 생계를 이어가기 위해 '양색시'가 된다. 이 영화에서 가부장들은 언례를 비롯한 '양색시'를 억압하지만 이들의 권한을 침해하지는 못하고 강하게 압박하지는 못한다. 이 영화는 남성 위주의 시각에서 벗어나 여성의 입장을 수용하면서도 강력한 전복을 시도하지는 않았다는 점과 한국 근현대사의 아픔과 모순을 성찰하게 만든다는 점에서 주목할 만하다.

　　한편 여성들이 성매매에 나서게 된 데에는 국가의 '정책'이 배경이 있었다. 1951년 1월 말 전선이 교착되면서 정부는 유엔군 위안소를 본격적으로 설치하였다. 정부는 미군 부대 주변의 댄스홀과 바 등을 내국인 출입금지 구역으로 지정하고 미 헌병대에 지역 통제권을 부여하였다. 이처럼 정부가 위안소를 합법적 제도적으로 구축하고 성매매 여성들이 모이면서 '기지촌'이 형성되었다.[10] 군 부대 주변에 형성된 기지촌은 미군이 여가를 즐기는 장소였고 생계를 이어야 하는 여성들에게는 일자리가 있는 곳이었다. 또 미군을 상대의 서비스업에 일자리를 얻기 위해 피란민들이 몰려들었으며, 1950년대 기지촌에서 70만 명이 먹고 살았다고 한다.

　　1950년대에는 외국 군인과 교제하거나 성매매를 하는 여성들을 비하하여 '양공주', '양색시'라고 불렀다. 아래의 그림에서 양공주는 퍼머를 하고 구두를 신는 등 양장을 하고 '꼬부랑말'을 하면서 미군을 유혹하고 있다.

---

10　김아람, 앞의 글 참고.

〈그림 2〉「해방 10년의 특산물 ③양공주」, 『동아일보』, 1955.8.18

해방의 부산물인 소위 양부인 문제가 외국인이 대부분 물러간 오늘
까지도 이 사회의 화제가 돼있다는 것은 그만큼 우리 사회가 아직 정돈
되어 있지 않다는 것을 말하는 것이며 보건사회부의 직업여성 통계란
에 80%를 차지하고 있는 밀매음 행위자의 수효는 동방예의지국을 자
랑하던 한국 여성에 일대 경종이 아닐 수 없다.

—「딸라의 매력인가—양공주의 실태」, 『여원』, 1956.1

기지촌이 형성된 지역에서 혼혈인이 증가하였다. 기지촌을 중심으로
미군 병사와 한국인 여성의 관계가 동거로 이어지면서 혼혈인 출산이 늘
어났을 것으로 보인다. 하지만 혼혈인 대다수가 기지촌과 관계하여 출산
하거나 성매매와 관련한 것은 아니었다. 원치 않는 임신도 있었지만 사랑
으로 발전하여 결정된 출산도 있었다. 또 기지촌을 벗어난 곳에서도 다수
혼혈인이 출생하였고 미군의 강간 등으로 출산에 이른 경우도 있었기 때

문이다.[11]

　남성들과 달리 여성들에게 전쟁은 성폭력의 위협과 직결되었다. 전쟁미망인 최순남은 미군과의 대면을 다음과 같이 회상하였다.

　　　아휴 그때 여자들 보면 그놈들이 막 겁탈했잖아요? 많이 했지요. 그래가지고 내가 있는데 들어와 가지고 나를 붙드는 거를 우리 시어머니가 붙들어서 나는 쫓겨 나가는데, 시어머니는 인제 미군하고 실랑이를 하고 나는 쫓겨나가 뒷산으로 치달려서, 나는 그래 피신했고, 그래서 내가 없어졌으니까는 미군들이 갔어요. 나 그렇게 한 번 겪었어요 미군한테… 딴 동네에서 어디서 뭐 미군들한테 당해 가지고 뭐 어쩌고 죽고 뭐 그랬다 소리는 많이 들었어요… 미군이 그러지, 인민군, 중공군은 여자들은 그냥 저거 하게 그냥 보통으로 그냥 볼 뿐이지, 뭐 강탈하고 이러는 거 못 봤어요.
　　　　　　—국사편찬위원회, 『전쟁의 상처와 치유』, 2014, 218-219면.

　미군정기의 일이지만 전쟁미망인 원춘희 역시 미군의 성적 위협에 대하여 같은 기억을 하고 있었다.

　　　그냥 그때는 막 무법이야 낮에 우린 가둬서 길렀어요 비행장이니까 낮에 이렇게 돌잖아여 돌면 낮에 여자 있는지도 알고 처녀 있는 줄도 알고 문을 바수고 들어가. (구술자 질문-그때 미군들이 해꼬지를 많이?) 많이 해요
　　　　　　　　　　　　　　　—『전쟁의 상처와 치유』, 311면.

――――
　　11　김아람, 앞의 글 참고.

## 전쟁미망인의 외롭고도 당당한 삶

한국전쟁을 경유하면서 여성들은 가족들을 먹여 살리기 위해 필사적으로 노동을 하였다. 최근에 이루어진 전쟁미망인에 대한 구술작업을 보면 위에서 언급한 한국전쟁과 여성 노동의 변화상이 그들의 파란만장한 삶에 오롯이 새겨져 있음을 알 수 있다. 국사편찬위원회에서 2009년에 작업을 하여 2014년에 편찬한『전쟁의 상처와 치유, 전쟁미망인과 상이군인의 전후 경험』에는 전쟁미망인 3인의 구술생애사가 채록되어 있다. 앞에서 잠시 등장한 구술자 최순남의 삶은 전후의 어려운 환경을 버텨온 전쟁미망인의 고되고 당당한 삶을 실감하게 해준다.

구술자 최순남은 강원도 홍천에서 1931년에 태어나 일제 말 군위안부 공출을 피하기 위해 정혼하였고 해방되자 강원도 횡성의 화전민 김찬수와 결혼하였다. 시집은 시아버지가 일제시기에 위폐를 그리는 일을 하면서 감옥에 드나들면서 몰락하여 매우 가난하였다. 남편은 방위대 대장을 지내며 '빨갱이 사냥'을 나서기도 했으나 한국전쟁 발발 후 인민군에 의하여 강제 징집되었다. 행군 중 탈출하여 거제도 포로수용소에 2년간 수용된 후 다시 국군으로 징집되었고 휴전 직전에 전사하였다. 최순남은 슬하에 아들을 두었으며 남편 사망 후 유복녀를 출산하였다. 농업노동과 가사노동을 전담하였으나 시집살이는 너무나 고됐다고 한다. 전사금을 가지고 도망을 가지 않을까 하는 시어머니와 시댁 사람들의 의심과 학대 속에 고통 받던 중 시누이가 살던 곳으로 시어머니와 이동하게 되면서 최씨의 삶은 더 힘겨워졌다.

재난과 여성

그렇게 전사되고 5만 원이 나온 거예요. 내가 어쩔까봐 시어머니가 그것 때문에 맨날 한 방에서 자고 그거 5만 원 어쩔까봐⋯ 뭐 저거하면 금방 때려요, 밥 먹다가도 때리는 거야⋯ 자기 눈에 거슬리면 벌써 때리고 욕을 해요⋯

—『전쟁의 상처와 치유』. 231-232면.


큰 마을인데 잡곡밥이라고 먹고 산에 가서 나무를 해 오는 게 내일이고 여름이면 밭에 가는 게 일이고 다른 사람 상대를 못 해요. 날 상대 안 해주니까. 뭐 하면 수군수군하고⋯ 따듯하게 봐주는 사람이 하나도 없어요. 우리 시누이도 말도 안 하고 그냥 뭐라면 '흥' 하고 말을 안 해요.

—『전쟁의 상처와 치유』, 233면.


이러던 중에 동네 사람 중 하나가 도시에 가서 식모살이를 하면 돈이라도 벌지 왜 골병들 짓을 하느냐는 소리를 들었다고 한다. 그때까지 최씨의 삶은 돈 생기면 다 시어머니에게 가져다주고, 돈은 다 시어머니가 주관하고 최씨는 밥 먹고 일을 하는 것이 다였다.

1960년 초 민법이 개정되기 이전 기혼 여성에게는 경제권이 주어지지 않았기 때문에 경제력이 없었음을 차치하고라도 가족 안에서 여성의 지위는 너무나 형편없었다. 친정과 떨어져 살았기 때문에 자신을 보호할 지원을 얻을 수 없었으며 시모와 시댁 사람들의 학대에 무차별로 노출되었다.

최씨는 결국 시집살이를 견디지 못하고 딸만을 데리고 1957년에 서울로 상경하였다. 그녀의 고된 노동이 가정 안에서 지위를 보장해주지는 못했던 것이다. 남편의 부재는 최순남의 시댁에서 지위를 더욱 불안정하게 하였고 언제든 재가할 수 있는 존재라는 가능성에서 냉대와 학대는 더해 갔다. 최순남은 연금수령과 재산분배에서 시댁식구와 갈등을 겪었으며 이러한 고통스러운 상황 속에서 무작정 시댁에서 나오게 된 것이었다. 최순남의 구술자인 여성학자 소현숙은 미망인의 상경을 단순히 생계를 위한 활로를 모색하기 위한 것이라기보다 시집으로부터의 탈출의 의미를 더 강하게 띤다고 해석하였다.[12]

그녀는 시댁에서 벗어나고자 하는 강한 의지로 연고도 없는 서울로 무작정 상경하였다. 최순남씨는 가난한 농촌 출신으로 학교 마당에도 못 가 본 터라 몸으로 노동을 하는 것 외에 별다른 기술이나 지식이 없었다. 과부라 하면 업신여길까 염려되어 남편이 군대에 갔다고 둘러대며 일자리를 구했으나 아이가 딸려 있어서 안정적인 식모 자리를 구하기도 힘들었다. 이집 저집을 전전하며 시장 바닥에서 잠을 청한 날도 많았고 "팔자 고치라"는 '유혹'도 많이 받았다. 하지만 최씨는 재혼을 하지 않았다.

미망인들의 구술을 보면 재혼의 요청이 있었지만 홀로 사는 삶을 선택한 경우가 많았다. 보통 자식의 장래를 앞세우거나 '이때까지 절개를 지키고 살았으니 번화한 도시에 가서 살더라도 맘 변하지 말고 살라, 혼자 되니 바람날까봐 절대 친정에 오지 마라, 너는 거기 귀신이니 거기 가야 한다.' 는 등의 주변의 압력 또는 내면화된 가부장적 관념 때문에 이들은 홀로 사는 삶을 선택하였다.

다시 최씨의 이야기로 돌아가 보자 그녀는 청량리에서 행상을 시작하

---

12  소현숙, 「한국전쟁미망인의 전쟁 경험과 전후 생활」, 『전쟁의 상처와 치유—전쟁미망인과 상이군인의 전후 경험』, 국사편찬위원회, 2014, 33-34면.

재난과 여성

였고 이어서 리어카에 무허가 점포를 내서 장사를 시작하였다. 비루한 형편이지만 자기 집까지 마련하게 되자 아들을 데려와 세 식구가 단란한 가정을 이루기도 했다. 그렇지만 무허가 건물은 단속에 걸려 강제 철거를 당하기 일쑤였다. 앞에서 잠시 언급한 것처럼 영세 무허가 영업점(점포,노점)이 급속도로 늘어나면서 단속도 강화되었고 대책 없는 단속은 생계 축소, 무허가로 영업 재개, 단속의 사이클을 이루며 반복되었다. 최씨 역시 다시 무허가 건물을 만들었고 이번에는 청량리 588부근에서 성매매를 하던 여성들에게 세를 주면서 생계를 이었다. 하지만 무허가 건물은 몇 년 후 완전히 철거당하였다. 이후 솜틀집을 얻어 솜 트는 일로 생활하면서 처음으로 번듯한 집을 마련하면서 비교적 안정적인 생활을 하게 되었다.

또 다른 전쟁미망인 원춘희는 1929년생으로 해방 직후 결혼하였고 1950년대 입대한 남편이 한국전쟁 발발 직후 사망하면서 전쟁미망인이 되었다. 남편 없는 시집살이를 견디지 못하고 서울로 상경한 후 삯바느질로 생활을 꾸려가던 중 1961년 원호청의 알선으로 제약회사에 취직하여 근무하였다. 1970년에 전몰군경미망인회 종로지회장을 역임하면서 조선소와 공장들을 견학할 기회를 얻게 되었고 이것이 계기가 되어 스웨터 사업에 뛰어들었다. 꼼꼼한 일 처리와 하청업체와 돈독한 신뢰 관계를 바탕으로 하여 크게 사업에 성공하였고 소유 부동산 가격이 올라 큰 부자가 되어 부유한 노년을 보내고 있다고 한다. 원춘희는 남편의 부재라는 어려운 상황 속에서 별다른 기술 없이 삯바느질로 생계를 이어갔지만 이후 산업화 속에서 성공적으로 사업체를 이끌어나갔다.

최순남과 원춘희는 모두 전쟁 피해자로 고단한 현실을 피해갈 수 없었지만 스스로 삶을 개척해 간 능동적인 행위자로서 삶을 살았다.

## 소처럼 일하니 좋은 대접 해줍디까?

전쟁은 특히 경제적인 영역에서 여성 역할의 확대를 가져왔다. 여성들은 농사일, 행상, 노점상, 음식점 접객부, 삯바느질, 식모살이, 성매매 등 먹고 사는 데 도움이 되는 일이라면 마다하지 않고 뛰어들었다. 그렇다면 여성이 감내한 막대한 '노동'의 대가는 무엇이었을까, 과연 1950년대에 여성의 정치적·사회적 지위는 상승하였을까?

이 시기 가족을 들여다본 연구자들은 하나같이 어머니의 역할이 가족을 유지하는 데 무엇보다 중요했고 그런 의미에서 이 시기 한국 가족은 전형적인 모중심 가족(matrifocal family)였다고 말한다. 앞에서 살펴본 바와 같이 전쟁미망인이건 아니건 대부분의 여성들은 가족의 부양을 책임지는 중심인물이 되고 말았으며 그들의 노동은 남성의 부재를 매운 일시적이고 예외적인 일이 아니었다.[13] 그런데 여성의 역할이 커졌음에도 불구하고 가족 내에서 여성의 지위가 높아지지는 않았던 것 같다. 당시 한국사회에서 여성의 지위는 결혼을 했다고 해서 가족 내 신분이 확정되거나 보장되지 않았다. 다음의 사례를 살펴보자.

> **문** 결혼계는 며느리의 소행을 적어도 반년 동안은 보고 난 후에 내고 싶습니다만 며느리는 결혼 당일에 내는 것을 여태까지 안 냈다고 하면서 매일같이 내려고 하고 있습니다. 어떻게 하면 좋겠습니까?

---

13　배은경, 『현대 한국의 인간 재생산—여성, 모성, 가족계획사업』, 시간여행, 2012, 31면.

**답** 며느리의 소행을 적어도 반년 동안은 보고한 후에 혼인신고를 내겠다는 생각은 얼핏 생각에 퍽 조심성 있고 신중한 생각인 듯하지만 그럴 바에는 결혼 전에 미리부터 잘 알아보아 두었어야 할 노릇이 아닌가 합니다. 그렇지 않고 이미 결혼해서 정조까지 남편에게 바치고 있는 며느리의 소행을 의심쩍게 생각하므로 더 시간을 두고 보아야 하겠다는 것은 점잖은 처사라 할 수 없습니다. 이런 경우 며느리의 주장은 정당한 것이요…

—「딱한 사정」, 『여원』, 1956.3.

위의 문답에서 알 수 있듯이 결혼을 했다고 자동으로 혼인신고가 되는 것도 아니었으며 여성의 지위는 가족 내에서 시부모에 종속된 '며느리'로서 불안정한 존재에 불과했다. 당시 여성들이 가족 구성원으로 안정적인 지위를 확보하는 방법은 소처럼 노비처럼 일하는 것이 아니라 대를 이을 아들을 낳는 것이었다. 영아사망률이 높았기 때문에 여러 아들을 두는 것이 생존 전략으로 안정적이었기 때문에 여성들은 아들을 여럿 낳기를 원했다.

하지만 이 시기 여성들이 무조건 다산을 원했다고 생각하는 것은 큰 오산이다. 주지하다시피 과도한 생계노동과 돌봄노동, 빈번한 출산에 시달렸기 때문에 되도록 안전한 지위를 보장받는 선에서 적은 수의 아이를 낳고 싶어 했으며 이 때문에 출산력을 조절하기 위해 온갖 노력을 기울였다.

당시 출산조절 수단이 보급되지 않았고 피임방법을 모르는 여성이 많았다. 혹시 알고 있더라도 대부분 불법 밀수품일 경우가 많았기 때문에 활용하기 힘들었다. 또 병원에서 실시한 정관수술이나 초보적인 피임수술은 신체적인 부담이 컸고 비용이 만만치 않았다. 병원이 도시에 밀집되어 있어서 농촌 여성들의 접근하기 어려운 한계가 있었다. 그렇기 때문에 실질적으로 여성들이 동원할 수 있는 수단은 금욕과 인공유산뿐이었다. 하지만 금욕은 남성중심적 성문화에서 한계가 있을 수밖에 없었기 때문에 어쩔 수 없이 인공유산에 의지하는 경우가 많았다. 이 시기에 도시의 골목골목에 산부인과가 부쩍 늘어났다는 기사와 잡지 글은 이러한 사정을 말해주고 있다.[14]

1950년대도 여전히 축첩이 성행하였다. 통상 첩을 두는 것은 관습상 인정되었고 처의 인내와 희생은 당연시되었으며 처와 첩이 사이좋게 지내는 것이 미담으로 이야기되곤 했다. 하지만 1950년대 처첩 문제는 가정 파괴로까지 이어져 심각한 사회문제로 떠올랐다.

첩이 되는 경우는 여러 가지였으나 경제적인 문제 때문에 첩이 되는 경우가 많았다. 또 전쟁의 영향이 있었다. 경제적인 문제로 '전쟁을 겪고 피난 생활을 하는 동안 가족을 잃고 생계가 막연하여 경제력이 있는 남성의 첩이 된' 사례가 있었다고 한다. 또 젊은 전쟁미망인이 첩이나 내연의 관계가 되는 경우도 있었다. 제주도 4.3항쟁 이후 남녀 성비 불균형이 심해지면서 나이 든 남성 중 첩을 얻지 않은 이가 없을 정도로 축첩이 증가했다고 한다. 여자가 독신으로 살 수 없는 환경에서 전쟁으로 혼기를 놓친 여성들이 혼자 사느니 첩이 되는 것이 낫다는 인식도 첩살이에 배경이 되었다.[15]

1950년대 여성은 전사 또는 전쟁 동원으로 부재한 남성의 부재를 메우면서 '억척어멈'으로 거듭났지만, 가족과 사회 안에서의 지위는 이전과

---

14  배은경, 위의 책, 47-48면에서 인용.
15  이임하, 앞의 책(2004), 184-185면.

변함이 없었다. 기존의 가부장제 가족문화와 부계 혈통주의가 공고히 유지되고 있는 가운데, 남편의 부재는 부인의 지위를 더욱 불안정하게 하였다. 여성이 자립할 수 있는 사회문화적 자원이 부족한 상황에서 가족으로부터의 독립은 '탈출'에 버금가는 결단이었다. 여성이 가족 내 지위를 안정적으로 유지하는 방법은 가부장적 가족을 존속시키는 것이었다.

## 여자들이여 가정으로 돌아가라

왕성한 경제 활동에도 불구하고 여성의 공식적 지위는 크게 달라지지 않았다. 법적으로 기혼여성은 여전히 경제적으로 무능력자였으며 앞에서 살펴본 바와 같이 가부장제 가족문화 속에서 여성의 지위는 안정적이지 못하였다. 축첩제의 성행과 사회문제화는 여성의 사회적·문화적으로 낮은 지위를 반영하고 있었다. 그럼에도 사회와 가정에서 여성의 지위는 미약하게나마 변화하고 있었다. 여성이 가정 안과 밖에서 변화를 일으키고 있음은 부인할 수 없었는데, 여성의 경제 활동에 대한 당시의 담론 상황이 이를 반영하고 있다.

일례로 계는 당시에 다양한 계층이 참여한 일종의 금융기관으로 자금 축적과 상업 자금 조달을 목적으로 하였다. 그런데 계가 깨지는 일이 각지에서 발생하면서 가정 파탄에 이른 사회적인 문제로 번졌다. 당시 잡지 기사는 '한 사람의 노동으로 생활할 수 없기 때문에 부인이 직업 전선에 진출하게 되었고 계를 위한 외출을 하게 되었으며 이 때문에 가정에 소원해졌고 가정 불화의 원인이 되었다.'고 여성의 활동을 비판하였다. 언론은 여성들이 허영심을 채우기 위해 사회활동을 하는 것이며 이들이 점차 도덕적으로 타락해간다고 비판하였다. '한 사람의 노동으로 생활할 수 없기 때문에 부인이 직업 전선에 진출하게 되었다.'는 사실은 외면한 채 기혼 여성이 집 밖을 출입하는 것은 본분에 어긋하고 도덕적으로 윤리적으로 문제가 있는 일이라며 여성의 가정으로의 귀환을 종용했다.

그러나 당시 사회는 남성의 임금만으로 먹고 살 수 있는 사회가 아니었으며 여성의 노동은 대체재가 아닌 필수재였고 여성 노동은 이후에도 계속되었다. 그럼에도 여성의 사회·경제적 진출에 대한 비난은 여성이 남성의 노동영역을 침범할 것이라는 위협감의 표현이었다.

> 지극히 건전한 생산적인 여성지대로부터 화려한 소비적인 여성지대로 심지어는 뇌살적인 여성지대, 시장적인 여성지대 등등 두루 돌아보는데- 아무리 돌아보아야 그것은 남성들을 위협하는 존재들이다. 힘은 없으면서도 그 가냘픈 몸으로 아양을 떨어가면서 남성들의 직장을 박탈하고 잠식해 들어가는가 하며는 경제력을 박탈하고 그리고 또 생리적으로 사로잡고 만다.
>
> —「기자가 본 여성지대 종횡기」, 『여원』 1956.8.(이임하, 2004, 258면
> 재인용.)

여성의 경제활동에 대한 위협감을 노골적으로 표출한 위의 글은 당시의 여성의 사회경제적 진출에 대한 반감을 단적으로 보여준다. 이러한 담론 상황을 통해서 1950년대 사회가 바람직하게 생각한 여성상이 무엇인지를 엿볼 수 있다.

회사생활에서도 성별 분리는 노골적이었다. 신문 잡지에서는 '직장에 있어서도 여성들은 여성다운 미와 지성을 살리도록 힘쓸 것'을 당부하며 여성으로서의 고유한 아름다움을 갖추고 여성임을 잊지 말 것을 당부하고 있었다. '사원 전체의 놀이 때에는 여사무원은 일일 주부 노릇을 해서 온갖 시중드는 일'을 해야 한다고 했으며 사무실에서 '차를 따라주고 잔시중을 들어주면서 항상 분위기를 부드럽게 만드는 일'을 해야 한다고 하였다. 직장에서 여성은 여성다움을 갖추고 아내의 역할을 충실히 할 것을 요구받았다.

## 글을 마치며

한국전쟁이라는 재난적 상황은 여성으로 하여금 남성의 대신하여 생업 전선에 나서게 하였고, 자연스럽게 이들의 사회경제적 지위도 점차 변화하였다. 전후 한국 사회는 전통적인 가부장의 절대권력이 유지되고 있었으나 이에 도전하는 여성들도 등장하고 있었다. 이로써 전혀 변화한 것 같지 않은 여성의 지위에도 잔잔하나마 변화의 물결이 일고 있었다. 뚜렷한 이념이나 운동으로 표출되지는 않았으나 새로운 가능성이 등장한 시기인 것은 분명하다.

한편 농촌에서는 다시 전통사회로 가고자 하는 바람이 강하게 일어나면서 구질서가 복원되었던 반면 도시에서는 서구화 내지는 자유화와 기존의 가부장제 문화가 기묘하게 동거하면서 갈등을 일으키고 있었다.

이러한 갈등의 한가운데에 정비석의 소설 〈자유부인〉이 있었다. 이 소설은 1954년 1월 1일에서 8월 6일까지 신문에 연재되어 소설로 선풍적 인기를 끌었다. 또 1956년 영화화되어 흥행에 크게 성공하였다. 자유부인은 당대 사회에서 큰 논쟁을 일으켰는데 논의의 초점은 현모양처와 자유부인 = 나쁜 여자의 구분에 있었다. 나쁜 여성은 사치와 허영에 빠져 가정을 저버린 자유부인으로 표상되었고 이에 대별되는 존재로 가정을 지키는 현모양처가 있었다. 자유부인과 현모양처로 분열된 여성상은 변화한 여성의 진출에 대한 당대 사회의 반응을 엿보게 해준다.

포탄이 날아다니고 전우애로 점철된 전쟁사 속에서 그간 삭제되었던 여성들의 이야기는 여러 연구자들과 미망인들의 용기있는 구술로 세상에 모습을 드러내기 시작했다. 그간 대통령 선거 때마다 '사연팔이' 정도로 이야기되었던 전후 어머니의 모습이 전쟁미망인으로 한 푼이라도 더 벌기 위해 거리를 헤매는 행상으로 그 구체적인 모습을 드러낸 것이다.

재난과 여성

『동아일보』

『경향신문』

『여원』

국사편찬위원회, 『전쟁의 상처와 치유, 전쟁미망인과 상이군인의 전후 경험』, 2014.

김아람, 「1950년대 한국 사회의 혼혈인 인식과 해외 입양」, 『고아 족보없는 자』, 책과
함께, 2014.

김인걸 외 편저, 『한국현대사 강의』, 돌베개, 1998.

배은경, 『현대 한국의 인간 재생산―여성, 모성, 가족계획사업』, 시간여행, 2012.

소현숙, 「전쟁고아들이 겪은 전후―1950년대 전쟁고아 실태와 사회적 대책」, 『한국
근현대사연구』84, 2018.

이임하, 「한국전쟁이 여성생활에 미친 영향―1950년대 '전쟁미망인'의 삶을 중심으
로」, 『역사연구』8, 2000.

이임하, 『한국전쟁과 젠더―여성 전쟁을 넘어 일어서다』, 서해문집, 2004.

이임하, 『전쟁미망인, 한국현대사의 침묵을 깨다―구술로 풀어 쓴 한국전쟁과 전후
사회』, 책과 함께, 2010.

이임하, 「상인군인 만들기」, 『중앙사론』33, 2011.

제2부

# 지배 이데올로기,
# 내면화되다

제3장

# 『안티고네』의 재난은 따로 있었다

## 드러나지 않은 뒷이야기

우승정(조선대)

소포클레스(Sophocles)의 연극 『안티고네』(Antigone)는 그리스가 신화와 전설의 시대를 벗어나 도시국가로 발전해가는 상황에서 생기는 딜레마 중 하나를 담고 있다. 인간의 양심이 국가의 실정법과 충돌할 경우 인간은 어떤 선택을 해야 하는가? 인륜이나 천륜은 국가의 법보다 우월한가? 주인공 안티고네로 대표되는 신과 인간에 대한 기본 윤리를 담은 자연법과 크레온(Creon)으로 대표되는 국가 질서를 수호하는 시민법의 상충이 이 비극의 핵심이다. 아버지 오이디푸스(Oedipus)의 비극적 운명의 여정을 끝까지 함께 했던 안티고네가 원수가 되어 서로를 죽인 오빠들 중 반역자로 간주된 폴리니케스(Polynices)의 장례를 치르고자 할 때 이 문제는 대두된다. 죽은 자의 매장에 관한 문제는 인간의 법이 성문화되지 않은 시대에는 의문의 여지가 없던 것이었다. 하지만 그리스 도시국가들은 이제 혈연공동체에서 벗어나 그리스 지역 맹주로 발돋움하기 위해 사적인 것보다 공공의 선을 우선시해야 할 때를 맞이했다. 테베(Thebai)의 왕인 크레온은 테베의 통치자로서 시민들에게 강력한 중앙집권적 통제력에 따를 때 공적 안전을 누릴 수 있다는 의식을 심어주고자 한다. 따라서 테베에는 혈연공동체 시절 사적, 한정적 관습이 아니라 구성원들이 공공의 이익과 국가 기능 유지를 위해 작용해야 할 공익법에 대한 합의와 교육이 필요하다. 『안티고네』는 아테네의 상황을 이웃 도시국가 테베를 통해 투영하고 있으며 비극적이지만 지극히 현실적 교육을 위해 그 나라의 왕족인 안티고네가 그 법의 희생자가 되는 상황을 가정한다.

이와 같이 『안티고네』가 제기하는 문제는 당시의 아테네에 사는 안티고네와 같은 사람들에게는 재난과 같은 일이었다. 작품을 보면서 그들은

'테베의 안티고네에게 일어난 그 일이 우리 아테네 시민들에게 일어난다면 어떻게 행동할 것인가? 그런 일이 일어나지 않도록 우리 아테네 시민들을 무엇을 해야 하는가?'하는 생각을 할 수 밖에 없다. 이점은 『안티고네』가 순수 연극이라기보다는 관람하는 시민들의 정신을 계몽시키기 위한 교육의 성격이 강했음을 시사한다. 작품의 발생 배경을 살펴보면 『안티고네』는 현대에 인식되는 것처럼 국가의 폭거에 저항하는 양심적 개인에 중점을 둔 것이 아니라 실상 통지자의 정치행위를 정당화하기 위한 교육 연극이었다. 더욱이 교육극 양태를 한 이극의 시대적, 사회적 배경을 살펴보면 이 작품은 과히 정치선전극이라 할 수 있다. 이 사실은 위대한 정전 작품 목록에서 맨 위에 있는 이 작품의 품격에 재난과 같은 일이 아닐 수 없다.

　『안티고네』 속 안티고네에게 또다른 재난은 국가의 법이라는 기록이다. 문서화된 기록은 지금까지 신의 뜻에 따라, 천륜을 저버리지 않고 올곧은 양심으로 살아왔던 안티고네를 배신자로 낙인찍어 죽음으로 몰고간다. 혈연공동체 집단이었던 아테네는 부족적 연대를 벗어나 도시국가로 변모해가면서 신의 계명을 따르던 시대에서 법의 지배를 받는 시대로 진화된다. 『안티고네』가 구전으로 전해지던 이야기를 비극으로 체계화된 것처럼 신화와 전설의 시대에 존재한 관습들은 국가의 성립과 더불어 구성원들에게 체계화되고 강제성을 가진 법이라는 기록으로 변모한다. 하지만 그 법 기록은 그 기원부터 여성을 비롯한 사회적 약자들을 그 체계 안에 거의 포용하지 않았다. 그리고 아테네 사회가 주변 도시국가들과 폴리스 동맹을 맺어 세력을 키워갈수록 더 많은 법으로 더 많은 안티고네들이 억압을 받았다. 작품 주인공 안티고네를 비롯해 역사 속 안티고네들에게 벌어져 온 그 달갑지 않은 재난에 관한 이야기를 역사 기록물들을 살펴보는 것으로 시작해 본다.

## 여성의 권위를 외면해 온 기록들: 수메르부터 아테네까지

그리스에 국가가 생기기 전까지의 고대 국가의 법들은 대부분 가부장적 성격이 강하지만 여성의 권위를 보호하려는 노력이 숨어있었다. 현존하는 가장 오래된 법 기록으로 알려진 것은 기원전 2100년~2050년에 기록된 우르남무 법전(Code of Ur-Nammu)이다. 수메르어로 기록된 이 법전은 메소포타미아 지역의 우르를 통치하던 우르 제 3왕조 우르남무 왕 시대의 법을 아들이 성문화한 것으로 보인다. 이 법은 주로 금전적인 배상과 벌금형 위주인데, 57개 항 정도로 조항이 많지 않다. 그 가운데 '남자가 첫 아내와 이혼하면 1미나를 내야한다(9조)'와 같이 여성의 권익을 다루는 내용이 미미하게 담겨있다. 하지만 이 법에는 남자가 처녀 노예, 처녀, 과부에 대해 범한 간음죄에 다른 벌금을 부과하여 여성 집단에 차별을 두고 있다.

두 번째로 오래된 기록은 기원전 1792년부터 1750년 동안 바빌론을 통치한 함무라비 왕의 법전(Code of Hammurabi)이다. 함무라비 법전이라 불리는 이 법은 우르남무 법전이 발견되기 전 가장 오래된 성문법으로 알려져 있었다. 서문, 본문 282개조, 맺음말로 된 이 법은 사법(私法)에서 종교의 영역을 떠난 법규정들을 제시한다. 함무라비 법전에는 아내가 남편의 소유물임을 명시하고 이를 입증하도록 하라는 법이 있었던 것으로 보아 가부장적 규율의 성격이 강했음을 알 수 있다. 하지만 이 법 역시 여성을 납치하거나 폭력적으로 데려가는 것을 막기 위한 것으로 보이며 남편이 학대할 경우 아내는 친정으로 돌아갈 수 있다는 규정을 보면 여성의 기본권을 보장하려는 의지가 다소간 있었다고 보인다.

성경에 남겨진 모세 율법은 기원전 1512년경에 기록되었다. 함무라비 법전과는 달리 종교와 법이 긴밀하게 연결되어 있으며 여성은 남편의 법에 따르도록 규정하지만 여성에게 가해진 해에 대한 처벌 사항이 구체적으로 제시된다. 율법에 따르면 여성은 남편으로부터 이혼증서를 받으면 재혼이 자유로웠으며 가족 중 남자가 없을 경우 딸이 상속지를 받는 것도 가능했다.

수메르 문명과 바빌론 제국의 고대의 법들은 대부분 가부장제를 옹호하고 여성에 대한 남성의 지배권을 인정하지만 그 기록 속에서도 여성을 보호하고자 하는 흔적을 엿볼 수 있다. 하지만 메소포타미아 문명의 영향을 받은 이웃 그리스 지역은 시간이 더 흐른 후에 기록을 남겼음에도 불구하고 여성에 대한 처우는 악화되었다. 기원전 2000년경부터 기원전 1100년 정도까지 고대 그리스 세계를 형성한 에게해(海) 지역에서는 발달된 문명을 가진 메소포타미아와 이집트의 영향을 받아 높은 수준의 청동기 문명인 미케네 문명을 발전시킨다. 미케네 문명은 크레타 섬 지역에서 먼저 형성이 되었기 때문에 크레타 혹은 미노아 문명이라고도 불리는데 점차 그리스 본토로 옮겨가게 된다. 미케네 문명은 그리스 본토와 트로이 지역까지 세력을 확장하였기 때문에 에게 문명이라고 통칭되었다. 기원전 1250년 경에 일어나 약 10년간 지속된 트로이 전쟁은 에게 문명 지역의 그리스 도시들이 트로이를 상대로 벌였다고 한다. 전쟁이 끝날 무렵 아테네를 포함한 미케네 문명 도시들은 위로부터는 철기 문명을 지닌 도리아인의 남하로 쇠약해지고 있었고 트로이 전쟁의 여파로 암흑시대를 맞이한다. 이 암흑시대는 기원전 750년까지 계속되는데 이 시기 미케네 문명을 가진 그리스 도시들에서 문자가 사라진다. 이 시대를 알 수 있는 유일한 방법은 호머(Homer)의 『일리아드』(Iliad)와 『오딧세이』(Odyssey)를 통해서이다. 이 두 작품은 페니키아의 영향을 받아 고대 그리스 문자로 쓰여지기까지 즉 기원전 1200년경부터 기원전 750년까지 약 450년~500년 동안 신과 영웅에 대한 이야기가 음유시인들에 의해 구전으로 전해온 것이다.

구전으로 전해지던 오이디푸스 왕 등의 이야기가 비극으로 쓰여진 것은 아테네 문화의 최전성기였던 기원전 480년부터 기원전 430년까지다. 이 시기는 그리스가 페르시아군의 3차에 걸친 공격을 물리친 때 이후이다. 기원전 550년경, 페르시아의 키루스 대왕(Cyrus the Great)이 그리스 본토 맞은편 이오니아 지방의 그리스 식민도시를 정복하면서 시작된 페르시아 전쟁은, 기원전 492년 1차 전쟁을 시작으로 마라톤 전투로 유명한 기원전 490년 2차 전쟁, 살라미스(Salamis) 해전과 테르모필레 전투(Battle of Thermopylae)로 알려진 기원전 480년의 3차 전쟁까지 그리스군의 승리로 끝난다. 거대 페르시아 제국을 상대로 소규모 도시국가 연합인 그리스군의 믿지 못할 승리는 그리스 세계에 큰 자부심을 심어주었다. 특히 아테네는 기원전 478~448년에 페르시아 재침을 대비하여 그리스 도시국가 연합이 함께 맺은 델로스 동맹(Delian League)에서 맹주 자리를 차지하게 된다. 이로써 아테네는 델로스 동맹의 풍부한 기금을 바탕으로 경제력이 신장되고 민주정을 정착시키며 고전문화의 황금기를 누리게 된다. 『안티고네』는 이 황금기에 해당하는 기원전 440년대에 쓰여져 기원전

443~441년경에 초연된 것으로 보인다.

아테네가 민주정으로 위상을 높여가던 이 시기, 여성의 지위는 문헌을 통해 짐작할 수 있다. 시민사회의 등장은 기원전 9세기 말에 시작되는데 이오니아인들이 자신들을 프로메테우스(Prometheus)의 후손인 '헬렌(Hellen)의 후손'이라는 뜻의 헬라스로 부르며 사회 체계를 구성하면서부터다. 아테네는 황금기를 누리던 때보다 조금 앞선 기원전 594년에 솔론(Solon)이 단행한 개혁법을 통해 아테네 시민들을 소유재산에 따라 4계급으로 나누고 소유한 재산규모에 따라 참정권을 부여했다. 이 법에 따르면 시민이 되기 위해서는 재산을 소유해야 하는데 여성, 노예, 외국인은 재산을 소유하지 못했다. 군인으로 복무하면 시민권을 얻을 수 있었지만 그러기 위해서는 필요한 장비를 직접 구입해야 했기 때문에 재산이 없으면 군인이 될 수 없었다. 기원전 450~451년 페리크레스(Perikles)가 "양친이 모두 아테네인인 부모에게서 출생한 자에게만 시민권을 부여한다"는 법률을 제정함으로써 아테네 시민이 되기 위한 조건이 더 까다로워졌다. 이 법률에 따라 아들이 18세가 되면 아버지는 자신이 속한 데메(deme:고대 그리스 행정 구역 단위)에 등록했는데 여자는 데메 명부에 기입되지 못했다. 데메에 등록된 시민만이 토지와 가옥을 소유할 수 있었기에 여성이 부동산을 소유하지 못했던 것은 당연하다.

아테네에서 여성을 법적 권리의 주체에서 배제하는 문서들은 여러 곳에서 찾을 수 있다. 결혼하지 않은 여성은 아버지의 소유물로 간주되었다. 아테네 여성들은 결혼에서 교환의 매개체가 되었고 결혼은 소유권 제도가 되었다. 수 엘런 케이스(Sue Allen Case)에 따르면 "결혼을 의미하는 희랍어 엑시도시스(exdosis)는 '빌려줌'을 의미했으며 여성들은 친정아버

　　　　　　　　　　　　　　　　　　　재난과 여성

지에 의해 남편들에게 빌려졌고 이혼하는 경우에 다시 되돌려졌다". 결혼
이란 아버지가 가진 여성의 소유권을 남편에게 양도하는 것이며 남편은
그 소유권의 법적 대리인이 되는 것이다. 이런 소유권 거래에서 소유물인
여성의 의지는 전혀 고려되지 않았다. 크세노폰(Xenophon)의『오이코노
미카』(Oikonomika)에 보면 이스코마코스(ischomachos)라는 사람이 "나
의 결혼 선택은 나 스스로 고려했고 당신의 부모는 당신을 위해 좋은 신랑
감으로 나를 선택했다"라고 언급한 내용은 아테네에서 남성은 결혼의 주
체인 반면 여성은 결혼의 객체임을 알 수 있게 한다. 여성이 결혼의 객체
이었기에 아테네에서 여성은 지참금이 없으면 결혼할 수 없었다. 여성이
자신과 동등한 사회적 신분을 가진 남성과 결혼하려면 가장의 재산 1/10
에 해당하는 지참금을 가져야 했다. 이 지참금은 여성이 아버지로부터 받
는 유일한 재산이지만 이마저도 결혼하면 남편의 재산이 되기 때문에 여
성에게는 이 돈에 대한 권리도 없었다.

　여성들이 법정에 설 수 없었다는 기록은 아테네 여성들의 법 지위에 대
한 또다른 사실을 알려준다. 여성들은 법정에서 증언할 수 없었고 심지어
법정 연설에서 이름이 언급되는 것조차 명예롭지 못하다고 여겼다. 이사이
오스(Isaios)의 변론문 6번『필로크테몬』(Philoktemon)에는 "필로크테몬
의 아버지 엑테몬(Euktemon)의 실제 아들, 즉 필로크테몬 자신 그리고 에
르가메네스(Ergamenes)와 헤게몬(Hegemon) 그리고 그의 두 딸들과 그들
의 어머니, 엑테몬의 아내, 세피시아(Cephisia)의 멕시아데스(Meixiades)의
딸은 모든 그들의 친척 및 그들의 프라트리아(phratry:영향력 있는 가문이나
씨족의 단위, 형제단)의 구성원과 그들의 데메(deme)의 구성원들에게 잘 알
려져 있다. 그리고 그들은 당신에게 증명할 수 있다"라는 문구가 있다. 여

기에 보면 여성은 이름 대신, 누구의 아내, 딸, 동생으로 언급되어 실체를 알 수 없다. 말하자면 여성들은 남성과의 관계 속에서만 존재할 수 있을 뿐 주체적이거나 독립적인 존재로 간주되지 않았다.

결혼한 여성들에게는 두 가지 임무가 있었는데 하나는 집안을 관리하는 것이고 다른 하나는 자녀를 양육하는 것이었다. 그리고 그러한 어머니상이 바람직하고 존경할 만한 여성인 것으로 교육받았다. 결혼한 여성들은 남편이 아닌 남자를 만나는 것이 엄격하게 금지되었다. 유필레토스(Euphiletos)는 아내에게 평소에 "내가 친구를 저녁 식사 대접을 하기 위해 데려왔을 때 당신의 모습을 보여서는 안된다. 여성이 친족이 아닌 다른 남성과 함께 식사를 하고 술을 마신다는 것은 그 여성이 첩이나 매춘부지 아내가 아니라는 증거다"라고 훈계했음을 법정에서 증언했다. 이렇듯 여성은 다른 남자와 격리된 생활을 하였다. 여성이 사회로 나와 자유로이 행동하려면 매춘부가 되는 수밖에 없었다.

결혼한 여성들이 남편 외의 남자와 격리되어 생활했다는 점은 아테네의 그림에 나타난 가옥구조나 꽃병의 그림에서도 확인할 수 있다. 아테네의 가옥은 일반적으로 바깥문 하나가 있고 외부인과 접촉할 수 있는 뒷문은 없다. 남성이 입구 쪽 맞은편의 안뜰에 거처하는 반면 여성은 위층에 거처했다. 이 시대의 생활도자기나 장식품에 나타난 그림을 보면 여성들은 주로 실내에서 있고 물을 길러오는 외부 활동은 노예들을 시켰다. 두 개의 그림은 기원 5세기경 실내에서 물레질이나 바느질과 같은 수작업을 하며 머물러 있어야 하는 그리스 여성들의 단조로운 삶을 잘 나타내고 있다. 결혼한 여성들은 디오니소스(Dionysus) 축제와 같은 대규모 축제나 장례식과 같은 특별한 행사가 있을 때만 밖에 나오는 것이 가능했다.

재난과 여성

과부가 된 여성들의 법적 보호자는 남성들이었다. 이 경우에는 주로 아들이 법적보호자가 되거나 친정 아버지가 생존해있다면 그 아버지의 보호 아래 있게 된다. 솔론의 상속에 관한 법률에는 남편의 사망 후 여성의 상속권에 대한 내용이 나온다. 남편이 죽은 후 친정아버지에게 돌아간 여성의 상속권은 아버지 쪽의 방계 남자 친척에게 가며 남자 친족이 없을 경우 어머니의 방계 친족으로 넘어가지만 이 경우에도 남자 자손들에게 그 자격이 주어진다. 따라서 여성들은 실질적으로 상속을 받을 수 없었고 자신을 변호할 법적 대리인 남자가 있어야 했다. 여성은 사회적 발언권이 없기 때문에 억울한 일을 당할 경우 아들이나 친족의 도움을 받아야 했다. 이런 예를 『리시아스 변론집』(Lysias) 32장 「디오제톤에 대해」(Against Diogeiton)에서 엿볼 수 있다. 디오도투스(Diodotus)의 어머니는 남편이 죽자 친정아버지의 집에 세 자녀를 두고 재혼을 하였다. 손자들이 성년에 달하자 할아버지는 장남에게 돈을 한 푼도 주지 않고 쫓아냈다. 그러자 세 형제는 어머니에게 가서 이 문제를 상의했고 어머니는 남자 친족과 상의하여 친정아버지를 고발하여 재판을 한다.

그리스 사회의 여성과 그들의 지위에 대한 개념은 아이스토텔레스(Aristotle)에 이르러 여성이 천성적으로 열등한 존재라는 이론으로 확립되었다. 그는 『시학』(Poetics)에서 여성을 열등하고 해로운 존재로 간주하는 담론을 체계화했다. 이 책에서 그는 고대 그리스의 연극에 나타나는 여러 원리를 조사하여 이론적으로 정립하였는데 이는 오늘날까지 연극의 교과서이자 비극의 성격에 관한 최고의 자료로 여겨진다. 그러나 그는 "연극적 경험의 본질과 관객의 역할에서 여성을 거부하는 가부장적 편견을 확립"하여 근대까지 그 원리가 이어지게 했다. 여성의 특성에 대한 아리스토텔레스의 정의를 살펴보면 다음과 같다.

- 우선 가장 중요한 것은 등장인물이 선해야 하며 … 선함은 모든 계층 개개인에게 가능하다 … 왜냐하면 비록 여성이 남성보다 열등하고 노예는 대단히 무지하지만 여성과 노예도 그들 특유의 덕성들을 지니고 있기 때문이다. (시학 2-8행)
- 등장인물과 관련하여 … 최초의 중요한 것은 그들이 선해야 하며 … 그러나 선함은 각 계층 사람들에게 있다. 사실 선한 여자 같은 것이 있으며 선한 노예 같은 것도 있다. 비록 분명히 이들 계층 중 하나는 열등하고 다른 하나는 무가치하지만. (16-24행)
- 등장인물이 용감할 수는 있지만 여성에게는 어울리지 않다. (24-6행)
- 성격적 관점에서 사람은 남자다울 수 있다. 그러나 여성들이 이러한 특질이나 남성들에게서 연상되는 지성적 현명함을 드러내기란 적절하지 않다. (9-12행)

그는 『정치학』(Politica)에서 세상의 모든 것은 목적을 가지고 존재한다는 목적론적 세계관을 주장하면서 여성의 열등함을 다음과 같이 이론화했다.

- 노예는 기획 능력이 전혀 없고 여성은 있지만 권위가 없고 아이는 있지만 성숙하지 않다. (1260a 2)
- 남자의 용기는 통치자의 용기이고 여성의 용기는 섬기는 자의 용기이다. (1260a 14)
- 수컷이 본성적으로 더 우월하고 암컷은 열등하여 수컷이 지배하

재난과 여성

고 암컷은 지배를 받는다. 그리고 이런 원칙은 인간관계 전반에
적용되어야 한다. (1254b 2)

- 남편과 아버지는 아내와 자식들을 지배한다 … 연장자나 어른이
  젊은이나 미성숙한 자보다 우월한 것과 마찬가지로 본성적으로
  남성은 여성보다 명령을 내리는 데 적절하다. (1259a 38-b 16)

아리스토텔레스는 『안티고네』가 기록되고 상연된 때보다 100여 년 후
활동한 인물이긴 하지만 그는 아테네 비극의 전성기에 나온 여러 작품들
이 공통적으로 갖는 연극적 관습과 사회적, 과학적 사고를 체계화했다. 이
러한 이유로 그는 소크라테스(Socrates), 플라톤(Plato)와 함께 서양 철학의
근본을 이루고 있다. 또한 그의 저서들은 중세 학문에 지대한 영향을 주었
으며 그의 윤리학은 현대에까지 관심을 받고 있다. 하지만 그는 현대에 '여
성 혐오주의자'라는 말을 들을 정도로 여성을 비하하고 여성의 본성을 인
간 이하로 기록했다. 현재 그가 남긴 저서의 약 1/3만이 남아 있다고 하는
데 그의 저서가 온전히 살아있다면 여성들은 어떤 역사를 살아야 했을지
생각만 해도 등골이 서늘해진다. 현재 살아남은 그의 저서가 끼친 영향력,
특히 여성들의 가능성과 능력을 비하하고 억압하는 데 행사한 힘을 보면
그는 여성들의 역사에 역대급 재난을 불러왔다는 사실은 자명해 보인다.

## 정치 선전을 위한 기록으로서 「안티고네」

위대한 작품으로 손꼽히는 『안티고네』가 문학사적 의미에서 재난과 같음을 알아보는 것이 의미가 있는 이유는 『안티고네』가 상연되던 시대적 배경과 그 목적 때문이다. 『안티고네』는 페리클레스(Perikles)가 투키디데스(Thucydides)를 물리치고 안정적으로 아테네를 통치하던 시기에 상연되었다. 하지만 정치적 상황은 여러 세력의 갈등으로 불안정하였는데 이러한 갈등을 잠재우고 민중의 지지를 확보하고자 풍요와 다산의 신 디오니소스를 기리는 축제를 매년 열었다. 이 축제는 귀족들이 즐기던 올림푸스 축제를 일반 시민들을 위한 축제로 바꾼 것이다. 갈등을 봉합하고자 국가에 의해 기획되고 재정 지원을 받는 이 축제는 인구 절반이 참여하는 국가 프로젝트였다. 이때 상연되는 비극은 국가 정책 방향이나 지배계급의 사고를 반영하는 작품들이 공연되었다.

아테네 시민들이 민주시민으로서 교육을 받는 장치는 민회에서 연설을 듣거나 극장에서 연극을 관람하는 것이었다. 짐작할 수 있듯이 민회의 연설을 듣는 것은 상당한 지식이 필요한 반면 극장에서 보는 연극은 대중적인 지식만을 가지고도 가능했다. 기록에 따르면 아테네 시민의 1/2이 극장에서 비극을 관람했기 때문에 극장은 시민들을 위한 훌륭한 정치 교육의 장이었다. 아테네의 극작가들은 극장의 이러한 특성을 알고 연극에 그리스의 쟁점이 되는 문제나 시사적 내용을 담았다. 더구나 디오니소스 축제를 관장하던 관리인 아르콘 에포니모스(archon eponymous)의 중요한 임무는 그 해에 상연되는 극의 스폰서를 정하는 것인데 그들에 의해 공연 작품이 선정될 가능성이 많았기 때문에 희곡 작가들은 그들의 기호에 맞는 작품을 써야 했다. 국가 주도의 축제를 맡은 담당자들은 분명 국가의 정책을 지지하고 지배력을 공고히 하는 작품이나 심지어는 선전하는 작품을 원했을 것이다. 때문에 이 당시의 극장은 효과적인 정치 선전장이 될 수 있었다. 따라서 소포클레스가 『안티고네』의 성공으로 스트라테고스(strategoes)가 된 데에는 그 작품 속에 그의 정치적 비전과 야망을 성공적으로 녹여냈기 때문으로 이해할 수 있다.

국가 정책에 부합하고 아테네 시민들이 좋아할 비극의 주제는 주로 이민족 페르시아와 벌인 전쟁과 그 영웅들, 혹은 그와 유사한 신화 속 인물들의 생애였다. 신화 이야기를 다룰 때는 관객이 공감할 수 있도록 친-아테네적 사고와 성향이 드러나게 변형시켜야 했다. 아테네 시민들에게 인기 있었던 비극의 주인공들은 오이디푸스, 안티고네나 아가멤논(Agamemnon), 클라이템네스트라(Clytemnestra), 엘렉트라(Electra), 오레스테스(Orestes)와 같은 인물로 아테네의 이웃 국가이지만 아테네를 등진 국가의 왕실 가족이다. 오이디푸스 가족은 테베이고 아가멤논 가족은 미케네 즉 아르고스이다. 이 두 나라는 기원전 480~479년 페르시아가 아테네를 침공했을 당시 페르시아의 편을 들거나 중립을 지켰다. 테베가 자리하고 있는 보이오티아(Boeotia) 지역의 델로스 인보동맹(Amphictyonia) 12개 국가 중 9개 국가가 페르시아를 지지했다. 따라서 테베를 비롯한 이 지역의 국가들은 아테네로부터 페르시아를 도왔다는 비난을 들었고 결국 아테네는 3차 페르시아 전쟁을 승리한 후 동맹을 해체시켰다. 소포클레스는 이런 관계를 반영하여 『오이디푸스 티라노스』(Oedipus Tyranos)에서 테베와 아테네는 원수가 될 것이라고 예언하기도 했다. 우연인지 필연인지 기원전 431년~404년에 일어난 3차에 걸친 펠로폰네소스 전쟁(Pelopennesian War)

에서 테베는 스파르타와 함께 아테네에 대항하여 전쟁을 벌였고 결국 승리했다.

테베가 그리스에 항거하는 행동은 그들의 기원과 관련 있다고 보기도 한다. 테베의 역사를 살펴보면 건국자는 카드모스이고 그가 이오(Io)와 결혼한 후 미케네(아르고스)의 조상인 아이깁토스(Aigyptos)를 낳는다. 이오는 헤라(Hera)의 여사제였으나 제우스(Jeus)의 눈에 들어 그의 아이를 임신하게 된다. 하지만 헤라의 질투로 인해 제우스가 그녀를 암소로 변하게 하고 암소로 변한 이오는 헤라를 피해 이집트까지 피신하게 된다. 그녀는 거기서 정착하여 에파포스(Epaphus)를 낳는다. 그녀의 후손 중 페르시아의 조상이 되는 페르세스(Persus)를 낳은 페르세우스(Perseus)가 태어난다. 헤로도토스(Herodotus)에 따르면 페르시아는 그리스 침공에 앞서 아르고스에 사절단을 보내어 자신들의 선조는 아르고스 출신으로 같은 조상을 가진 사람들이므로 이 전쟁에서 중립을 지켜달라고 부탁하였다고 한다. 이 말이 사실인지는 알 수 없지만 아르고스는 전쟁에 참여하지 않았고 이로 인해 그리스인의 적이 되었다.

테베 왕가의 시조가 되는 카드모스는 포세이돈(Poseidon)과 리비아(Libya) 사이에 태어나 페니키아를 세운 아게노르(Agenor)의 아들이다. 아게노르는 에우로파(Europa), 킬릭스(Cilix), 포이닉스(Phoenix), 카드모스(Cadmus)를 자녀로 두었는데 딸인 에우로파가 황소로 변한 제우스에게 유괴되자, 딸을 찾기 위해 아들들을 보낸다. 그는 아들들에게 에우로파를 찾지 못하면 돌아오지 말라고 명했다. 카드모스는 에우로파가 어디 있는지 알기 위해 아폴로(Apollo)에게 물어 보았는데, 아폴로는 그에게 아버지 아게노르가 준 임무는 그만 신경 쓰고, 자신이 보낸 암소를 따라가다

재난과 여성

그 암소가 지쳐서 눕는 곳에, 도시를 세우라는 신탁을 내렸다. 암소를 따라 간 카드모스는 그 암소가 멈춘 곳에 도시를 세우기로 작정하고 또한 그 암소를 아테나(Athena)에게 제물로 바치기로 했다. 그리고 이에 필요한 물을 긷기 위해 샘으로 사람을 보내는데, 그 샘을 지키고 있던 용이 동료를 죽이자, 카드모스는 그 용을 죽였다. 아테나(Athena)가 나타나 그 용의 이빨을 땅에 심으라 해서 카드모스가 땅에 이빨을 뿌리니, 땅에서 무장을 한 군인들(스파르토이:Spartoi)이 튀어나와 서로 싸우다가 5명만 남았는데, 그들은 카드모스를 도와 테베를 세웠다. 그런데, 그 용은 아레스(Ares)의 것(혹은 자식)이었기에, 카드모스는 그 처벌로 아레스를 위해 고된 노동을 해야 했다. 그다음 그는 아레스와 아프로디테(Aphrodite)의 딸 하르모니아(Harmonia)와 결혼했다.

고대 그리스의 암흑기가 끝나고 문자를 사용하게 된 것은 페니키아어의 영향으로 카드모스는 그리스에 알파벳 문자를 가져다 가져온 인물로 여겨졌다. 하지만 그리스인들은 그가 외국 출신이기 때문에 결국은 그리스를 침공할 외국군을 몰고 올 인물이라고 생각했다. 따라서 테베는 아테네인들에게 동맹이 아니며 민주 시민이 아닌 야만족의 나라이어야 했다. 비극이 주제로 삼은 테베 왕국은 재난이 계속되다 멸망되어야 마땅했다. 소포클레스는 아테네의 시민교육 프로젝트에 따라 오이디푸스 왕 이야기의 원작이 나오는 호머의 『오디세이』의 결말을 바꿨다. 원작의 오이디푸스는 자신의 잘못이 밝혀진 뒤 용서를 구하고 계속 테베를 통치하다 영웅적인 전사를 하며 정중한 장례식까지 받으며 끝을 맺는다. 하지만 소포클레스의 오이디푸스 이야기는 비극적 가문 이야기로 개작되고 아테네에 등을 돌린 국가가 받아 마땅한 처벌을 받는 것으로 끝맺는다. 다음의 이야기가 소포클레스가 차용한 오이디푸스 가족사이다.

카드모스와 하르모니아는 딸 넷 아우토노에(Autonoë), 이노(Ino), 아가베(Agave), 세멜레(Semele), 아들 폴리도로스(Polydorus)를 두었다. 아가베(agave)는 스파르토이(spartoi) 중의 한 명인 에키온(Echion)과 결혼하여 아들 펜테우스(Pentheus)와 딸 에페이로스(Epeiros)를 낳았다. 펜테우스에게는 아들 메노에케우스(Menoeceus)가 있었는데, 메노에케우스는 아들 크레온(Creon)과 딸 히포노메(Hipponome), 이오카스타(Jocasta)를 두었다. 히포노메는 페르세우스의 아들 알카에오스와 결혼했다고도 한다.

이오카스타는 라이오스(Laius)와의 사이에서 그 유명한 오이디푸스(Oedipus)를 낳았다. 그들은 아이가 아버지를 죽이고 어머니와 결혼할 것이라는 신탁때문에 아이를 죽이게 했지만, 그 임무를 맡은 사람은 차마 죽이지 못해 버렸고, 아이가 없던 코린트(Corinth)의 왕 폴리보스(Polybus)가 오이디푸스를 구해 자신의 아이로 키웠다. 성인이 되어 자신의 운명을 알게 된 오이디푸스는 예언을 피하기 위해 가출하여, 방랑하다가 어떤 노인과 시비가 붙어 그를 죽였다. 계속 방랑하던 중 스핑크스(Sphinx)에게서 테베를 구하고, 최근에 왕(라이오스)을 잃은 테베의 왕비 이오카스타와 결혼하고 테베의 왕이 되었다. 세월이 지난 후 오이디푸스는 선왕의 살인범이 자신이란 것과, 선왕이 자신의 친부모임을 알게 되었다. 아들과 결혼했다는 것을 깨달은 이오카스타는 자살하고, 오이디푸스는 자신의 눈을 스스로 멀게하고 다시 방랑의 길로 접어들었다. 오이디푸스는 딸 둘과 아들 둘을 두었는데, 딸 안티고네(Antigone)와 이스메네(Ismene)는 아버지를 따라갔다가, 오이티푸스가 죽은 후 테베로 돌아왔다. 아들 에테오클레스(Eteocles)와 폴리니케스는 테베 왕위를 두고 싸우다 죽었고, 테베의 왕위는 크레온이 승계한다. 크레온은 에우리디케(Eurydice)와의 사이에서 딸 메가라(Megara), 헤니오케(Henioche), 피르하(Pyrrha)와 아들 메가레우스(Megareus), 메노이케오스(Menoeceus), 리코메데스(Lycomedes), 하이몬(Haimon)을 두었는데, 후에 크레온과 안티고네의 반목으로 안티고네가 자살하자, 그녀를 사랑했던 크레온의 아들 하이몬도 자살하며, 그 충격으로 크레온의 아내 에우리디케도 자살한다. 헤라클레스의 첫 번째 아내 메가라(Megara)도 크레온의 딸이라고 한다.

『안티고네』의 시작 부분에서 테베를 "백성들은 모두 병들었고 대지는 열매를 맺지 못하고 산고로 죽어가는 아내들과 어머니들은 울고 통곡하는 도시"로 묘사하고 있는데 이는 아테네가 가진 반페르시아적 혹은 반테베적 입장을 관객에서 효과적으로 전달한다. 이 비극은 주제적으로 깊이 숙고하면 개인의 신념/양심 대 국가의 명령의 대립으로 접근할 수 있지만 표면상으로는 아테네를 등진 국가가 겪는 근친상간, 형제간의 권력 다툼, 그로 인한 총체적 재앙의 이미지를 부각시켜 애국주의와 민족주의를 고취시킨다.

이 극을 핵심 쟁점인 시민의 의무와 혈연의 의무와의 충돌 상황이라는 관점에서 보더라도 아테네를 테베보다 우월한 국가임을 부각한다. 테베 왕인 크레온(Creon)과 그의 아들 하이몬의 논쟁이나 크레온과 안티고네의 논쟁은 자기만의 소신으로 무장한 사람들이 타협하지 않고 고집스럽게 자신의 신념을 주장하다가 모두가 파멸에 이르는 불통의 형국이다. 민회에서 국가 문제에 대한 연설을 듣고 현안 문제를 다룬 연극을 관람하며 아고라에서 일상적으로 연설과 토론을 통해 자유로운 의사소통을 했던 아테네 시민들의 보기에 『안티고네』속 테베인들은 개인의 옳고 그름을 떠나 의사소통과 협치를 하지 못해 국가의 불행을 자초한다. 또한 이 극은 아테네인들에게 테베의 사람들은 소통을 못하는 왕족들의 나라, 신들의 불문율을 무시하는 나라, 여자가 남자의 권위에 도전하는 야만의 나라라는 인식을 심어주면서 동시에 아테네의 우월성에 자부심을 일으키는 효과를 가져왔다. 이러한 연극의 정치성이 아테네의 제국주의적 성향을 부추기는 정서적 요인이 되었음을 이해하기는 어렵지 않다.

통치방식의 문제 역시 아테네의 우월성을 보여주려는 의도가 나타난다. 하이몬과 크레온이 벌이는 설전은 크레온으로 대표되는 테베의 독재적 통치방식에 대한 비판을 상징한다. 처음에 하이몬은 "저는 사람들이 안 보이는 곳에서 수군거리는 소리를 듣습니다 … 아버지만 옳다고 믿지 마십시오. 돛의 밧줄을 팽팽하게 잡아당기기만 할 뿐 늦추지 않는 사람은 배를 전복시켜 항해를 못하게 할 것입니다"(97)라며 크레온에게 테베 주민의 민심을 전하고 그의 강압적 통치을 늦추도록 조언한다. 하지만 크레온은 자신의 주권 정당성을 주장하며 아들의 건전한 충고를 받아들이지 않는다. 그리고 그들의 논쟁은 다음과 같이 날카롭게 대립한다.

> **하이몬**  테베 사람들은 이구동성으로 그렇지 않다고 생각합니다.
> **크레온**  테베 사람들이 내가 어떤 명령을 내려야 하는 것까지 지시한단 말이냐?
> **하이몬**  마치 어린 군주처럼 말씀하시는군요.
> **크레온**  내 자신이 아니라 다른 사람을 위해서 내가 이 나라를 다스

재난과 여성

려야 한단 말이냐?

**하이몬**  단지 한 사람에게 속한 나라는 없습니다.

**크레온**  나라는 통치자의 소유물이 아니냐?

**하이몬**  차라리 사막의 통치자가 되는 편이 낫겠네요. (98)

위의 대사는 하이몬과 같이 옳은 말을 하는 사람들에게 배우지 않으려는 독재자의 아집을 보여준다. 오히려 크레온은 나라가 통치자의 소유물이라고 말하면서 절대 권력에 대한 의지를 밝힌다. 소포클레스가 하이몬의 입을 빌어 한 사람에게 속한 나라는 없다고 말한 것은 아테네의 시민에 의한 정치를 찬양하고 테베의 권위주의 통치를 비하하고 있음을 표출한다.

『안티고네』의 장면들은 애국심에 호소하여 정치적 입지를 확보하려는 소포클레스의 야심이 담긴 작품이라고 할 수 있다. 이 작품 속에서 경쟁국인 테베 통치자의 오만과 구성원의 분열을 드러내어 아테네인들이 자신들의 정치체제에 자부심을 갖게 했다. 이 비극이 주는 카타르시스는 고결한 인간이 사소한 성품의 결함 때문에 파멸에 이르게 되는 데서 생긴다는 고전적 의미가 아니라 죽은 자에 대한 예우도 못갖추게 하는 야만의 나라가 멸망하는 과정을 지켜보면서 생겨나게 된다고 볼 수 있다. 또한 아테네인들은 자신들이 갖춘 시민정치 체제에 안도감을 느끼며 그 체제의 소중함을 깨닫고 보호하려는 의지를 불태웠다고 할 수 있다. 그렇다면 소포클레스가 델로스 동맹의 재무관이었고 10인의 프로보울로스(proboulos: 국가 최고 위원)에 뽑힐 수 있었던 것은 테베와 왕족 안티고네의 재난을 성공적으로 이용한 결과라고 볼 수 있다. 그러한 정치적 계산이 깔린 『안티고네』가 위대한 정전의 명단에 있다면 그것은 『안티고네』의 재난이자 이후

세대에 나타난 안티고네들의 재난이라 할 수 있지 않을까? 이것을 생각하면 안티고네에게는 안타까운 마음이, 『안티고네』에는 씁쓸한 마음이 들 뿐이다.

리시아스, 최자영 옮김, 『리시아스 변론집 1』, 나남.

리시아스, 최자영 옮김, 『리시아스 변론집 2』, 나남.

손병석, 『아리스토텔레스 『정치학』 연구: 플라톤과의 대화』, 한국문화사.

수 알렌 케이스, 김정호 옮김, 『여성주의와 연극』, 한신문화사.

시혜로도토스, 천병희 옮김, 『역사』, 숲.

아리스토텔레스, 천병희 옮김, 『시학』, 문예.

최영진, 「아테네 비극과 민주주의: 『안티고네』를 중심으로」, 『유라시아연구』7.4 (2010): 463-499면.

최혜영, 「아테네 비극의 정치적 함의와 페르시아 전쟁—오이디푸스 및 아가멤논 왕가의 비극을 중심으로」, 『서양고대사연구』 Vol.18 (2006):105-124면.

Sophocles. "Antigone." Greek Drama. Ed. Moses Hadas. Bantam Books: New York. 1982. pp.80-110.

제4장

# 정치적 재난에 대처하는 여성들

## 士禍를 극복하고 가문을 지키다

황수연(홍익대)

## 사대부 가문의 정치적 재난, 士禍[01]

지난날 간흉에게 붙좇은 무리가 저들에게 영합하는 일을 하지 못하는 것이 없었으나, 전 현감 이태화(李泰和)의 패려한 조치에 대해서는 흉당의 무리도 놀랐으니, 여타 사람들이 분개함은 자연히 알 수 있습니다. 이술지의 처는 옥구현의 노비안(奴婢案)에 올랐으니, 그 비참한 광경에 길 가는 사람들이 눈물을 흘리지 않은 자가 없었습니다. 그는 혈혈단신 과부의 몸으로 이런 참화를 만났으니, 어찌 스스로 목을 매어 시신을 구렁에 나뒹굴게 할 뜻이 없었겠습니까. 그러나 엎어진 둥지의 남겨진 알과 같은 자식들이 품에 있었기 때문에 구사일생으로 겨우 본현에 도착하였지만, 잠시도 목숨을 보전하지 못할 것 같았습니다. 그런데 이태화는 흉도의 의도에 영합하여 아일(衙日)에 점고할 때마다 그를 위협하여 관아 앞으로 몰아넣고는 입은 옷을 벗기고 강제로 뜰아래에서 무릎을 꿇도록 하여 여러 가지 곤욕을 주었는데, 하리배들도 모두 얼굴을 돌린 채 울며 차마 똑바로 쳐다보지 못하였습니다. 그가 만약 조금이라도 사대부의 마음을 가지고 있었다면 어찌 차마 이런 짓을 할 수 있었겠습니까. 죄를 짓고 유배된 부녀자 대신 그의 여비가 점고를 받는 것은 관장(官長)도 오히려 그대로 버려두는데, 저 이태화는 무슨 심사로 예전에도 없었고 지금도 보지 못하는 놀라운 일을 홀로 행하는 것입니까. 이렇게 청명한 시절을 맞이하여 이와 같이 무식하고 지극

---

01  이 글은 필자의 「사화의 극복, 여성의 숨은 힘」(『한국고전여성문학연구』제22집, 2011)을 토대로 수정·보완한 것이다.

히 도리에 어긋나는 사람을 그대로 버려두고 논죄하지 않을 수 없습니다. 전 현감 이태화를 극변에 정배하소서.

—영조실록 4권, 영조 1년(1725년 4월 19일)

1725년 사간 박치원은 이태화를 정배시키라는 계를 올리며 그의 패악한 행동을 적시하였다. 이태화가 유배 죄인에게 포악하게 굴었던 것을 직접적인 정배 이유로 문제 삼은 것은 아니었지만 징벌을 결정하는 데 작용했다. 이태화에게 괴롭힘을 당한 유배 죄인은 신임사화 때 참형을 당한 이술지의 처이다. 그녀는 한성부우윤을 지낸 김응경의 딸이고 좌의정 이건명의 며느리였다. 이건명이 신임사화 때 참형을 당한 후 남편 이술지는 교수형에 처해졌고 이술지 처는 전라도 옥구로 유배를 가 관비가 되었다. 유배는 중벌에 해당하는 형벌이다. 유배 죄인은 유배지에서 행동의 구속을 받으며 유배지 관장의 관리를 받아야 한다. 그 중에 하나로 매달 1일과 15일 관아에 나가 점호를 받는 절차가 있다. 유배지를 일탈하지 않았는지 확인하고 단속하기 위한 것이다. 그런데 유배된 사족 부녀자의 경우 여종이 당사자 대신 점고를 받는 것이 관례였던 모양이다. 하지만 이태화는 점고할 때마다 이술지의 며느리를 위협하여 관아 앞으로 몰아넣고 입은 옷을 벗기고 강제로 뜰아래에서 무릎을 꿇도록 하며 여러 가지 곤욕을 주었다. 이태화의 과한 처사에 하리배들도 모두 얼굴을 돌린 채 울며 차마 똑바로 쳐다보지 못할 지경이었다.

이태화는 당시 정권을 잡은 소론에게 잘 보이기 위해 관례를 무시하고 이술지 처에게 모욕을 주었다. 이조판서를 역임하고 좌의정에 오른 시아버지와 한성부우윤을 지낸 친정아버지를 둔 사족 여성이었던 이술지 처

재난과 여성

는 사화로 인해 남편을 잃고 하루아침에 관비로 전락하여 온갖 수모를 당했다. 사간 박치원의 말대로 이 여성이 모욕을 참고 견딘 것은 자식들을 키워야했기 때문이었을 것이다. 이술지 처는 꼬박 3년 동안 옥구에서 관비로 지내다 1725년에 신원이 되었다.

조선사회에서 한 사람의 인생은 신분과 가문에 의해 결정되었다. 사대부 가문의 여성은 여러 가지 제약과 규제를 받았지만 평소에는 다른 신분의 여성에 비해 안정된 생활을 누렸다. 그러나 간혹 다른 신분의 여성은 겪지 않는 재난을 맞는 경우도 있었다. 전란과 전염병과 같은 재난이 신분과 상관없이 모든 계층에게 닥치는 것이라면 사대부 가문만 겪는 피할 수 없는 재난이 있었으니 바로 사화(士禍)였다. 사화는 '사림(士林)의 화(禍)'의 준말로 공공연한 논쟁을 가지고 선비들이 대립하여 반대파를 옥사시키고 화를 입히는 사건을 말한다. 사화는 사대부 가족의 일상과 행복을 송두리째 빼앗는 정치적 재난이다.

18세기 조선사회에서 노론과 소론은 다른 어느 때보다 격심하게 서로 싸우고 해치면서 노론 전제화의 방향으로 전개되었다. 경종 즉위 초 노론은 그들이 지지하는 경종의 배다른 동생인 연잉궁(延礽君:영조)을 서둘러 세제(世弟)로 책봉케 하고 곧 이어 대리청정을 단행코자 기도하였다. 소론은 이를 빌미로 노론을 축출하고 소론 집권의 계기를 만들었다. 소론의 선두에 선 인물인 김일경은 신축년(1721년) 세제의 대리청정을 제기한 영의정 김창집, 이이명, 이건명, 조태채 등의 노론 4대신이 경종의 왕위를 찬탈하려는 것으로 간주하여 위리안치의 처벌을 받게 했다. 임인년(1722년) 3

월에는 목호룡을 사주하여 노론의 명문 자제들이 이른바 삼급수(三急手)[02] 로 경종을 제거하려고 했다는 고변서를 올리게 하여 노론 4대신을 비롯한 핵심 인물이 대거 처형당하는 사건이 발생했다. 3급수에는 애매한 부분이 많았지만 연루자들 모두 심한 고문에도 승복하지 않고 죽었다.[03] 이 사건 이 신축년과 임인년에 걸쳐 일어났기 때문에 두 사건을 합쳐 신임옥사 또는 신임사화라 한다.[04]

국청에서 처단된 사람들 가운데 참형을 받은 자가 20여 명이고 장사 (杖死)된 자가 30여명, 가족으로 체포되어 교살된 자가 13명, 유배된 자가 114명, 스스로 목숨을 끊은 부녀자가 9명, 연좌된 자가 173명에 달했다.[05] 조선시대에 총 12차례의 사화가 일어났는데 그 가운데 신임사화는 당사 자는 물론 아들과 손자, 여성, 노비까지 연루시켜 유배를 보내거나 장살 혹은 교사하는 등 그 피해의 규모가 가장 컸고 당쟁의 잔혹성을 적나라하 게 표출하였다고 알려져 있다.

사화를 일으킨 장본인과 종결자는 사대부, 즉 남성들이지만 당사자 뿐 아니라 한 집안을 멸문지화(滅門之禍)로 몰고 간 집안의 참화로 인해 가족 구성원 특히 여성의 피해 역시 상당했을 것으로 짐작이 된다. 하지만 역사 와 정치적 영역에서 여성은 늘 배제되어 왔듯이 사화와 관련된 여성의 모

---

02 3급수란 대급수, 소급수, 평지수를 이르는 말로 왕을 시해하는 3가지 방 법이다. 대급수(大急手)는 자객을 궁중에 침투시켜 왕을 시해하는 것이다. 소급수(小急手)는 궁녀와 내통해 음식에 독약을 타서 독살하는 것이다. 평 지수(平地手)는 숙종의 전교를 위조해 경종을 폐출시키는 것이다.

03 이성무, 『조선시대 당쟁사 연구』 2, 아름다운 날, 2007, 133면.

04 이은순, 『조선후기 당쟁사 연구』, 일조각, 1988, 67면.

05 오갑균, 「신임사화에 대하여」, 『논문집』 제8집, 청주교육대학, 1972, 204면.

재난과 여성

습은 공식적인 기록에서 거의 언급되지 않는다. 다만 개인 문집과 야사에서 여성들이 신임사화를 겪었던 내용을 볼 수 있는데 이를 통해 공식적 기록의 이면을 확인할 수 있을 뿐이다.

이 글에서는 그러한 자료들을 대상으로 신임사화를 겪은 가문의 여성들이 정치적 재난을 극복하기 위해 어떤 일을 했는지 살펴보고자 한다. 이들은 양반 신분의 여성이었지만 특별한 권력과 권한을 행사하는 위치에 있지 않았고 평소 주목받을 만한 삶을 살지도 않았다. 그러나 가문의 위기를 맞아 자신들이 처한 입장에서 집안을 수습하고 문제를 극복하기 위해 영향력을 행사했다. 사화의 핵심에 있었던 노론 4대신을 비롯한 노론 가문 여성들이 가문을 보존하고 유지하기 위해 행했던 일을 살펴보자.

## 정치적 재난에 대처하는 여성들: 사화를 극복하고 가문을 지킨 여성들

### 친정 가문의 대를 잇기 위해 종자(宗子) 피화시키기

제일 먼저 다룰 여성은 이이명의 넷째 딸 이유인(1692~1724)이다. 이유인이 신임사화에서 했던 활약상은 그녀의 생애를 기록한 남편 김신겸이 남긴 글에 자세하게 전한다.

얼마 지나지 않아 국가에 재앙이 일어났고 아버님이 돌아가셨다. 백부 몽와공(김창집-역자 주)과 소재공(이이명-역자 주)이 함께 외딴 섬으로 유배를 가셨다. 유인은 상복을 입고 성 밖으로 나와 남해로 가시는 소재공을 전송하였다. 이때를 당하여 온 집안사람이 부르짖으며 곡하였으나

소재공은 뒤도 돌아보지 않고 가셨다. 중간쯤에서 다시 돌아 오셔 손으로 유인의 얼굴을 들고 말씀하시길,

"너는 반드시 살아서 자세히 살피거라."라고 하시고 가셨다.

임인년(1722) 옥사가 일어나 유인의 오빠 사안(이기지-역자 주)이 먼저 잡혀가자 유인이 부인의 어머니 김부인과 사안의 처자식을 데려다 여러 방법으로 위로하였다. 몰래 옥졸을 매수해 편지를 보내고 또 홀로 본가에 가서 문적을 찾아 수습해왔다. 몽와공과 소재공이 동시에 잡혀가 신겸이 영남으로 달려가니 집안에 사람이 없었다. 어느 날 저녁 술에 취한 종이 사안이 거짓으로 자백했다고 전하자 김부인이 장차 자진하려고 하였다. 유인이 또한 홀로 살려고 하지 않았는데 얼마 후 그 말이 거짓임을 알고 곧바로 글을 써서 다시는 입을 열지 못하도록 경계하였다. 이로 말미암아 사안이 치욕스런 죽임을 면할 수 있었다.

소재공이 한강을 건너다 재앙을 당했는데 염하는 물건이 남해에서 이르고 있었으나 아직 도착하지 못했다. 이에 유인과 부인의 큰 언니가 하룻밤 사이에 마련하여 때에 맞춰 염을 하였다. 당시에 몽와공이 성주에서 화를 당해 신겸이 성주에서 소재공을 보러 와 3일 만에 한강 가에 이르렀는데 공의 관은 이미 남쪽으로 옮겨간 뒤였다. 유인은 사안이 손수 쓴 편지와 아버지의 제문을 보이며 말하길,

"오빠가 저에게 아내와 식구들을 부탁하였습니다. 아버님의 혈육은 단지 봉상이 한 명만 있을 뿐이니 장차 어찌하면 좋습니까?"

라고 하였다. 내가 아내의 기색을 살피니 이미 이문희의 뜻이 있었다. 하루가 지나자 사안이 또 죽고 노적하라는 명령이 내렸다. 김부인과 봉상이 관을 가지고 먼저 갔고 유인은 조금 있다가 백마강에 뒤따라 이르렀는데 이때 봉상은 이미 도망간 후였다. 유인의 막내 작은 아버지와

사촌 오빠들도 또한 모두 유배를 가 집안이 썰렁했고 김부인은 바야흐로 힘이 지쳤으나 곁에 부인을 모시고 보호할 사람이 아무도 없었다.

의금부의 관리들은 갑자기 들이닥쳐 촌마을이 하루에 세 번은 놀랐고 일을 더욱 어찌 할 수 없었다. 그런데 형조의 관리가 또 도착하니 유인이 몰래 남자 종을 담밖에 불러 세워 놓고 부고를 알리라고 하였다. 처음에는 종들이 겁을 내어 모두 응하지 않았는데 유인이 울면서 3일을 부탁하자 비로소 감동하여 허락하였다. 여종의 아이 중에 나이와 모습이 봉상과 비슷한 아이가 있었는데 강 속에 빠뜨리고 봉상이 무덤에서 내려와 강에 빠져 죽었다고 말하고 그 시체를 거두어 부인이 직접 염습한 후에 상복을 입혔는데 이 또한 유인이 준비하여 가져온 것이었다. 한 두 명의 늙은 비복 외에 비록 일을 맡아 한 사람도 능히 알지 못했다. 관에서 시신을 검사하러 온 사람도 끝내 의심할 것을 찾지 못해 일이 이루어졌으니 이것은 유인의 힘이었다.

—김신겸, 아내 행장(亡室行狀)[06]


노론 4대신을 비롯하여 노론 자제들이 대거 장살, 옥사 혹은 처형당한 결정적인 계기는 소론의 사주를 받은 목호룡의 고변에 의해서였다. 목호룡은 "저는 비록 미천하지만 왕실을 보존하는 데 뜻을 두었으므로, 흉적이 종사를 위태롭게 만들려고 모의하는 것을 눈으로 직접 보고는 호랑이 아가리에 미끼를 주어서 비밀을 캐낸 뒤 감히 이처럼 상변한 것입니다. 흉적은 정인중·김용택·이기지·이희지·심상길·홍의인·홍철인·조흡·김민택·백망·김성행·오서종·유경유입니다."라는 내용의 고변을 하였다. 경종의

——— 06  김신겸, 〈망실행장〉, 『檜巢集』, 규장각 소장 필사본.

역모자로 직접 언급된 인물들 대부분은 노론 4대신의 자제들로 이들은 모진 고문 끝에 생을 마감하였다. 이들 중에서 김용택, 이기지, 이희지, 김민택, 김성행 등이 모두 이유인의 친정과 시가 가족들이다.

신임사화가 일어났을 때 이유인의 나이는 32세였다. 이유인은 어려서부터 소재공과 김부인의 특별한 사랑을 받았고 5명의 딸 중에서 가장 똑똑했다고 한다.

이유인의 아버지 이이명(1658~1722)은 남해로 귀양을 가기 전 특별히 유인에게 "끝까지 살아서 상황을 살피라"고 당부했고 오빠 이기지(1690~1722)는 죽음을 앞두고 처자식을 부탁하는 편지를 남겼다. 목호룡이 고변한 날은 경종 2년 3월27일이었다. 고변이 있자 유배지에 있던 이이명은 성주에서 한양으로 압송되어 4월 말 한강에서 사사되었다. 그의 외아들 이기지는 남원에 유배되어 있다가 의금부로 압송되어 이이명의 사후 5일 뒤에 고문 끝에 죽었다. 이기지는 주모자의 한 사람으로 지목되어 모진 고문을 받고 있던 중이었는데 어느 날 자백을 했다는 소문이 돌았다. 이 소문을 들은 어머니 김씨 부인(1665~1736)은 실신하며 자결하고자 하였다. 그러나 이유인이 진위를 알아본 결과 이기지가 자백했다는 소문은 사실이 아니며 술 취한 종의 유언비어로 판명이 났다. 이에 어머니 김씨 부인의 자결을 막을 수 있었고 이유인은 술 취한 종에게 다시는 허튼 소리를 하지 말도록 글을 써 따끔하게 경고했다. 이유인은 옥졸을 돈으로 매수하여 감옥에 있는 오빠 이기지에게 편지를 전하기도 하였다. 그런가하면 친정의 재산이 몰수될 것을 미리 예상하고 문집을 수색하여 가져오는 등 한 치 앞도 예측할 수 없는 상황에서 침착하고 주도면밀하게 일을 처리하였다.

친정 어머니 김씨 부인과 올케(이기지의 아내) 정씨 부인, 그리고 조카

재난과 여성

이봉상과 조카 며느리 (김씨 부인)에게는 유배가 내려졌다. 그런데 상황이 바뀌어 가문을 승계할 이봉상에게 다시 극형에 처하라는 명령이 내려졌다. 당시 아버지 이기지의 장례를 치르고 있던 이봉상은 장례를 치르고 나서 바로 그 길로 도주를 하였다.

이봉상이 형을 피해 도주한 일은 '이봉상 피화 사건'이라고 하여 실록을 비롯하여 개인 문집에 전한다. 도주한 지 3년이 지나 영조가 즉위했을 때 이봉상의 피화 사실이 알려지자 이이명의 아내 김씨 부인이 두 차례에 걸쳐 상언을 올려 자신이 이봉상을 도주시켰음을 자백하고 용서를 구하기도 하였다.[07] 그런데 여러 기록을 살펴본 결과 이봉상을 피화시키는 과정에서 지략과 계책을 세워 성공시킨 주도적인 인물은 김씨 부인이 아니라 그녀의 넷째 딸, 이유인이었다.

앞의 기록을 보면 이봉상을 먼저 도주하게 한 후 사태를 수습하기 위해 일을 꾸민 사실을 알 수 있다. 이유인은 두려움 때문에 선뜻 공모하지 못하는 종들을 3일 동안 울면서 설득해 부고를 먼저 냈고 여종의 아들을 강물에 빠져 죽게 한 후 이봉상의 시신으로 위장해 장례를 치르고 검시하러 온 관리의 눈을 속였다.

이봉상 대신 강물에 빠져 죽은 어린 종이 주인집에 대한 인정적·가족적 유대감에서 자발적으로 따른 일인지 혹은 모종의 거래가 있었는지 알

---

07 김부인은 이봉상 피화와 관련하여 총 2차례 상언을 올렸다. 임형택, 「김씨부인의 국문 상언—그 역사적 경위와 문학적 읽기」, 『민족문학사연구』, 민족문학사학회, 민족문학사연구소, 2004. 서경희, 「김씨 부인 상언을 통해 본 여성의 정치성과 글쓰기」, 『한국고전여성문학연구』제12집, 한국고전여성문학회, 2006. 황수연, 「김씨 부인 상언의 글쓰기 전략과 수사적 특징」, 『열상고전연구』제46권, 열상고전연구회, 2015.

수 없다. 하지만 이유인은 이 사건을 계획하는 과정에서 자신이 활용할 수 있는 자원을 최대한 이용하였고 그러기 위해 끈질기게 설득하여 계획한 바를 이루어냈다.

이유인이 한 일은 잘못된 정보를 제압하고 비밀 정보를 차단하며 필요한 정보를 이용하는 등 정보를 통제하고, 집안의 중요한 재산인 아버지의 물품을 지키고 종자를 보존하기 위해 사건을 만든 것으로 요약할 수 있다. 이유인이 한 일 가운데 가장 중요한 일은 무엇보다 친정의 대를 잇기 위해 종자(宗子)를 도주시켜 화를 피한 일이었다.

실제 권력은 물리적 강제력과 심리적 강제력이 복합적으로 작용될 때가 많다. 이유인은 설득하고 호소하는 방법과 때로는 매수하는 변법을 사용하여 자신의 계획을 성취시켰다. 이 외에 집안의 가산이 적몰된 친정어머니를 위해 자신의 장신구 및 재산을 처분하여 상례에 필요한 물건을 준비하였고 아버지의 화상을 구해 제사를 지내기도 하였다.

가족과 친지가 잡혀가 고문을 당해 죽는 긴박한 상황에서 종자인 이봉상을 도주시키는 일을 혼자 하기는 힘들었을 것으로 보인다. 이 일을 옆에서 도와준 사람은 남편 김신겸인데 김신겸은 이 모든 것을 "유인의 힘(孺人力)"이라고 하며 아내의 공으로 돌리고 있다. 행장을 바탕으로 묘지명을 작성한 민우수도 김신겸의 말을 그대로 따르고 있다. 이들은 이봉상을 피화시킨 일을 중국의 역사적 인물 '이문희'와 동일시하고 있는데 이문희는 후한 때 아버지가 화를 당하자 동생 이섭을 도주시켜 화를 피하게 한 여성이다.[08] 남성들은 이유인을 역사적 인물과 동일시함으로써 이유인의 행동

---

08  『後漢書補逸』 권12.

이 개인의 가문에 국한된 일이 아니라 사회적 의미를 갖고 있음을 인정하고 있다.

이봉상은 3년 동안 무주에서 숨어살다가 영조 즉위 후 자수를 하였다. 이때 이봉상의 할머니이자 이유인의 어머니 김씨 부인이 대동하여 상언을 올렸다. 이봉상의 도주를 본인이 꾸민 일이라고 상언한 김씨 부인은 이유인이 죽은 후 사위인 김신겸에게 "화와 변고가 일어났을 때 (이유인이) 능히 했던 일은 옛날 장부도 하기 어려운 것이니 이러한 것은 자네도 알고 있는 바이네. 비록 내가 그 아이의 어머니지만 또한 이처럼 강하고 굳셀지 예측하지 못했네."[09]라고 하였다. 이는 김씨 부인 스스로 이유인이 사화를 당했을 때 담당했던 역할을 인정하는 것이다.

이후 이유인의 남편은 백부 김창집에 연루되어 안변으로 유배되었고 이유인도 함께 유배 생활을 하였다. 이유인은 1724년 유배지인 안변에서 아버지와 오빠에게 신원이 내려지는 것을 보지 못하고 아이를 낳은 후 얼마 지나지 않아 죽었다. 신원을 보지 못한 것과 친정어머니를 보고 죽지 못한 것을 한으로 여겨 눈을 차마 감지 못하고 죽어 남편인 김신겸이 눈을 감겨주었다고 한다.

---

09  김신겸, 〈망실제문〉, 『橧巢集』, 규장각 소장 필사본.

1725년에 김부인이 작성한 상언.
이재의 『삼관기』에 수록되어 있다.

### 유배지에서 육체/감정 노동하기

김숙인(1708-1750)은 앞에서 다룬 이유인의 조카며느리이다. 노론 대신 김창집의 손녀이고 김제겸의 딸이며 이봉상의 아내이다. 김숙인은 1721년 (신축년) 1월, 14세의 나이에 이봉상과 혼인을 했다. 이 혼인은 할아버지인 김창집과 시할아버지 이이명이 주선하였다. 당시 노론 대신 집안이 사돈을 맺는 것에 대해 소론의 시기를 받을 수 있다는 우려가 있었으나 김창집이 고집하여 성사되었다. 오빠 김원행과 아들 이영유가 김숙인의 일생을 기록으로 남겼다. 두 사람의 글을 종합하여 김숙인의 삶을 재구해보도록 한다.

재난과 여성

유인은 무자년(1708)에 태어나 14세에 이씨에게 시집갔으니, 그해
가 실로 신축년이다. 그해 겨울에 변(變)이 일어나 이듬해 여름에 충헌
공(김창집-역자 주) 부자와 충문공(이이명-역자 주) 부자가 전후로 혹독한
화를 당하였고, 그 친속과 아녀자들도 모두 남북으로 뿔뿔이 찬배되었
다. 교관군(이봉상-역자 주) 역시 연좌될 상황이었는데 마침 이문희의 뜻
이 있어 깊은 산중에 숨었고, 유인은 과부의 옷을 입은 채 시조모 김부
인과 시어머니 정유인을 따라 함께 부안으로 유배되었다.

을사년(1725)에 이르러 금상께서 새로 즉위하여 흉당을 대대적으
로 축출하고 사대신 및 여러 사람의 억울함을 모두 풀어 주시자 교관
군이 대궐에 가서 자수하니, 상이 특별히 침랑의 직함을 주어 불러 보
시고는 위로하여 주셨다. 이에 유인이 비로소 군과 예전처럼 다시 함
께 살게 되었다.

정미년(1727)에 흉당이 다시 진출하여 여러 공을 예전 옥안(獄案) 상
태로 다시 돌려놓아 2년이 지난 그때에 군이 도망한 것을 논죄하여 진
도로 유배 보내었다. 유인은 또 군을 따라 더위와 장기를 무릅쓰고 온
갖 고생을 하며 밤낮으로 몸을 놀려 몸소 길쌈하여 생계를 꾸려나갔다.
그 후 나주로 이배되었다가 다시 임천으로 이배되었다.

경신년(1740)에 상이 비로소 두 공의 관작과 시호를 회복시켜 주셨
고, 군도 용서를 받아 유인과 함께 충문공의 무덤 부근으로 돌아왔다.
유인은 경오년(1750) 8월 24일에 작고하여, 모월 모일에 모군 모산 모좌
언덕에 안장되었다.

아, 처음 유인이 시집갔을 때는 충헌공과 충문공 등 여러 대인께서
아직 무탈하셨고 부부간에 금실이 좋아 집안에 경사가 넘쳐났으니 성
대하다고 할 만하였다. 그런데 하루아침에 유인이 의지할 곳 없는 홀몸

으로 황량한 시골 마을에서 단장도 못한 얼굴에 피눈물을 흘렸으니, 또 얼마나 기가 막혔겠는가. 그러다 교관군이 돌아오자 유인은 다시 예전에 입었던 고운 옷차림으로 군을 따라 충문공의 사당에 참배하였으니, 이는 대개 보통사람들이 경험해보지 못한 것이다. 그러나 이로부터 시사가 또 급격하게 변하여 유인의 궁액이 갈수록 심해져 고생하고 근심하다가 결국 세상을 뜨고 말았으니, 아! 누가 그렇게 만들었단 말인가.

유인은 성격이 어질고 온후하며 정숙하고 현명하여, 그 식견이나 의론이 글을 읽은 군자와 유사하였다. 교관군이 은거하여 벼슬길을 포기한 뒤로 유락(流落)한 생활을 하였으니, 곤궁함이 극에 달했다 할 것이다. 그러나 유인이 시간이 지날수록 더욱 안정되게 해주어 군으로 하여금 기꺼이 의리에 따라 시행하여 후회하는 바가 없게 하였고, 군도 이를 합당하게 여기며 스스로 위안을 삼았던 것이다.

—김원행, 사촌 여동생 이씨 부인의 묘지명 병서 (從妹李氏婦墓誌銘 幷序)[10]


김숙인이 혼인을 한 그해 겨울에 시할아버지 이이명과 친할아버지 김창집이 각각 남해와 거제도로 유배를 갔고 다음해 목호룡의 고변이 일어나 두 조부를 비롯해 친정아버지 김제겸과 큰오빠 김성행, 시아버지 이기지가 모두 죽임을 당했다.

남편 이봉상(1707~1772)에게도 사형 명령이 내려지자 남편은 시아버

---

10  김원행, 〈從妹李氏婦墓誌銘 幷序〉, 『渼湖集』권15. 김현미, 『18세기 여성생활사 자료집』3, 보고사, 2010, 384-387면. 김원행과 김숙인은 친남매이지만 김원행이 양자로 나갔기 때문에 사촌 여동생으로 지칭하고 있다.

지 장례를 치르고 산 속으로 도주했다. 새신부의 고운 옷이 더럽혀지기도 전에 김숙인은 시할머니 김씨 부인, 시어머니 정씨 부인과 함께 전라도 부안으로 귀양을 갔다. 이봉상은 대외적으로 죽은 사람으로 알려졌기 때문에 김숙인은 상복을 입고 4년 동안 피눈물을 흘리며 남편 없는 귀양지에서 지냈다. 조선 시대 남편을 잃은 여성은 자신의 정체성을 부정하며 극도로 금욕적이고 절제된 생활을 했는데 김숙인 역시 집안사람마저 피해가며 죽은 듯이 살았다. 그때 김숙인의 나이 겨우 15살이었다.

재산도 몰수되었기 때문에 김숙인은 가죽주머니를 만들거나 수를 놓은 것을 팔아 아침저녁 끼니를 잇고 제수 용품을 마련했다. 그러는 틈틈이 남편과 자식을 잃은 시할머니와 시어머니의 시름을 잊게 해드리기 위해 책을 읽어 드리며 위로했다.

을사년(1725)에 새로 즉위한 영조는 이이명과 김창집의 관작을 복원해 주는 신원을 내렸다. 이에 무주에 숨어 지내던 이봉상이 산에서 내려와 임금 앞에 나가 자수하고 부부는 재회를 하였다. 김숙인은 비로소 상복을 벗고 고운 옷으로 갈아 입으며 고향으로 돌아와 새로운 생활을 꿈꿨다. 하지만 2년 후인 1727년 소론이 다시 득세해 이이명과 김창집의 관작을 추탈하고 이봉상에게 망명죄를 물었다. 김숙인은 남편을 따라 파도치는 바다를 울면서 어렵게 건너 진도로 유배를 갔다. 마침 그해에 흉년이 들어 굶주림과 장독으로 생활은 더욱 곤궁하고 고달팠다. 궁색함이 심해 삯을 받고 일을 해주기도 하고 길쌈과 바느질로 생계를 이어갔다. 낯선 섬에서 6년 동안 지내다 나주, 임천으로 이배되어 떠돌며 살았다. 이 사이에 시할머니 김씨 부인과 시어머니 정씨 부인이 세상을 떠나 예를 다해 장례를 치렀다. 1740년(경신년) 드디어 신원되어 선조의 무덤이 있는 고향으로 돌아왔다. 비록 고향으로 돌아왔지만 여전히 살아갈 방법은 막막하여 길쌈하고 농사지으며 근근이 살아갔다.

남편 이봉상은 숨어살면서 가난이 몸에 배어 있었는데 먹고 사는 일에는 마음을 쓰지 않고 모든 것을 숙인에게 맡겼다. 모든 일을 일임하여 맡은 숙인은 상장례를 비롯해 집안의 먹을 것, 입는 것부터 모든 세세한 것을 한 치의 착오 없이 모두 여유롭게 해내며 여러 가지 세속적인 잡무로 남편에게 누를 끼치지 않았다. 그러면서 모든 일을 독단으로 처리하지 않고 남편의 자문을 구해 유감스럽거나 예의에 벗어나는 일이 없었다. 김숙인은 자신의 고생은 뒤로한 채 원망하는 기색 없이 힘을 다해 남편의 뜻을 맞추어 주며 존중했다.

유배지를 벗어나 시집의 고향 부여에서 살던 삶은 딱 10년 동안 지속되었다. 아들 둘 딸 하나를 낳았는데 아들 하나는 죽었다. 김숙인은 1750년 탄촌에서 죽음을 맞이했다. 아들 이영유는 어머니의 죽음을 10대에 사화를 당한 충격과 유배지에서 고생으로 몸이 상해 병이 걸린 것으로 진단했다. 그녀가 태어난 해는 친할아버지 김창집의 환갑 되던 해였고 죽은 날은 아버지 김제겸이 화를 당한 날이었다.

김숙인의 삶은 신임사화의 발발 및 전개와 그 행적을 같이 한다. 노론 4대신인 친할아버지 김창집이 환갑을 맞은 해에 태어나 아버지 김제겸이 화를 당한 날 죽었다고 한 아들 이영유의 언급에서도 신임사화가 어머니의 일생에 깊이 관여했음을 시사하려는 의도를 엿볼 수 있다. 김원행도 김유인이 "황량한 시골 마을에서 단장도 못한 얼굴에 피눈물을 흘렸고", "시사가 또 급격하게 변하여 유인의 궁액이 갈수록 심해져 고생하고 근심하다가 결국 세상을 뜨고 말았다."라고 하며 동생의 죽음이 사화에 기인한다

120

고 보았다.

시댁 어른들에 의해 주도된 이봉상의 거짓 장례를 치르고 관부의 눈을 속이면서 탄로날까봐 느꼈을 두려움과 공포는 이봉상과 재회할 때까지 계속되었다. 이봉상 자결과 관련한 소론의 의심은 잠식되지 않았고 추측성 소문이 무성하여 하루도 마음 편한 날이 없었다. 축축하고 더운 곳에서 내뿜는 독한 기운과 열악한 환경에서 삯바느질로 생계를 꾸리며 겪는 육체적 고통도 심했다. 자신의 고통과 설움도 감당하기 어려운 어린 소녀가 시할머니, 시어머니를 위해 정서적 위로를 해드려야 했던 책임 또한 육체적 고통 못지않게 버거웠을 것이다.

남편 이봉상 또한 떠돌며 숨어 사느라 고생해서 몸과 마음이 상했다. 가문의 대를 잇는다는 사명감으로 어떻게든 살아남으려고 어른들이 시키는 대로 했지만 다른 사람을 대신 죽게 하고 살아난 것에 대한 미안함과 자책감은 짐작하지 않아도 알 만하다. 늘 마음의 빚을 지고 살았던 이봉상과 그러한 남편의 짐까지 함께 떠안고 살아가야 했던 김숙인의 삶은 살았다기 보다는 버텼다는 표현이 더 적합한 것 같다.

이동윤은 김씨가 베를 짜서 생계를 마련하여 이봉상이 학문에 전심할 수 있었던 점을 언급하였다.[11] 이 여성은 생계에 직접적인 도움이 되는 육체 노동을 통해 적몰된 시가의 살림을 책임졌다. 어쩌면 육체 노동보다 더 힘들었을 감정 노동을 통해 시어른을 위로해드리는 역할도 담당했다.

---

11  이동윤, "從公而勤織作而爲生, 得使公專心所學焉.", 『박소촌화』2권. 규장각 소장 필사본.

부여군 임천면 옥곡리 마을 입구에 이기지와 이봉상의 처 온양 정씨의 정
려비, 이봉상을 대신 해서 죽은 충비의 정려비가 세워져 있다. 온양 정씨
(1727~1772)는 이봉상의 계배이다. 이봉상이 죽자 9일 후에 자결하였다.

　　전주 이씨 집안의 세거지인 부여에 이봉상의 처 온양 정씨의 정려비가
있다. 온양 정씨는 이봉상의 계배로서 김씨 유인이 죽은 후 새로 맞은 여
성이다. 그런데 두산백과에는 온양 정씨가 이봉상이 도주하자 남편이 죽
은지 알고 자결하여 정려를 받았다고 하며 잘못된 정보를 제공하고 있다.

　　이봉상 피화 사건은 당대를 비롯하여 이후 사실과 소문이 결합하면서
전파된 유명한 사건이었다. 종자를 보존하려는 완산 이씨 집안의 은밀한
모사, 이봉상을 위해 대신 목숨을 바친 어린 종, 이봉상 도주를 물심양면
으로 도운 조력자 등에 대한 이야기가 보태지면서 때론 노론의 당세를 공
고히 하고자 하는 의도에서 미담이나 기담으로 기억되기도 하였다. 하지
만 이봉상 못지않게 온갖 고난과 수난을 당한 이봉상 아내에 대한 이야기
는 이처럼 거세되거나 왜곡되어 전한다. 사화는 분명 남성들의 정치적 소
용돌이 속에서 빚어진 것인데 그 고난은 여성도 함께, 아니 어쩌면 더 크

게 고스란히 당해냈지만 이처럼 어디에서도 그 흔적은 찾아보기 어렵다.


## 상장례 주관하고 시집 식구 돌보기

이건명(1663~1722)은 흥양의 나로도에 유배되었다가 8월에 목이 베이는 참형을 당했다. 이건명에게는 이면지, 이성지, 이술지 세 아들이 있었다. 둘째 아들 이성지는 사촌 이진명에게 양자로 갔다가 17세의 어린 나이에 죽었다. 두 아들 이면지와 이술지는 연좌되어 교수형을 당했고 두 며느리는 유배되었다.

둘째 아들 이성지는 1707년에 죽었는데 김유의 딸 상산 김씨 부인과 초례를 치른 지 2년이 채 되지 않은 때였다. 상산 김씨는 법적으로 이건명의 질부이기 때문에 사건에 연루되지 않고 무사할 수 있었다. 이건명이 사형을 당할 때 첩의 자식이나 종을 비롯하여 가족 대부분이 연루되어 잡혀가거나 자결하여 상장례를 제대로 치를 사람이 없었다. 이에 상산 김씨가 손을 걷고 나서 상장례의 처음부터 끝까지 주관하였는데 이러한 사실을 중심으로 이건명의 조카사위 유숙기(1696~1752)가 부인을 입전하였다.[12]

상산 김씨는 남편의 생부 이건명과 양부 이진명 모두를 효성과 공경으로 잘 섬겨 이건명에게 "우리 집안의 효부"라는 칭찬을 받았다. 이성지와의 사이에 자식이 없어 이건명의 명으로 시숙 이면지의 아들을 양자로 삼았다. 그러나 얼마 지나지 않아 그 양자마저 잃었다. 이어 시어머니 등 집안의 상사가 이어졌을 때 성심을 다해 상례를 치렀다.

---

12  유숙기, 〈金儒人傳〉, 『兼山集』, 규장각 소장 필사본.

신임사화가 일어났을 때 상산 김씨는 자신에게 위로 제사를 받들 책임과 아래로 부모 잃은 아이들을 어루만질 책임이 있다고 생각하고 마음을 가다듬고 사태를 수습하기 위해 나섰다.

이건명이 나로도에서 처형을 받을 당시 두 아들 이면지와 이술지는 아버지의 임종을 지키고 덕산에서 장례를 치르려고 하였다. 상산 김씨는 김씨 나름대로 서울에서 관과 수의 등 장례에 쓰일 물건을 준비해 밤낮으로 발길을 재촉해 달려오고 있었다. 그러나 그 사이 두 아들에게도 형벌이 내려져 이건명의 장례 준비가 제대로 진행되지 않았다. 도와주는 사람은 없었고 서너 명의 친척들만 서로 쳐다보며 눈물만 흘리며 당황하고 있었다. 그때 마침 상산 김씨가 도착해 비로소 장례의 두서를 갖추게 되었다. 두 아들은 상산 김씨가 준비해온 상구로 장례를 무사히 마치고 사형 집행을 받았다. 장례를 직접 맡아서 처리했던 사람은 긴급한 상황과 처리하기 힘든 일들을 상산 김씨에게 물어 처리하며 그녀의 주도면밀함에 감탄했다. 유숙기는 김유인이 "정신없는 사이에 장례의 절차에 유감이 없게 했으니 세세한 모든 것이 유인의 힘(孺人力)이었고 판별력이 뛰어났다."고 하였다.

이면지와 이술지가 처형당한 후 그의 처자식들은 모두 호남의 열악한 곳으로 유배를 당해 이건명의 영궤와 신주를 모실 곳이 없었다. 이때 이건명의 형 이관명도 동생에게 연좌되어 유배를 갔는데 이관명의 아내 권씨는 강 서쪽(파주)에서 살며 이씨 가문의 살림을 주관하고 있었다. 이에 상산 김씨는 강 서쪽으로 신주를 받들고 와 조석으로 제전을 바치고 곡하기 등을 절차에 맞게 하였다.

사화 발생 당시 뿔뿔이 흩어졌던 이관명 집안의 종들은 사태가 진정되자 다시 모여들어 이관명 집안은 회복되어 갔다. 하지만 이건명 집안 종들

재난과 여성

은 모두 관에 귀속되었다. 상산 김씨는 도움을 받을 만한 장정들이 하나도 없는 상황에서 홀몸으로 본격적으로 집안의 재건에 돌입했다. 먼저 재목을 구하고 기와를 구워 집을 다시 짓고 재물을 모아 반년 만에 살림을 일구었다. 그러자 흩어져 있던 종들이 다시 모여들었고 상산 김씨는 이들을 은애로 대하고 그들의 환심을 얻었다. 가난하고 불쌍하게 살고 있는 이건명의 여동생, 시고모도 보살펴 주었다.

유배지에서 고생하고 있는 동서와 조카들, 서 시어머니, 서 시누이들도 잊지 않고 돌보았다. 호남 유배지와 파주의 거리는 천 리가 넘는데 매달 한 번씩 사람을 보내 안부를 묻고 음식 등을 끊이지 않고 보내주었다. 이면지·이술지 두 시숙의 기제사 때 상산 김씨는 마침 병이 났었다. 그러나 주변 사람들의 만류에도 불구하고 상산 김씨는 아픈 몸으로 직접 곡을 하러 떠났다. 떠나면서 집안 사람들에게 시아버지 생일 제사 전에 돌아오겠다고 하였다. 거리가 있어 사람들은 그 기일에 돌아오지 못할 거라고 여겼지만 김씨는 약속대로 돌아왔다. 이날 상산 김씨가 걸은 거리가 130리였다. 130리는 52km 정도의 거리로 하루와 반나절을 꼬박 쉬지 않고 걸어야 하는 엄청난 거리이다.

상산 김씨는 어려서 아버지를 여의어 숙부가 돌보아 주었는데 신임년에 숙부가 이건명을 벌 줘야 한다고 청하자 은애(恩愛)를 끊고 만나지 않았다. 숙부가 사과하는 편지를 보내고 안부를 물었지만 끝까지 거부했다. 이것을 두고 이동윤은 "세속의 부녀자가 아니"라고 하였고 유숙기도 "통달하고 밝은 식견과 의리를 깊이 깨달은 사람이 아니면 어찌 대의로 이처

럼 끊을 수 있겠느냐?"라며 감탄하였다.[13]

유숙기는 자신의 부인을 통해 상산 김씨에 대해 들은 이야기를 토대로 입전하였다. 유숙기는 부인이 김씨 부인에 대해 "세속의 부녀자가 아닌 것 같다."고 한 말을 듣고 세속의 부녀가 아니라고 한 근거 4가지를 들었다. 첫째 뜻은 크면서 마음은 공손하고 식견은 통달하고 도량은 큰 것, 둘째 다른 사람에 비해 행동은 뛰어나지만 자랑하는 태도는 보이지 않는 것, 셋째 술 빚고 장 담그기, 옷 짓기 등의 여공에 능한 것, 넷째 총명하고 뛰어난 기억력과 신묘한 편지쓰기가 그것이다. 그러면서 "백 사람에 해당하는 사람이고 족히 규방의 뛰어난 사람이며 진실로 세속의 부녀자가 아니다"라고 극찬을 하였다.

상산 김씨는 상례를 치를 때 당황하는 남성들을 통솔하여 일을 처리했고 적몰된 집안의 살림을 맡아 경영하고 치산을 담당하는 등 참화를 당한 시집을 수습하였다. 유배된 시집 식구들과 가난한 친척을 물심양면으로 도왔고 뿔뿔이 흩어졌던 종들을 다시 불러들였다. 이 여성은 망자와 살아남은 자들 모두를 보살피고 돌보는 '돌봄'의 역할에 충실했다. 한편 정치적 입장이 다른 친정 식구와 절연하고 시집의 정치적 노선을 따라 시집 식구들의 신임을 얻었다.

상산 김씨는 결단력과 추진력, 통솔력, 친화력이 뛰어난 여성이었다.

---

13  이건명의 큰며느리와 관련해서도 이와 비슷한 이야기가 전한다. 이건명의 큰아들 이면지의 아내(상산 김씨와는 동서 사이)는 창녕 조씨이다. 조씨의 오빠 조명종은 노론을 죽이고 그것을 경하하기 위해 소론이 주관한 과거 시험에 응시한 후 유배지에 있는 창녕 조씨를 만나러 갔다. 이에 창녕 조씨는 곡을 하고 볼 면목이 없다며 오빠를 끝내 만나주지 않았다.

유숙기가 "그 마음에 하고자하는 것이 있으면, 의리상 해야 하는 것이면 반드시 실행하고 주저하지 않는 것이 마치 물이 깊은 계곡에 닿아 흘러내리고자 하면 흐르는 것과 같았다."라고 한 표현처럼 적극적이고 과감하게 행동하는 여성이었고 가정 경영능력도 뛰어나 치산에도 성공했던, 그야말로 슈퍼우먼과 같은 여성이었다. 유숙기는 상산 김씨를 '규방의 뛰어난 사람(閨房之傑)'이라고 하며 그녀의 남다른 능력을 인정하였다. 상산 김씨는 남편과 자식 없는 여성으로서 시집에서 자신의 입지를 세우기 위해 무엇을 선택하고 포기해야 하는지 정확하게 판단하고 행동했다. 후에 상산 김씨는 이술지의 둘째 아들 이연상을 입양하여 후사로 삼았다.


### 훗날을 도모하며 자손 교육하기

김창집(1648~1722)은 거제도에 위리안치 되었다가 성주에서 사사되었다. 아들 김제겸(1680~1722)은 부령 적소에서 사사되었고 손자 김성행은 고문 끝에 가장 먼저 죽었다. 김제겸의 처이자 김성행의 어머니는 송씨 부인(1680-1733)이다. 앞에서 다룬 이봉상의 처 김숙인의 친정 어머니이기도 하다. 송씨 부인의 아버지는 송병원이고 동춘당 송준길이 증조할아버지이다. 명문가 집안의 딸로서 역시 명문가인 안동 김씨 집안에 시집을 가 시할머니 안정 나씨(김수항 부인)에게 제사를 잘 지내는 손부로 인정을 받았다. 엄하고 까다롭기로 유명했던 나씨 부인은 "명현(名賢)의 자손은 남다르구나."라며 칭찬을 아끼지 않았다.

화(禍)가 닥치자 부인의 장자(김성행-역자 주)가 제일 먼저 사사되고, 백부(김제겸-역자 주)도 머나먼 유배지에서 사사되었다. 이 당시에 두세 명의 자식들과 가슴을 치고 피눈물을 훔치며 울부짖으며 원통하고 억울해서 도저히 살 수가 없을 지경이었다. 그러나 부인은 기필코 살라는 백부의 부탁을 받았기에 결국 마지못해 유배지인 금산(錦山)으로 가긴 했지만 옷은 처음에 입었던 옷을 그대로 입고 병들어도 약 한 첩 복용하지 않았으며 밤에도 자리를 깔지 않고 밤낮으로 거적자리에 누워 있어 눈물에 젖어 거적이 썩었다. 을사년(1725)에 억울함이 신원되어서야 비로소 남들의 강요에 의해 겨우 걷어내었다. 그러면서도 화고가 그지없던 초기부터 적소에서 지내다 영구를 따라 올 때까지 온갖 일이 다 바뀌었지만 차분하게 도리에 맞게 처신하였다.

제사를 지낼 때면 반드시 더욱더 엄숙하게 하며 "이렇게 하지 않으면 내 남편의 가르침을 실추시킬까 두렵다."하고, 식솔을 거느릴 때면 반드시 더욱더 단속을 하며 "이렇게 하지 않으면 내 남편의 교화에 흠이 갈까 두렵다."하고, 자식들을 가르칠 때면 반드시 "사람으로서 배우지 않으면 선비가 될 수 없고, 배운다 해도 한갓 문사(文辭)에나 능하고 의리를 실행하는 것을 숭상하지 않는다면 사람 노릇 할 수가 없다. 자식이 글을 제대로 읽고 자신을 신칙하면 충분하니, 그렇지 않으면 과거 급제하여 영광과 명성을 얻는다 해도 치욕스러울 뿐이다."하였다. 이는 실로 과거에도 신신당부하던 것이었는데, 이에 이르러선 또 "너희는 몸가짐이 앞으로는 더욱이 남들과 아주 달라야 한다. 한번이라도 혹 삼가지 않으면 사람들이 화란을 당한 집안의 자식이라고 하면서 비난할 것이니, 외려 두렵지 않겠느냐."하였다. 이리하여 부인께서 별세할 때까지 집안은 영락하였지만 유서 깊은 집안의 법도가 보존될 수 있었던 것은

오직 부인 덕분이었다.　　　　　—김원행, 큰어머니 묘지(伯母墓誌)[14]


송씨 부인은 신임옥사로 시아버지와 남편, 그리고 큰아들을 잃었고 딸 (이봉상의 처)은 사위가 도주한 상황에서 시할머니 시어머니와 유배생활을 하고 있었다. 송씨 부인은 김원행의 생모이지만 김원행이 김창협에게 양 자로 갔기 때문에 김원행은 부인을 큰어머니라고 지칭하며 묘지를 작성 하였다.

시아버지와 남편, 큰아들 3부자를 잃은 송씨 부인이 "옥사를 당했을 때 가슴을 치며 피를 닦고 억울하다 소리쳤던"마음을 헤아릴 만하다. 송씨 부인은 당장 죽고 싶은 마음이었지만 남편에게 "반드시 살라"는 부탁을 받아 유배지 금산에서 살았다. 억울한 마음에 옷도 갈아입지 않고 약도 먹 지 않고 자리도 깔지 않고 거적자리에 누워서 지냈다. 마음대로 죽을 수도 없는 자신을 자학하며 세상을 원망하며 살았다.

김원행은 "화고가 그지없던 초기부터 적소에서 지내다 영구를 따라 올 때까지 온갖 일이 다 바뀌었지만 차분하게 도리에 맞게 처신하였다." 고 하며 변화에 적절히 대응하고 처신했던 점에 대해 이야기하고 특히 폐가 집안의 자제들에게 엄격하게 교육하려고 했던 모습을 집중적으로 부각하였다.

송씨 부인은 "너희는 몸가짐이 앞으로는 더욱이 남들과 아주 달라야 한다. 한번이라도 혹 삼가지 않으면 사람들이 화란을 당한 집안의 자식이

---

14　김원행. 〈伯母墓誌〉, 『渼湖集』권15. 김현미, 『18세기 여성생활사 자료집』 3, 보고사, 2010, 384-387면.

라고 하면서 비난할 것이니, 외려 두렵지 않겠느냐."라고 하며 자식들이 신중히 처신할 것을 경계하였다. 또한 "사람으로서 배우지 않으면 선비가 될 수 없고, 배운다 해도 한갓 문사(文辭)에나 능하고 의리를 실행하는 것을 숭상하지 않는다면 사람 노릇 할 수가 없다. 자식이 글을 제대로 읽고 자신을 신칙하면 충분하니, 그렇지 않으면 과거 급제하여 영광과 명성을 얻는다 해도 치욕스러울 뿐이다."라고 하며 과거 급제하여 명예나 영광을 얻는 것보다 의리를 실행하는 전인 교육의 중요성에 대한 경계도 잊지 않았다. 김원행은 "부인께서 별세할 때까지 집안은 영락하였지만 유서 깊은 집안의 법도가 보존될 수 있었던 것은 오직 부인 덕분이었다. "라고 하여 부인이 가문의 법도를 보존하기 위해 힘썼던 점을 인정하였다. 송씨 부인은 보다 장기적인 안목을 가지고 자손들의 교육에 힘써 미래를 기약하려고 했다.

송씨 부인의 시할아버지 김수항(1629~1689)은 기묘환국(1689)에 사사되었다. 김수항이 진도에서 사사될 때 시아버지 김창업이 그 모습을 지켜보았다. 김수항은 이후 갑술환국으로 복권되었고 아들 김창업은 노론 4대신의 한 사람으로서 또다시 노론 세력의 중심에 섰다. 그러나 김창업은 아버지가 사사된 지 30여 년 후 다시 아들, 장손과 함께 사화로 사사되는 운명에 처했다.

안동 김씨 가문의 사화로 인한 비극은 이처럼 대를 이어 반복되었다. 송씨 부인을 특별히 여겼던 시할머니 나씨 부인은 남편 김수항이 사사 당하는 현장에 있었다. 사사를 당하기 전 김수항은 나씨 부인에게 "살아서 자식들을 보호하라"는 당부와 "자식을 훌륭하게 키우지 못하면 지하에서 만나지 않겠다"는 편지를 남겼다. 송씨 부인의 남편 김제겸도 부인에게

재난과 여성

"기필코 살라."는 당부를 하고 죽었다. 김수항과 그의 손자 김제겸 그리고 시할머니 나씨 부인과 손부 송씨 부인 사이에 데자뷰가 느껴진다. 그러나 이는 단순한 우연의 일치가 아니라 노론의 중심 가문이 부침을 겪으며 터득한 가르침이며 처세이다. 이들이 사화로 겪은 수난과 경험담은 집안에 대대로 전해오며 학습되었다. 다시 말해 이 집안의 남성과 여성은 비록 재난을 당해도 언제든 또다시 정국이 바뀔 수 있는 가능성에 대해서 생각하고 보다 먼 미래를 내다보고자 했다. 그래서 자손의 교육에 전념하여 때를 기다려야 한다는 믿음을 갖고 이러한 말과 행동을 한 것으로 이해된다.

하지만 송씨 부인이 당면한 사정은 나씨 부인보다 나빴고 고난도 더 심했다. 김창업은 아버지 김수항이 진도에서 사사당할 때는 자신을 비롯해서 형제가 모두 함께 했는데 자신이 사사 당할 때는 큰아들 김제겸의 생사는 알 수 없고 장손 김성행은 이미 앞서 죽어 함께 할 수 없는 상황에 대해 안타까워하는 언급을 남겼다. 예상했던 고난이라고 해서 그 고통이 덜하지는 않은 법이다.


### 당색이 다른 시집 식구 저주하기

조태채(1660~1722)는 진도에 유배되었다가 사사되었다. 조정빈, 조관빈, 조겸빈 등 그의 세 아들은 각각 제주도 정의현, 흥양현, 거제부로 유배를 갔고 딸 조정임(?~1754)은 흑산도에 정배되었다. 사화와 관련하여 사족 여성에게 정배가 내려진 경우는 예외적이었다. 다음은 조태채의 딸과 관련된 실록의 기록이다.

① 고 사인 이정영의 아내는 곧 조태채의 딸입니다. 그 아비가 역모에 빠져 죽음을 당하자, 종사를 부지한 대신(조태채-역자 주)에게 원망을 돌려 항상 작은 수레에 허수아비를 싣고 죽이는 형상을 하였으며, 또 토역(討逆)한 여러 신하의 형상을 그려 벽 위에 걸어 두고 자신이 활시위를 잡아 당겨 쏘았습니다. 또 그의 계집종을 시켜 남편의 자형인 김동필 집의 두 여종과 짜고 같이 모의하여 흉물을 김동필의 집에 묻었으며, 또한 그 시아버지 임원군 이표와 그 남편의 동기 여러 집에까지 미쳤는데, 정상이 마침내 드러나자 파낸 것이 낭자하였습니다. 흉역한 속셈이 절로 그 내력이 있으니, 이후 다 주벌할 수가 있겠습니까? 세 여종이 이미 죽어 성옥(成獄)할 길이 없으니, 청컨대 절도에 정배하소서."하였다.

　　　　　　　　　　　　　—경종실록 13권, 경종 3년(1723년 12월 17일)

② 조태채의 딸에 대한 일은 지난번에 그의 종이 징[鉦]을 쳐서 사정을 하소연한 것을 보았는데 매우 잔인하였다. 비복들을 포도청으로 이송시킨 것은 틀림없이 자복을 받아 죽인 뒤에야 그만두려고 해서였다. 그러나 끝까지 조사하지 않고 미리 앞질러서 귀양 보내었으니 법을 위반한 것이 심하다. 조정빈의 3형제 및 그의 누이를 모두 석방하여 보내도록 하라."하였다. 이봉상이 조씨의 비복도 석방하는 것이 마땅하다고 진달하자, 석방하여 보내도록 명하였다. 　　—영조실록 4권, 영조 1년(1725년 3월 2일)

③ 사간원에서 (정언 홍봉조이다) 전계를 거듭 아뢰고, 또 아뢰기를, "고 충익공 조태채 딸의 저주에 대한 옥사는 곧 심히 교묘하고도

　　　　　　　　　　　　　　　　　　　재난과 여성

은밀한 것이었습니다. 처음에는 추인(芻人)과 벽화(壁畵)로써 장찬(粧撰)의 계책을 하고 끝에는 또 구고(舅姑)를 모해함을 가지고 무함하여 온갖 계교로 단련하였으나 끝내 이렇다 할 단서를 잡지 못하자, 외로운 한 여인으로 하여금 죽을 고비를 숱하게 넘겨 절해의 험난한 땅으로 귀양가게 하기에 이르렀습니다. 그 시아비가 봉장을 올려 그녀의 효경을 성대하게 일컬었고 김동필의 소(疏)가 신변(伸辨)하여 남음이 없으니, 그 논계한 바가 스스로 무망으로 돌아갔습니다. 이와 같이 참독한 무리들은 일이 이미 지난날에 있었다고 하여 그대로 두고 논하지 않을 수 없습니다. 청컨대, 전후의 논계한 사람에게 모두 원찬(遠竄)을 명하소서."

하니, 비답하기를,

"윤허하지 않는다."

하였다.　　　　　　　　　ー영조실록 9권, 영조 2년(1726년 1월 29일)

조태채 집안은 소론이었는데 조태채만 예외적으로 노론과 뜻을 같이하였다. 노론 4대신 처벌의 중심 인물이었던 소론의 영수 조태구는 조태채의 종형이었다. 조태채가 조태구와 가까운 사이라는 것 때문에 처음에 노론 대신들이 대의를 함께 의논하지 않았다고 한다. 그러나 조태채가 공사의 구별을 들어 의논에 참여하기를 원하여 노론들과 뜻을 함께 하게 되었다. 사사를 당할 때 아들 조관빈이 조태구 형제의 문에서 울며 아버지의 구명을 빌었으나 조태채는 도리어 아들에게 화를 내며 죽음을 순순히 받아들였다고 한다. 당파가 다른 집안과의 혼사 또한 흔한 일이 아니었는데 조태채는 그의 딸을 소론인 이표의 집에 시집보냈다.

위의 실록의 기록은 당시 동일한 사건에 대해 입장과 관점이 달랐던 소론과 노론의 입장을 극명히 보여주고 있다. 소론의 입장에서 보면 ①이 있었던 '사실'이지만 노론측 입장에서는 ③이 사실이어서 동일한 사건에 대해 마치 각자가 다른 이야기를 하고 있는 것처럼 보인다. 그렇다면 진실은 무엇일까? 진실은 조태채의 딸이 아버지의 죽음을 억울하게 여겨 친정 집안 사람인 조태채를 저주했고 당파가 달랐던 시아버지와 시누이의 남편에게도 원망을 표현하였는데 이 과정에서 종들을 이용했다는 것이다. 조태채 딸의 저주는 비록 변칙적인 방법이었지만 억울함을 표현하고 자신의 정치적 입장을 드러냈으며, 이러한 태도는 현실에 저항하고자 했던 의지에서 나온 것으로 보인다.

조태채가 사사된 후 이처럼 그의 딸은 허수아비를 만들어 죽이거나 화상에 활시위를 당기거나 종들과 짜고 흉물을 묻는 등 저주를 하는 방식으로 복수를 시도하였고 이 때문에 저주의 옥사가 성립하여 흑산도로 유배를 가게 되었다. 그러나 2년 뒤 사건의 진위를 상세히 알아보지 않고 옥사를 성립한 점에 문제가 있다고 판단하여 조태채의 아들들과 함께 석방하였다. 그 다음 해에는 이전의 옥사 자체가 무고였음을 들어 조태채의 딸을 유배 보내도록 한 사람들에 대해 멀리 유배 보내야 한다는 상소가 홍봉조에 의해 올려졌다. 결국 영조가 즉위하여 4대신 및 그와 관련되어 옥사를 받은 사람에 대해 신원을 내릴 때 조태채의 딸도 혐의에서 벗어났고 사건은 마무리되었다.

동생인 조관빈은 누나가 "평소에 대의를 들은지라 구차히 살고자 하지 않았습니다. 누님 시가의 인척들이 적들과 일들을 꾸며 먼저 어진 누님을 무고하더니 저한테까지 미치려고 했습니다. 죄를 날조함에 근거가 없고

재난과 여성

대관을 사주함에 적수가 없었으니, 각기 먼 바다로 정배되어 온갖 고초를 겪었습니다. 예로부터 붕당의 화에 부녀자가 관계된 적이 있었습니까. 누님은 남들이 두려워할 만한 사람임을 알 수 있습니다. 착한 무리들은 원통해하고 대가들은 경탄하였습니다."[15]라고 하여 누나의 정치적 행위에 대해 언급하고 있다. 하지만 구체적인 내용에 대한 언급은 피하고 에둘러 말함으로써 정치적 갈등을 최소화하고자 하는 수사적 전략을 구사하고 있다. 그러나 "대의를 들었기 때문에 구차히 살고자 하지 않은"마음에서 비롯된 것이고 "대가들이 경탄할 만한 일이었다"고 함으로써 누나의 행위를 두둔하는 입장에 있음을 분명히 밝히고 있다.

조관빈의 언급대로 붕당의 화에 부녀자가 관계된 적은 거의 없었다. 하지만 조태채 딸의 원망과 저주 사건은 '조정임 저주 사건'이라고 하여 조정에서 그녀의 처벌에 관한 논란이 일었고 실제로 흑산도로 2년 동안 유배당하는 형벌을 받았다. 신임사화로 인해 유배를 간 여성들은 사화와 관련된 당사자가 아니라 당사자의 어머니, 아내, 며느리로서 유배를 당한 경우가 대부분이다. 하지만 조정임은 당사자로서 흑산도로 유배를 당했다. 흑산도 정배는 중죄인에게 내려지는 형벌이었다. 이는 당시 조정에서 조정임이 직접적으로 사화와 관련된 정치적 행위를 했다고 판단했다는 것을 의미한다.

하지만 조정임 저주 사건에 대한 실록의 내용을 살펴보면, 사건에 대해 충분히 조사를 하지 않고 성급히 징벌을 내린 경향이 있었음을 확인할

---

15  조관빈, 〈祭伯姉李氏婦文〉, 『悔軒集』권16. 이경하, 『18세기 여성생활사 자료집』, 보고사, 2010, 280면.

수 있다. 저주 사건은 정황만으로 판단했을 때 오판의 가능성이 높다. 철저한 증명이 필요하지만 그것을 밝히는 것이 쉽지 않은 사건이기도 하다. 조정임 저주 사건 역시 저주로 인해 직접적인 상해를 입은 피해자가 있는 것이 아니라 소론인 김일경 일파가 자신들에게 해를 입을까 사건을 확대한 것으로 보인다.

때문에 당시 이 사건을 대하는 대신들 간에 유배의 화가 부녀자에게 미치는 것 자체를 문제 삼기도 하였다. 구체적인 정치 행위로 보기 보다는 강상과 관련된 것으로 보는 견해도 있었다. 연루된 종들을 포도청으로 이송해 물의를 빚기도 하였는데 이 역시 사건을 어떻게 보아야 하는지에 대한 판단이 분분했음을 반증한다.

'조정임 저주 사건'은 시아버지 이표와 시집 식구들 그리고 소론에 의해 '사건화'되었다. 이 말은 시집에서 조정임의 편을 들어주지 않았다는 것을 뜻한다. 이 사건이 일어났을 때 조정임의 남편은 사망하고 없었다. 그렇다면 남편이 없는 며느리를 시집에서 정치적 입장이 다르다고 먼저 내친 것은 아닐까? 자연스럽고 합리적으로 의심할 만하다. 시아버지와 시누이 남편이 조정임을 위해 소장을 내었던 시점은 이미 노론의 세력이 회복되고 소론의 세력이 위축되었을 때이다. 며느리 집안이 역모죄로 몰락하자 자신들의 당파적 입장이 난처해진 시집 식구들이 며느리를 내쳤다가 상황이 바뀌자 다시 며느리의 입장을 두둔하기 위해 나선 것이 아닐까? 시집 식구들의 행동은 며느리보다 자신들의 안위를 위해서 이루어졌을 가능성이 크다.

조정임이 왜 그런 선택을 했는지 현재로선 알 수 없다. 하지만 조정임의 대응 또한 그녀가 선택한 정치적 행위였다. 자신에게 닥칠 위험을 무릅쓰고 주체적인 행동을 한 것에 대해 동생 조관빈은 "여성의 역사(女史)에

재난과 여성

기록할 만하다."고 하였다. 조관빈은 조정임의 행동을 개인이나 집안 내의 행위가 아닌, 사회적 행위로 확대하고자 하였다.

### 죽음으로 항거하기

신임사화의 경위를 서술한 『신임기년제요』와 그것을 참고로 저술된 『약파만록』의 '女士'항목에 7명의 여성이 수록되어 있다. 그들은 정경부인 가림 조씨(이사명의 처, 이희지의 모), 숙부인 완산 이씨(김보택의 처, 이희지의 누나), 유인 정씨(이희지의 처), 정부인 이씨(유취장의 처), 숙인 이씨(유선기 처, 유취장의 며느리), 정부인 김씨(윤징의 처), 유인 류씨(심재의 처) 이다. 이들 가운데 2명을 제외하고 5명의 종적은 확인 가능하다.

정부인 이씨(유취장의 처)와 숙인 이씨(유선기 처, 유취장의 며느리)는 유취장과 관련된 여성들이다. 조관빈은 유취장(1671~1722) 집안의 정려에 대한 글을 썼다. 유취장은 무반이었는데 김창집의 심복으로 연루되어 처형당했다. 그의 아들 유선기(1695~1722)는 무과에 급제하여 이천부사로 재임 중 부친의 죄에 연좌되어 역시 사사되었다. 부자가 함께 사사되자 고부간인 전주 이씨와 경주 이씨도 남편을 따르기로 결심하고 자결을 하였다. 전주 이씨는 남편이 유배갔던 장성 땅에서, 경주 이씨는 공주 땅에서 각각 13일간 아무 음식도 먹지 않은 채 함께 죽기를 약속하여 하루 차이로 목숨을 거두었다.[16] 전주 이씨는 이두천의 딸이고 경주 이씨는 이중익

---

16 조관빈, 〈烈女貞夫人全州李氏·孝子府使柳君善基·烈女淑人慶州李氏旌門贊幷序〉, 『悔軒集』권15. 유취장 집안의 정려에 대한 내용은 『약파만록』권 81에도 보인다.

의 딸이다. 1743년(영조19)에 정려를 받았다.

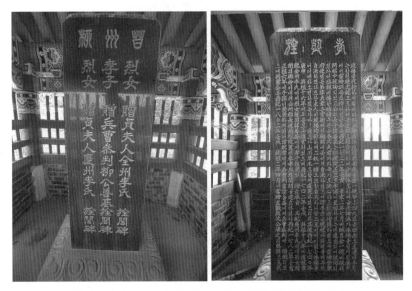

세종시 문화유적 향토유적 제68호. 진주 류씨 삼효열 정려. 유취장의 아들과 아내,
그리고 며느리에 대한 효열비가 남아있다.

　다음은 이희지와 관련된 여성들을 살펴보자. 『신임기년제요』와 『약파
만록』에는 이희지의 어머니와 누나 그리고 아내가 자결한 기록이 나온다.
세 여성 가운데 이희지의 처 유인 정씨는 시어머니 조씨를 따라 물에 빠져
죽었으며 죽을 때 자결시를 남겼다는 것과 정려를 받았다는 기록이 첨가
되어 있다. 이희지의 누나이자 김보택의 아내인 완산 이씨에 대한 기록은
따로 보이지 않는다. 그리고 『부여군지』에는 가림 조씨와 정씨 모두 정려
를 받은 것으로 되어 있다.

　이희지는 이사명의 아들이고 이이명의 조카이다. 임인옥사 당시 성균
관 유생이었는데 이몽인의 상소로 인해 전라도 장흥에 유배 중이었다. 목

호룡은 이희지가 경종에게 약물을 먹여 시해할 목적으로 궁녀에게 돈을 주었으며 왕을 비방하는 노래를 지었다고 무고하였다. 이희지는 이로 인해 투옥되었다가 형을 여덟 차례 받고 고문 끝에 장살되었다. 그런데 이희지 본인 뿐만 아니라 그의 어머니와 누나에게도 혐의를 두었던 사실이 실록에 보인다.

> 그 어미의 편지에, "사기(事機)가 거의 이루어진 것이 마치 이미 지어 놓은 밥과 같으니, 4월 10일 후에는 저절로 좋은 도리가 있을 것이다."라고 하였으니, 만약 삼수(三手)란 흉악한 계획이 이미 정해져 집안의 부녀자들이 충분히 듣고 익히 알지 않았다면, 어찌 언서에 올려 기일을 지적하고 확실히 말하는 것이 이처럼 낭자한데 이를 수가 있겠습니까? 그 어미와 누이의 언찰이 현발되자, 뒤따라서 즉시 자결하여 마치 역모를 참여해 안 일이 없는 것처럼 하였으니, 어찌 스스로 죽음으로써 자취를 없애는 데 이를 수 있겠습니까? 역적 이희지는 비록 형장을 맞고 죽었지만 역률로 시행하지 않을 수 없으니, 국청으로 하여금 수노 적몰(收孥籍沒)하게 하소서.　　　　—경종실록, 8권, 경종 2년(1722년 5월 5일)

4월 10일 뒤에 스스로 좋은 도리가 있다는 말에 이르러서는 이미 그 아내의 언문 편지에서 드러나서 국안(鞫案)에 밝게 등재하였으며, 그 일의 정상이 탄로된 뒤에 미쳐서는 그의 아내가 마침내 멸구지책으로서 자결하는 데 이르렀습니다. 아! 흉모와 역절을 비록 무식한 부녀라 하더라도 또한 익히 들어서 알고 있다가 이와 같이 명확하게 말하였으니, 김보택이 평소에 흉도를 마음속에 간직하고 있다가 화기(禍機)를 빚어낸 정상을 적실히 알 수 있습니다. 그 토죄하는 도리에 있어 이미 죽었다 하여 그대로 둘 수가 없으니, 청컨대 관작을 추탈하소서."

—경종실록, 9권, 경종 2년(1722년 9월 12일)

전략 …대개 그 은밀한 곳과 비밀한 길에서 화근을 쌓고 독기를 불어 넣었는데, 김춘택·김보택에서 시작하여 김운택·김민택에서 하늘을 뒤덮을 만하였으니, 역심과 역장을 한 꿰미에 꿰어서 전해 온 듯하였습니다. 그래서 심지어 가인과 부녀에 이르러서도 또한 찬시(纂弑)하는 일을 평소에 늘 다반사로 여기게 되었습니다. '밥을 짓는 것보다 쉽게 익는다'는 말이 김보택의 처의 입에서 나왔으니, 그 합문의 내외에서 남녀소장(男女少長)이 대가와 합세하여 난만하게 모역한 정상을 명확하게 볼 수 있습니다. 그러나 김민택이 흉측하고 잔인하여 장폐(杖斃)됨으로 인하여 김운택은 신국(訊鞫)을 거치지 않은 채 오히려 수좌(隨坐)의 율에서 도피하였습니다. 그리고 여러 아우와 자질이 또 한양에 널리 퍼져서 마음가짐이 날로 위태하고 일을 꾀하는 것이 날로 깊습니다. 만약 이 무리를 하루라도 머물러 두면 국가에 하루의 근심이 되니, 마땅히 삼묘(三苗)를 분배한 뜻을 의방하여 한결같이 모두 원지(遠地)에 귀양보내소서." 하니, 비답(批答)하기를,

"참시(斬屍)하라고 청한 것은 과중(過中)함을 면치 못한다."

하였다.　　　　　　　　　—경종실록 10권, 경종 2년(1722년 10월 18일)

실록의 기록에 의하면, 이희지의 어머니 가림 조씨와 누나 김보택 처가 주고 받은 언문 편지에 이희지와 공모했던 단서가 있었고 이들이 어떤 방식으로든 사화와 관련된 정치적 행위에 연루되었음을 암시하고 있다. 따라서 사건에 대한 자세한 경위는 알 수 없지만 이들 여성은 정치적 행위

　　　　　　　　　　　재난과 여성

를 하였고 그것이 발각되었기 때문에 죽음을 택할 수밖에 없었던 것으로 보인다. 김보택 처가 가장 많은 혐의를 받았는데 그로 인해 이미 죽은 김보택의 관작을 추탈해야 한다는 건의와 가족들 중 더 많은 이에게 형벌을 내려야 한다는 의견이 빗발쳤다. 김보택 처는 사실에 대한 진상 파악 이전에 자결을 결심하고 실행하였다. 가림 조씨와 이희지 처는 정려를 받았는데 가림 조씨는 남편 이사명이 신임사화 이전에 죽었기 때문에 남편을 따라 죽은 열녀로서 정려를 받은 것은 아니다. 이희지의 아내 정씨는 혐의를 받고 있는 시어머니가 자결을 하자 따라서 자결을 하였는데 시어머니에 대한 혐의가 자신에게도 향할지 모르는 두려움 때문에 그런 결정을 한 것인지 혹은 단순히 남편을 따라 죽은 것인지 알 수 없다.

이희지 아내가 죽기 전에 남겼다는 절명시는 19세기 말에 편찬된 여성 역사서 『본조여사(本朝女史)』〈節婦〉 편에 전한다.[17]

어진 재상과 칭송받는 선비가 모두 원통하게 죽고 남편은 화를 당하니 또한 죄가 없네.

처자를 노비로 삼고 재산을 몰수하라고 윤허하시니 남편의 외로운 혼 거두어 줄 사람 없구나.

몸에 독약을 지니고 죽는 것으로 내 마음을 삼았는데

네 번 약을 먹어도 질긴 목숨 끝내 끊어지지 않고 하룻밤에 세 번 목을 매도 죽지 않네.

6월 4일 새벽에 혈서를 다 쓰고 강물로 향하는데 강보의 아이가 이

───── 17  김상집, 『本朝女史』, 고려대도서관 소장.

제 의지할 곳 없으니 저승에서도 지극한 원통함 품겠네.

정씨 부인은 먼저 어질고 칭송받는 선비가 원통하게 죽고 죄 없는 남편이 화를 당하는 당시의 무고한 상황에 대해 비판적인 진술을 하고 있다. 이어서 재산이 몰수당하고 노비로 전락하게 된 상황, 남편의 시신을 거두어 줄 사람도 없는 현실을 안타까워하지만 자신은 이미 죽기로 결심했음을 밝히고 있다. 하지만 목숨을 끊는 것이 쉽지 않아 독약을 4번 먹어 보고 하룻밤에 3번 목을 매어 보기도 하지만 마음대로 되지 않는다며 자결을 실행하면서 겪는 고통을 토로하였다. 마지막으로 혈서를 쓰고 강물에 투신하러 가지만 강보에 쌓인 딸아이를 두고 갈 생각에 저승에 가서도 원통할 것이라는 원망을 담고 있다. 정씨 부인은 백마강에 투신하였고 강보에 쌓인 딸은 남편의 배다른 누나 김용택의 아내가 거두어 키워주었다.

이희지의 아내는 이후 정려를 받았고 19세기 말 유교지식인 김상집도 절의를 지킨 여성으로 평가하고 정씨 부인의 절명시를 수록하였다. 하지만 이희지 처의 절명시에서는 不更二夫를 표방하며 남편을 따라 주는 烈女의 모습은 찾아보기 힘들다. 그보다는 용납하기 힘든 당시의 상황에서 어쩔 수 없이 죽음을 선택할 수밖에 없었던 억울하고 원통한 마음을 강하게 드러내고 있다. 다시 말해, 이희지 처는 남편에 대한 정절을 지키기 위해 죽음을 선택한 것이 아니라 자신의 정치적 행위에 대한 저항의 의미로 자결을 한 것으로 보인다. 유취장의 아내와 며느리, 이희지의 누나와 어머니 역시 같은 입장이었다고 보인다.

## '여사(女士)'와 '독서군자(讀書君子)', '비세속녀(非世俗女)'

　　정치적 재난에 대처한 여성들을 기록한 남성들은 여성들이 '變'을 당했을 때의 행동에 대해 구체적으로 기술했다. '變'은 갑자기 닥친 재난과 위기를 의미한다. 예기치 못한 재난과 위기를 극복하기 위해서는 현명한 판단력, 신중한 선택, 과감한 행동력 등이 필요한데 이러한 능력은 단시간에 형성되지 않는다.

　　이유인의 남편 김신겸은 "유인은 어려서 『소학』과 『열녀전』, 『여계』 등의 책을 외웠고 또 시와 역사를 대략 통달해 가르침을 번거롭게 하지 않았으나 또한 바깥사람이 알지 못하도록 하였다."고 하여 이유인의 학식에 대해 언급했다. 조선 시대 여성은 특별한 교육을 받거나 학문을 하지 않았다고 전해지지만 집안마다 사정은 달랐다. 사서삼경을 비롯하여 역사서를 두루 읽고 혜안과 통찰력을 기른 여성들이 적지 않았다.

　　이봉상의 아내 김숙인에 대해 오빠인 김원행은 "유인의 성격은 인자함이 두텁고 맑고 현명하여 그 알고 헤아리는 것과 의논이 독서하는 군자와 비슷하였다."고 하였고, 아들 이영유 역시 "식견이 매우 높아 옛날 여사에 부끄럽지 않았"고, "식견과 의론이 독서한 군자 같았다."고 하여 '여사'이며 '독서군자'라고 하였다. 이건명의 며느리 상산 김씨는 총명하고 막힘이 없었고 기억력이 좋았다고 한다.

　　조선시대 학식과 부덕을 갖춘 여성에게는 '여사(女士)'와 '독서군자(讀書君子)' 또는 '여군자(女君子)'라는 찬사가 붙었다. 남성들은 위급한 상황에서 순발력과 기지, 용기를 내어 일을 수습하고 사태를 마무리 한 여성들의 힘의 원천을 학식으로 규정했다. 그들은 여성들이 학문하는 과정과 습

득에 관해 발화함으로써 정치적 재난에 잘 대처하고 제 몫을 담당할 수 있었다고 인정하였다.

여성들이 보여준 힘과 능력의 근원을 학식에서 찾고 있는 한편 그들의 실제적인 행동에 대해서는 "세속의 부녀자가 아니다."라고 하거나 "대장부도 하기 어려운 일을 하였다."고 하여 특별함을 드러내었다. "여성의 역사(女史)에 기록할 만하다."고 하거나 혹은 역사적 인물과 비교하는 방식으로 평가하기도 하였다. 남성들은 여성들이 정치적 재난을 맞아 대처한 행위를 개인적·가문적 차원의 성취에 국한하지 않고 사회적이고 정치적인 의미를 부여하여 그 의미를 확대하고자 하였다.

그런데 이러한 남성들의 태도에는 다분히 정치적 의도가 엿보인다. 남성들은 평소 여성들의 직접적인 정치 참여는 근본적으로 차단하였지만 가문의 일체감과 조화를 위해 집안의 정치적 입장을 여성들에게 주입할 필요를 느꼈다. 예를 들어 김원행이 김창집의 유언을 기록한 글 〈신임유사〉는 한문본과 한글 언해본이 존재하는데 한글 언해본은 신임사화의 비극과 노론의 입장을 여성에게도 알리고자 여성 독자층을 고려하여 제작된 것으로 보인다. 사화를 극복한 여성들의 이야기를 통해 노론측 남성들이 집안의 여성을 교육하고자 했을 가능성은 매우 높고 이를 인식한 남성 작가들의 서술 태도는 다분히 정치적일 수밖에 없었다고 본다.

이봉상의 피화 사건에 관해 두 차례 상언을 했던 김씨 부인의 상언 중의 하나는 노론계 인물인 이재의 『삼관기』라는 책 뒤에 실려 있다. 이 책은 노론계 인사들의 정치적 활동과 당쟁에 관한 이야기가 중심을 이루고 있다. 국문본 『삼관기』는 노론 집안의 여성도 읽었을 것으로 보이는데 이 책과 함께 상언을 접한 여성들은 여성의 정치적 능력과 행위에 관한 새로운 가능성을 보며 자신들의 정체성을 형성하였을 것이다. 이봉상의 피화사건은 개인적으로는 이이명 집안의 대를 잇기 위해 계획된 일이었지만 이 이야기가 오랜 기간 향유되고 담론화된 것은 이 사건이 노론측의 정치적 신념과 전제화의 당위성을 표명하는데 중요했기 때문이었다.[18] 이 이야기가 향유되는 과정에서 이 사건을 계획한 이유인과 상언을 올린 김씨 부인이 소환되고 이 두 여성의 행위는 사회적, 정치적 의미를 획득하게 된다.

존망이 위급한 상황에서는 경험과 지식의 한계를 초월하는 가치와 신념체계가 필요하기 마련이다. 여성들이 목숨을 걸고 지키고자 했던 가치와 신념은 당대의 절대적 가치였던 상장례 치르기, 효, 가문의 유지 등 유교적 가치와 신념이었다. 그러한 신념에 의거한 행위는 오랜 시기에 걸쳐 역사적, 정치적으로 담론화됨으로써 여성들의 가문 내 지위는 높아졌고 역사적 인물이 될 수 있었다.

### 사화를 일으킨 남성, 고난을 감당하는 여성/
### 재평가되는 남성, 잊혀진 여성

퇴계의 두 번째 부인 권씨 부인은 주지하다시피 정신적으로 문제가 있었던, 말하자면 지능이 낮은 여성이었다. 그런데 권씨 부인이 그렇게 된 이유는 집안에 닥친 갑자사화 때문이었다. 그녀의 조부인 권주는 갑

---

18  서경희, 「'이봉상 사건'의 전승과 의의」, 『한국고전연구』14집, 한국고전연구학회, 2006, 330면.

자사화 때 사약을 받았고 조모는 사약이 내려졌다는 기별을 받고 자결을 했다. 아버지 권질은 거제도로 귀양을 가게 되었다. 이후 아버지가 귀양에서 풀려난 지 얼마 지나지 않아 1521년 (신사년) 무옥이 일어났다. 숙부가 죽고 아버지가 다시 귀양을 가고 숙모는 관비가 되었다. 권씨 부인은 어린 나이에 참극을 목격하고 그 충격으로 정신이 혼미해지더니 영영 회복되지 않았다고 한다.

여성에게 사화는 이처럼 정신줄을 놓게 할 정도의 무서운 재난이었다. 남성들은 대의적인 명분으로 당쟁을 일으키며 위험을 자초하지만 여성들은 그러한 남성의 어머니, 아내, 딸, 며느리라는 이유로 고난을 감당해야했다. 이 글에서 다룬 신임사화는 조선 시대 사화 가운데 연루된 인원도 가장 많고 그 피해 규모도 컸던 악명 높은 사화였다. 신임사화를 당해 퇴계의 아내처럼 정신을 놓아 버린 여성도 있었을 것이다. 하지만 이 글에서는 정치적 재난인 사화를 극복하고 가문을 지킨 여성들을 다루었다.

완산 이씨는 친정 가문을 위해 종자를 보존하려고 계략을 세우고 위기를 모면하려 했다. 친정 아버지와 오빠가 며칠 사이로 죽어나가는 상황에서도 한 치의 흐트러짐 없이 주도면밀하게 계획을 세우고 실행해서 성공했다. 그녀는 강한 외적 시련 앞에서 가장 강력한 방법과 수단을 동원해 맞섰다. 관부 매수와 거짓 상례 치르기, 어린 종을 대신 죽게 했던 일 등은 평상시 엄벌에 해당하는 범죄 행위이다. 하지만 완산 이씨는 혼란한 시기에 변법으로 맞섰다. 김숙인은 자신이 처한 현실과 상황을 묵묵히 받아들이며 버티고 견뎠다. 익숙하지 않은 생계형 육체 노동과 시댁 어른을 위한 감정 노동도 감당했다. 평생을 트라우마로 고통 받는 남편을 감싸 안으며 대신 집안일을 떠맡았다. 이 두 여성들은 퇴계의 부인처럼 정신을 놓지는

재난과 여성

않았지만 대신 수명이 감축했다. 이유인은 사화를 겪고 3년 후 눈을 감지 못하고 죽었고 김숙인은 유배지에서 쌓인 피로로 40대 초반에 죽었다.

상산 김씨는 남편과 자식이 없는 시집을 위해 천리 길을 마다하지 않고 달려가 장례를 주관하고 정성을 다해 시아버지 상을 마쳤다. 종도 없이 홀몸으로 집안을 경영하여 치산에 성공하였고 유배가 있는 시집 식구들을 물심양면으로 돌보고 보살폈다. 시집과 정치적 노선이 다른 친정에게 등을 돌려 시댁의 신임을 얻기도 하였다. 대대로 사화로 인해 가문의 비극을 겪은 송씨 부인은 자손들을 더욱 엄격히 가르침으로써 후일을 도모하고자 하는 먼 계획을 세웠다. 조정임은 시집 식구들을 원망하여 흉물을 파묻고 저주하다가 절해고도 흑산도로 유배를 갔다. 이희지 아내와 누나, 어머니는 정치적 행위에 연루되어 자결하였다.

사람들은 자신이 하나의 접합점의 위치를 차지하는 그물망 속에서 권력을 행사한다.[19] 여성들의 정치적 소신이 얼마나 두터웠는지 그리고 그러한 정치적 소신이 그들의 행동을 결정하는데 얼마만큼의 영향을 미쳤는지 분명하게 말할 수는 없지만 그들은 주체적으로 생각하고 판단하여 행동했다. 어쩔 수 없이 시가를 위해 친정 식구를 저버려야 했고, 친정을 위해 시가를 저주하기도 했다. 죽음보다 못한 삶을 견디며 산 여성들도 있고 죽음을 택한 여성도 있다. 기존의 삶과 달라진 혼란한 상황에서 현재의 자신과 자신이 할 수 있는 것, 또 해야만 하는 것 사이의 관계 규정은 더욱 어렵기 마련이다. 따라서 자기 자신을 자기 행동의 윤리적 주체로 세우는

---

19  부산대학교 여성연구소, 『여성과 여성학』, 2006, 110면.

일은 한층 더 문제 제기적이 된다.[20] 여성들은 자신의 입장을 정확히 인식하고 자신이 해야 할 역할에 충실했다. 주체적인 판단에 의해 자신이 해야 할 일을 함으로써 사화를 극복한 여성들은 이로 인해 지위가 향상되었고 집안 식구들에 의해 끊임없이 담론화됨으로써 역사적 인물로 기억되었다.

이유인과 상산 김씨는 노론계 인사 김복한(1860~1924)이 편찬한 여성 규범서 『규범』에 수록되어 모범적 여성으로 전해진다. 하지만 엄밀히 말해 이들은 집안 내, 가문 내에서 칭송받고 기억되었던 것이지 공식적인 영역에서는 여전히 배제되었고 존재하지 않는다. 남성들은 사화로 인해 역적이 되었다가 시국이 바뀌면 충신으로 기림을 받으며 재평가되기도 한다. 집권과 실권을 반복하는 정치 판도에서 그들의 행위는 업적이 되고 본보기가 되어 역사에 길이 남는다.

하지만 앞에서 보았듯이 이봉상의 아내는 어린 나이에 사화를 당해 참기 힘든 고통을 겪고 감내했지만 역사에서 왜곡되고 잊혀졌다. 이봉상을 피화시키는 데 주도적인 역할을 했던 이유인도 사정은 다르지 않다. 상산 김씨가 자신을 길러준 친정 숙부를 외면할 수밖에 없었던 진짜 이유는 무엇이었는지, 조정임 저주 사건의 전말과 흑산도 정배의 내막에 대한 기록 등은 어디서도 보기 힘들다. 정려 받은 '절부(節婦)'로 기억되는 이희지 아내와 어머니의 자결에 대한 평가 역시 여성의 죽음을 남편과 연관시키는 남성 중심적 시각에 기인한다. 사화로 인해 가족의 죽음, 노비로의 전락, 투옥, 자결 등 여성이 겪었던 체험은 정치적 재난이 개인의 삶에 어떻게 개입했는지 증명하는 통로가 된다. 여성이 가문을 지키기 위해 세운 공로

---

20  미셸 푸코, 이규현 옮김, 『성의 역사 1—앎의 의지』, 나남출판사, 1990, 107면.

재난과 여성

와 함께 사화로 인해 잃은 것은 무엇인지에 대한 사실 파악이 함께 이루어
져야 한다. 그래야 정치적 재난을 당한 여성들의 노고와 희생, 업적에 대
한 객관적이고 정당한 평가가 가능하다.

「辛壬紀年提要」,『稗林』, 탐구당, 1969.

『경종실록』

『扶餘群誌』, 부여군지편찬위원회, 1987.

『영조실록』

김매순,『臺山集』.

김복한 지음, 김기림 옮김,『규범』, 학고재, 2018.

김상집,『本朝女史』, 고려대 소장본.

김시보,『茅洲集』.

김신겸,『百六哀吟』, 규장각 소장 필사본.

김신겸,『檜巢集』, 규장각 소장 필사본.

김원행,『壬寅遺事』, 규장각 소장 필사본.

김원행.『渼湖集』.

김인근 편,『安東金氏先狀』, 규장각 소장 필사본.

김현미,『18세기 여성생활사 자료집』3, 보고사, 2010.

미셸 푸코, 이규현 옮김,『성의 역사 1─앎의 의지』, 나남출판사, 1990.

민우수,『貞菴集』.

부산대학교 여성연구소,『여성과 여성학』, 2006.

서경희,「'이봉상 사건'의 전승과 의의」,『한국고전연구』14집, 한국고전연구학회, 2006, 311-341면.

서경희,「김씨 부인 상언을 통해 본 여성의 정치성과 글쓰기」,『한국고전여성문학연구』제12집, 한국고전여성문학회, 2006, 39-75면.

서경희,『18세기 여성생활사 자료집』 6, 보고사, 2010.

오갑균,「신임사화에 대하여」,『논문집』제8집, 청주교육대학, 1972, 181-206면.

유숙기,『兼山集』, 규장각 소장 필사본.

이경하,『18세기 여성생활사 자료집』 2, 보고사, 2010.

이동윤,『박소촌화』, 규장각 소장 필사본.

이성무,『조선시대 당쟁사 연구』 2, 아름다운 날, 2007.

이영유,『雲巢謾藁』, 규장각 소장 필사본.

이은순,『조선후기 당쟁사 연구』, 일조각, 1988.

이재,『도암집』.

이희령,『약파만록』, 성균관대 대동문화연구원.

임형택,「김씨부인의 국문 상언—384면.

조관빈,『悔軒集』.

조선옥,「박소촌화 소재 당쟁이야기의 진술방식과 지향의식」,『한국민족문화』 23집, 부산대학교 한국민족문화연구소, 2004, 12-43면.

황수연,「김씨 부인 상언의 글쓰기 전략과 수사적 특징」,『열상고전연구』제46권, 열상고전연구회, 2015.3. 425-453면.

황수연,「사화의 극복, 여성의 숨은 힘」,『한국고전여성문학회』제22집, 한국고전여성문학회, 2011.6. 71-102면.

황수연,『18세기 여성생활사 자료집』 1, 보고사, 2010, 505-512면.

제5장 | 여성의 복수는
왜 권장되었나

김기림(조선대)

## 교훈서, 복수까지 포섭하는가

교훈이란 개인이 일상 또는 사회에서 살아가면서 수행하는 여러 행위 및 생활에 도움이 되는 어떤 내용들이다. 교훈서는 이를 모아 담아 놓은 글 또는 책이다. '사회에서 살아가며 도움이 되는 내용'을 담아내므로 어떤 사회, 시대의 요구나 규범을 담는다. 그리고 이에 부합하는 모범적 사례들을 제시한다. 교훈서는 그 사회에서 살아가는 이들에게 사회가 규정하는 '바람직한 사고 및 행동'이 무엇인지 알려주어 사람들이 그것을 수용하고 실천하게 한다. 개인은 교훈서를 읽음으로써 자신을 사회에 적합한 존재로 만들어간다. 궁극적으로 교훈서는 사회 질서 확립, 사회 안정화를 이루고자 한다.

교훈서는 격언, 속담, 경계하거나 타이르는 말 등을 써서 '바람직한'사고를 형성하고 행동을 이끌어낸다. 더 효율적으로 하기 위해 모범 사례를 제시한다. 사람의 모방 욕구를 촉발하고 현실에서 실천하도록 한다. 모범 사례는 사회의 요구에 부합하며 선한 영향을 줄 수 있는 것들이 선별된다. 이를 테면 조선시대에는 부모에 대한 효, 임금과 나라에 대한 충 등 유교 윤리를 강조했다. 각종 교훈서에는 유교 윤리를 잘 실천한 사람들 곧 효행한 사람, 충성을 바친 사람들의 행적을 선별하여 실었다. 여기에 등장하는 이들은 이른바 타인을 위해 선한 행위를 수행한다. 선한 행위는 대체로 타인을 편안하게 하거나 위로하고, 그 생명을 살리는 일이다. 이런 행위들은 사회적으로 긍정적 평가를 받거나 권장된다. 교훈서는 이러한 행위를 제시하여 교훈서 독자들이 모방행위를 하도록 유도하고 그 결과 사회가 안정되도록 한다.

복수는 '선한 행위'로 보기는 어렵다. 복수는 어떤 이가 신체적으로나 정신적으로 해를 입었을 때 그 가해자에게 되갚는 행위이다. 막스 셸러에 따르면 '복수는 사전에 공격 또는 상처 받은 경험이 있고 복수는 과거에 당했던 상처에 대한 반응'이다. 이 과정 속에는 '폭력'이 포함된다. 특히 신체적 차원에서 폭행, 상해, 살인 등이 발생한다. 폭력은 개인간 갈등을 빚어 안정된 질서에 균열을 낸다. 폭력을 동반하는 복수는 사회 안정에 위협적인 요인이다. 프란시스 베이컨은 "복수는 야만적인 정의(正義)"라고 하면서 경계하기도 하였다.

복수는 폭력적 행위가 교환됨으로써 사회를 불안정하게 한다. 상해나 살해를 동반한 복수, 그 중에서도 개인적 복수가 허용된다면 사회 질서와 안정은 무너지기 쉽다. 이를 방지하기 위해 국가는 법을 제정하여 형벌권을 갖는다. 공적 권위를 갖고 개인적이고 사적 복수를 대신하며 개인이 복수를 수행하는 일을 금지하는 것이다.[01] 조선시대에도 개인이 복수하는 일을 범죄로 규정했다. 조선 전기에는 『대명률』에 의거하여 자손이 살해된 할아버지 및 아버지의 원수를 죽였을 경우 장 60대의 형벌을 가했다. 조선 후기에는 강화되어 아버지가 피살되었을 때 그 사건에 대한 관청의 조사를 기다리지 않고 개인이 마음대로 가해자를 살해했을 경우에는 감사정배(減死定配:처형 수준에서 한 단계 낮춰 유배형으로 정하는 것)형을 내렸다. 여성이 복수하는 조항도 신설되어 남편을 위해 복수하고자 가해자를 죽

01 이원택, 「현종조 복수의리의 논쟁과 公私관념」, 『한국정치학회보』35(4), 한국정치학회, 2002, 48면.

였을 경우 장(杖) 60대 형벌로 규정했다.

국가가 개인의 복수를 대신 하는 이유는 복수가 동반하는 폭력-상해, 살인이 사회 질서 및 안정을 해치기 때문이다. 복수 행위에 내재한 사회적 위협 요소를 조선시대 사람들도 인식하고 있었다. 성해응이나 정약용 같은 이도 개인이 사사롭게 복수하는 일을 반대했고 법대로 처리해야한다고 했다. [02]

개인적 복수를 용인하는 사회는 안정성이 약하다. 교훈서가 사회에 대해 긍정적이고 선한 영향을 주는 내용을 담아낸다는 점을 감안할 때 복수 관련 이야기는 교훈서에 적합하지 않은 소재이다.

그런데 19세기 말, 20세기 초반에 나온 여성 대상 교훈서에는 복수하는 여성들이 등장한다. 이 시기 여성 교훈서에 선한 행위로 여겨지는 것과 그렇지 않은 행위로 여겨지는 것들, 타인에 대한 배려 및 타인을 위한 희생 행위들과 타인을 상해하는 행위가 겹쳐치는 지점이 기입된다. 교훈서가 복수를 포섭하고 복수가 교훈서 안으로 들어가는 현상이 나타난 것이다.

---

02  손혜리, 「문학적 형상화를 통해 본 성해응의 복수론」, 『진단학보』115, 진단학회, 2012.

## 여성 교훈서들이 변화하다: 수신에서 정렬을 거쳐 복수까지

### 수신·헌신을 담다

조선시대 사상과 일상 윤리는 유교를 기반으로 했다. 유교적 가치를 중시하고 삼강과 오륜이 강조되었다. 이상적 인강형이란 이를 체화하고 실천한 인물이었다. 각종 교훈서 윤리서 들은 유교 윤리를 퍼뜨리고 공고화하는 역할을 했다. 삼강행실도 및 오륜행실도를 비롯하여 동국여지승람이나 읍지(邑誌) 같은 지리지에서도 효자, 열녀, 충신의 행적을 넣었다. 또 여성만을 위한 교훈서들이 조선초기부터 편찬, 간행되었고 이는 근대까지 지속되었다.

국가나 왕실에서부터 여성 교훈서를 펴냈다. 성종의 어머니였던 소혜왕후(인수대비)는 왕실 여성들을 경계하는 『내훈』을 편찬했고, 영조의 후궁 영빈은 『여범』을 펴냈다.[03] 중국에서 간행된 여성 교훈서인 『여훈』『여사서』 등도 언해되었다. 『여훈』은 명나라 무종(武宗)의 비였던 장성자인황태후(章聖慈仁皇太后)가 편찬했는데 1532년(중종 27)에 최세진이 언해하였다.[04] 『여사서』는 후한 때 조대고가 쓴 「여계」, 당나라 송약소가 쓴 『여논어』, 명의 인효문황후가 쓴 『내훈』, 명의 왕절부가 썼다고 하는 『여범(여범첩록)』을 합친 것이다. 이 책은 1736년(영조 12)에 언해되었다.

---

03  『여범』 편찬자가 누구인가에 대한 논의는 분분하다. 몇몇 연구자들은 영빈 이씨 편찬을 기정 사실화하고 연구를 진행하기도 했다. 한편 강현경은 명나라 풍종현(馮宗賢) 편찬한 『여범편』을 영빈 이씨가 번역한 것이라고 언급했다. (강현경, 「『여범』 편집자 고찰」, 『한국언어문학』 29, 한국언어문학회, 1991.)

04  김문웅, 「여훈언해」 고찰」, 『(역주)여훈언해』, 세종대왕기념사업회, 2014.

조선시대 여성 교훈서는 개인들이 편찬하는 경우가 더 많았다. 한원진은 집안 여성들을 가르치기 위해 「한씨부훈」을 저술했고, 송시열은 결혼하여 시집으로 가는 딸의 시집살이를 계도하는 「계녀서」를 썼다. 이덕무는 여성이 일상생활 속에서 행해야 할 행동수칙을 「부의편」에 담았다. 이외에 노상직의 『여사수지』(1889/1918), 김상즙의 『본조여사』(1898), 장지연의 『여자독본』(1908), 김복한의 『규범』(1912), 박건회의 『(현토주해)여자보감』(1914), 왕성순의 『규문궤범』(1915), 권순구의 『부인언행록』(1916), 김원근의 『신여자보감』(1922), 유영선의 『규범요감』(1925) 등도 편찬되었다. 조선초기 및 중기보다는 후대로 갈수록, 특히 개화기와 일제강점기에 더 많은 여성 교훈서가 개인에 의해 편찬되었던 것이다.

여성 교훈서는 대체로 수신(修身), 시부모 봉양, 남편 섬기기, 자식 가르치기, 검약, 남편 집안 친족과의 화목 등을 공통적으로 넣었다. 『내훈』은 모두 6항목인데 언행, 효친·혼례·부부·모의(母儀)·돈목(敦睦)·염검(廉儉) 등이다. 『여훈언해』는 규훈(閨訓)·수덕(修德)·수명(受命)·부부(夫婦)·효구고(孝舅姑)·경부(敬夫)·애첩(愛妾)·자유(慈幼)·임자(姙子)·교자(教子)·신정(愼靜)·절검(節儉) 등 12항목이 들어 있다. 〈한씨부훈〉은 총설장(總說章), 사부모구고장(事父母舅姑章)·사가장장(事家長章)·형제제사장(接兄弟娣姒章)·교자부장(教子婦章)·대첩잉장(待妾媵章)·어비복장(御婢僕章)·간가무장(幹家務章)·접빈객장(接賓客章)·봉제사장(奉祭祀章)·근부덕장(謹婦德章)으로 구성되어 있으며, 윤황이 지었을 것으로 추정되는 『훈부록』에는 지심(持心)·근행(勤行)·사친(事親)·거우(居憂)·봉선(奉先)·우애(友愛)·목족(睦族)·치가(治家)·훈자(訓子)·가취(嫁娶)·우빈(遇賓)등이 있다.

이 항목들을 자세히 보면 마음 수양에서 시작하여 시부모와 남편 섬길

때의 마음과 태도, 남편의 친족을 대하는 태도, 자식 훈육 및 손님 접대 순서로 구성되었고 노복 부리기 등이 있는 경우도 있다. 주로 '집 안'이라는 공간 속에서 생겨나는 다양한 인간 관계에서 여성들이 어떻게 처신할 것인지, 또 해야할 일에 관한 내용이 담겨있다. 여성들의 행동 가능 공간을 암묵적으로 '집 안'에 한정한 것이다.

### 수신·헌신에 '정렬'을 더하다

조선 중·후기에 들어오면 '절렬(節烈)', '절개', '절조' 등을 보여주는 내용들이 실리고 강조된다. 여기에서 말하는 절조나 절개는 단순한 수절 즉 남편이 죽은 후 여성이 절조를 지키면서 개가하지 않는다는 의미에 그치지 않는다. 그 이상이다. 남편 죽은 후 수절하는 중에 성적으로 위협당하는 상황에서 절개를 지키는 이야기, 전쟁 및 변란으로 인해 적으로부터 겁탈당하는 위기 속에서 절개를 지킨 이야기 등이다. 단순한 수절이 평상시와 다를 바 없는 상황 속에서 온전히 절개를 지키는 것이라면, 중·후기 여성 교훈서 속의 '절조'는 일상과 다른 특별한 상황, 비상시, 변고에 처했을 때 절개를 지켰다는 의미를 함축한다. 이런 부류 이야기는 이미 있던 여성 교훈서 항목들이 담아내기 쉽지 않았다. 열녀 항목에 넣기도 했지만 '정렬(貞烈)'과 같은 항목들이 새로 생겨나기도 했다. 영빈 이씨의 『여범』은 '열녀'항목에 넣었고 『여범첩록』에서는 '정렬'항목에 넣기도 했다. 이후 이 '정렬'항목은 지속적으로 차용되어[05] 『여소학』(1882)에서는 '고사-

---

05  성민경, 「여훈서의 편찬과 역사적 전개:조선시대~근대전환기를 중심으로」, 고대 박사학위논문, 2018, 195면.

열녀(古事-烈女)'에서 서술했고 『본조여사』(1898), 『여자독본』(1908), 『초등 여학독본』(1908), 『규범』(1912), 『규범요감』(1925) 등에서는 '정렬'항목을 따로 두었다.

'정렬'항목에서는 여성이 수절-남편이 죽은 후 단순히 개가하지 않았 던 일은 서술하지 않았다. 대신 수절을 방해하는 간악한 사람이나 세력과 대립하는 상황에서 굴하지 않고 절개를 지켜낸 여성, 비상한 상황-전쟁이 나 변란 속에서 성적으로 위협하는 적들로부터 자신의 몸을 지키고자 죽 음을 택한 여성들의 행적을 중심으로 실었다. 조선시대 초기 및 중반기 이 전의 여성 교훈서에는 나타나지 않으며 중·후기에 와서야 채택되었던 일 화들이다. 이 일화들은 여성이 '몸을 지키기 위해 택한 죽음'을 중심으로 한다. 여성이 절개를 지키려 목숨을 아끼지 않고 과감하게 '버림'을 암묵 적으로 기린다. 그럼으로써 여성의 절개는 '죽음'과 맞먹거나 죽음보다 '더한 것'으로 비춰진다. 바꾸어 보면 절개는 '삶'보다도 더 중한 것으로 대 체된다는 것을 암시하기도 한 것이다.


### 복수까지 끌어 넣다

여성 교훈서의 '정렬'항목이 절개를 위해 삶보다 죽음을 선택하 기를 보여주지만, 조선 후기만 해도 여성 복수 일화들은 나타나지 않았다. 복수 일화가 등장한 때는 19세기말·20세기초반이다. 여성의 복수 일화가 교훈서에 들어가는 방식은 두 가지이다. 복수 항목을 독립 항목으로 만든 방법과 기존의 항목들에 복수 일화를 첨입하는 방식이다.

첫째, 복수 일화를 독립 항목으로 설정한 방식은 『부인언행록』(권순구),

『여학(사편)』(작자미상) 등에서 보인다. 이 두 책의 항목이나 내용은 기존의 여성 교훈서와 거의 비슷하다. 부모 및 시부모에게 효행하기, 남편 섬기기 남편의 동기나 친족들과 화목하게 지내기, 질투하지 않기, 자녀 교육하기, 검소한 생활 및 방적 부지런히 하기 등의 내용을 각 항목별로 서술하였다. 여기에 복수 관련 항목을 하나 더 삽입하여 다른 항목들과 나란히 배열했다.

『부인언행록』은 권1에서 사부(事夫)부터 교자(敎子)까지 9항목을 두었고, 권2에는 8항목을 배치했다. 항목을 보면 자애할자(慈愛割慈)-인후대하(仁厚待下)-경신(敬身)-중의(重義)-수절-복구(復仇)-잠적(蠶績)-학문(學問) 순서이다. 수절과 잠적은 여성이 반드시 해내야할 책무였다. 그 사이에 복구를 넣음으로써 복수도 여성의 책무임을 암시하고 있는 것이다.

『여학(사편)』은 총요(總要)-부덕편-부언편-부용편-부공편 등 5장으로 구성되었다. 복수 일화는 부덕편의 수절지덕과 교자지덕(敎子之德) 사이에 '복구지덕(復仇之德)'을 설정하고 그 속에 넣어 2개 일화를 소개하였다. 복수의 장(場)은 폭력이 상호 교환된다. 폭력은 사회 안정에 위협적인 요소로 인식되곤 하지만 여성 교훈서에서는 오히려 '여성의 덕'으로 규정된다. 심지어 『여학(사편)』에서는 이러한 복수의 타당성 내지 정당성을 옹호하기도 한다.

이후은 원수 갑흘 덕행이라. 녜예 글오디 아븨 원수는 더브러 혼가지로 하늘을 이디 아닛는다 흐니 겨집이 집아비 셤곰애 몸이 뭇도록 곳치디 아니흐고 거상을 반드시 세 히를 흐니 곳 아비와 갓튼지라 블힝흐야 변해 뜻바긔나 아비 사람의게 죽인 배되고 형데 가히 뻐 원수 갑프리 업스면 몸이 비록 겨집이나 의예 마지 못홀 거시오, 집아비 죽임을

보매 안해 원수 갑품은 뎡대홈이라. 눌로 원슈의 가슴을 지르고 혼번
죽으로써 갑플지라. 쏘흔 족히 구천에 우음을 먹음고 천지예 곳다옴을
흘닐거시온 흐믈며 쏘흔 반두시 죽디아닙가[06]

   '원수 갚는 일'을 덕행으로 규정하고, 아버지 원수와 남편 원수는 한 가
지라고 강조한다. 왜냐하면 아버지와 남편이 죽었을 때 여성은 3년상을
지내므로 남편은 아버지에 필적하는 존재라고 하였다. 아버지 원수를 갚
는 것이 당연한 만큼 남편 원수를 갚는 것은 정당하다는 논리이다. 쌍방
죽음이 수반되고 복수하는 사람에게 살인죄가 적용됨에도 불구하고 여성
의 복수를 효 또는 열행으로 규정하였다. 그러면서 '효'나 '열행(烈行)'항목
에 넣지 않고 '복구'에 편입하였다. 더구나 '항목'은 '수절'바로 뒤에 온다.
수절은 남편이 죽은 후 절개를 지켜 개가하지 않는다는 의미를 갖고 있다.
죽은 남편을 위해 살아있는 여성의 자신의 삶을 바치는 일이다. 복구 일화
를 수절 뒤에 배치함으로써 여성이 또 하나의 '절의'를 지킨다는 의미를
암시한다. 남편을 위해 자신의 삶 또는 생명을 바친다는 일관성을 유지하
면서 동시에 남편에 대한 여성의 희생 책무를 확장하고 있는 것이다.

   또 '복구'는 길쌈과 옷감짜기를 강조하는 '잠적(蠶績)'이나 자식 교육
을 의미하는 '교자지덕(教子之德)'앞에 나와 있다. 길쌈, 자식 교육 등은 여
성이라면 해야할 책무였다. 빠뜨리거나 하지 않으면 안 되는 일이다. 복수
일화를 이런 항목들 앞에 배치했다는 것은 복수하는 일이 잠길쌈이나 자
식 가르치기만큼 중요하다는 의미도 있을 뿐 아니라 복수도 여성이 반드

---

06 『여학사편』,「復仇之德」.

시 해야할 책무임을 암시한다. 아버지 원수 갚기는 '원수 갚을 사람이 없을 경우'라는 단서가 붙기는 하지만, 남편 원수 갚기는 부인으로서 반드시 해내야 할 일이라고 강조하고 있는 것이다.

이처럼 19세기말·20세기초 여성교훈서는 여성 복수 일화를 독립시키고 '복구'라는 이름을 붙여 전면화함으로써 여성의 복수 행위를 정당하고 타당한 책무로 규정하는 새로운 모습을 보여주고 있다.

둘째, 기존의 여성 교훈서 항목 안에 여성 복수 일화를 새로 첨입하는 경우이다. 복수 관련 항목을 독립화 개별화하지 않고 이미 있는 항목 중 어느 항목 속에 편입하는 방식이다. 여성 복수 일화가 언제부터 여성 교훈서에 실렸는지, 어느 때부터 복수 내용을 여성 교훈서에 편입하는 일이 용인되었는지 단정하기는 어렵다. 다만 18세기 후반 즈음부터라고 추정할 뿐이다. 영빈 이씨가 펴낸『여범』에 오빠 원수를 갚아 집안을 지킨 이옥영의 복수 일화가 있고『여범첩록』효행편에 아버지 원수를 갚은 조아의 일화가 실려 있다. 이 두 책이 조선후기에 나오면서 여성이 복수한 내용들을 산삭하지 않고 그대로 두었다는 점을 감안할 때, 적어도 18세기 18세기 후반에서야 복수 일화들이 교훈서에 있는 것을 받아들였다고 할 수 있다.

여성 복수 일화는 기존 여성 교훈서의 여러 항목에 걸쳐 새롭게 들어가 있다. 이를 테면 오나라 손익(孫翊)의 부인 서씨와 희광 일화는『규문궤범』중 '상절렬(尙節烈)'에 있고, 사소아 일화는『여소학』효녀에 실려 있다. 고준실 처 송씨 일화는『여자독본』과『규범요감』의 '정렬'항목에 실려 있다. 이렇게 여성 교훈서에 새로 들어간 여성 복수 일화는 대략 20여 편

으로 다음과 같다.[07]

| 여성교훈서 | 항목 | 일화의 인물 |
|---|---|---|
| 여범첩록<br>(미상,조선후기?) | 효행 | 조아(조안 딸, 한방연 처) |
| 여범 | 변녀(變女) | 이옥영(이웅 딸, 이승조 동생) |
| 여소학<br>(1882/1902) | 효녀 | 조아, 사소아, 왕순(왕자춘 딸), 위효녀 |
| 여소학<br>(1882/1902) | 현처 | 정씨(형방후 처) |
| 본조여사<br>(1898) | 열녀 | 윤부인(나계문 처), 최씨 모녀(홍방필 처와 딸),<br>옥례(애봉 처), 최씨, |
| 본조여사<br>(1898) | 비(婢) | 갑이(유관의 여종), 춘옥 |
| 여자독본<br>(1908) | 정렬 | 석우로 처, 송열부(고준익 처), 김열부(차상민 처),<br>박효랑, 윤부인(나계문 처) |
| 여자독본<br>(1908) | 하편 | 가녀 |
| 규문궤범<br>(1915) | 사구고 | 조아, 사소아 |
| 규문궤범<br>(1915) | 상열부<br>(尙節烈) | 김열부(차상민 처), 황씨(박석주 처), 서씨(손익 처),<br>신도희광(동창 처), |
| 부인언행록<br>(1916) | 복구 | 서씨(손익 처), 신도씨 희광, 예장의 사소아,<br>송열부(고준인 처) |

---

07  김기림, 「19세기 말·20세기 초 여성 교훈서의 '복수 일화'와 그 의미」, 『한국고전여성문학』40, 한국고전여성문학연구, 2020. (표는 이 글의 내용을 바탕으로 재정리한 것이다.)

| 여학사편<br>(미상) | 복구지덕 | 신도희광, 주경온 집 종의 처 |
|---|---|---|
| 신여자보감<br>(1922) | | 송씨(고준실 처), 황씨(박석주 처), |
| 규범요감<br>(1925) | 정렬 | 송열부(고준익 처) |

위 일화들은 중국 및 조선의 역사서, 문집 등에서 선별되었다. 『본조여
사』에 실린 이야기 중 춘옥 이야기는 『몽와집』에도 실려 있고, 홍방필 처
인 최씨와 그 딸의 이야기는 『몽와집(夢窩集)』·『만정당집(晩靜堂集)』·『흠
흠신서』·『연려실기술』, 임윤지당이 지은 「최홍이녀전(崔洪二女傳)」에 실
려 있다. 유관의 여종 갑이 일화는 『지봉유설』·『연려실기술』에도 나온다.
최씨 모녀 이야기는 숙종 때 논란이 분분했던 사건이었으므로 『숙종실록』
에도 등장한다.[08] 나계문 처인 윤부인 이야기는 『동국삼강행실도』·『연려
실기술』에 실려 있으며, 고준실 처 송씨·박석주 처 황씨·차상민 처 김열부
이야기는 김택영이 쓴 『숭양기구전』에서 뽑았다. 손익의 처 오씨는 『삼국
지』에도 나오고, 사소아 이야기는 『태평광기』에 실려 있는데 원래 이공좌
가 「사소아전」이라고 창작한 전기소설이다. 그런데 북송 때 편찬된 『신당
서』의 열녀전에 '단정거처(段貞居妻)'라는 제목으로 실렸다. 허구적 이야
기가 실제 있었던[09] 결국 여성 교훈서 편찬자들이 여성이 복수하는 내용

---

08  숙종 36년 10월 19일 기사에 나온다.

09  박양화, 「王夫之 雜劇《龍舟會》의 謝小娥 이야기 개편양상」, 『중국문학』
98, 한국중국어문학회, 2019.

재난과 여성

을 채택·편입시킴으로써 19세기말부터 여성 교훈서에는 여성 복수 일화들이 새로운 내용으로 등장하게 된 셈이다.

여성 교훈서의 초기 모습은 수신, 시부모 봉양, 남편 섬기기, 남편 친족과의 화목 등을 담고 있었다. 조선 중·후기에는 여성이 자신의 몸 또는 절개를 지키기 위해 죽음을 택하는 이야기를 담아내면서 '정렬'의 모습을 부각했다. 그리고 19세기말·20세기초에 와서는 여성 복수 일화까지 채택함으로써 여성 교훈서 소재를 확장해 나아갔다.

## 여성들은 누구를 위해 어떻게 복수했는가

19세기말·12세기초 여성 교훈서에는 조선 역사 속 일화 13편과 중국 일화 10편이 있다. 우리나라 경우 신라 때 석우로 처를 제외하면 모두 조선 여성의 일화이다. 일화들은 몇 가지 특장점이 있다.

### 남성 그리고 가부장을 위해 복수하다

여성들은 오직 남성들을 위해 복수한다. 아버지·남편·남자 동기(同氣)를 위해 복수한다. 아버지를 위한 복수로는 중국의 조아와 위효녀 일화가 있다. 조아의 아버지 조안은 같은 동네 사람인 이수에 의해 살해되었다. 당시 조아의 남동생 세 명이 모두 전염병에 걸려 죽어 집안에 남자들이 없었다. 살해자인 이수는 보복당할 걱정을 하지 않았다. 왜냐하면 복수는 대개 남성들이 했고 조안 집안 남자들이 없었기 때문이었다. 그러나 조아는 자신이 직접 복수할 것을 결심했고 10여 년 동안 복수할 기회를 노렸다. 결국 도정에서 이수와 마주쳤을 때 그를 칼로 찔러 죽여 머리를 벤 다음 관아에 자수했다. 위효녀는 당나라 때 사람이다. 위장즉(衛長則)이란 사람이 아버지를 죽였다. 그 때 위효녀는 겨우 여섯 살이었고 어머니는 개가했으며 다른 형제도 없었다. 몇 년 후 종숙집 잔치에 위장즉이 참석하자 벽돌로 쳐 죽인 다음 관아에 자수했다.

조아와 위효녀는 아버지를 위해 복수했으므로 여성 교훈서 효행 관련 항목에 등장한다. 둘은 집안 사람 중 복수해 줄 남자들이 없다는 점이 같다. 그러므로 여성 자신이 직접 복수할 수밖에 없었다. '아버지 원수와는 하늘을 함께 이지 못하고, 복수해 줄 남자가 없다면 여자 몸일지라도 의리상 직접 복수 해야한다,'는 『여학(사편)』의 내용을 상기하는 대목이다.

남자 동기를 위해 복수하는 일화도 있다. 이옥영은 명나라 때 사람이다. 아버지가 전장에서 죽자 옥영의 계모 초씨는 자기 소생을 내세워 집안을 계승하고 재산을 차지하려고 했다. 그래서 옥영의 오빠를 독살하고 남동생을 종으로 팔아버렸다. 또 옥영을 간음죄로 옭아매어 고소하였다. 옥영은 황제에게 상소하여 자초지종을 알렸고 결국 계모 초씨와 그 아들은 처형당했다. 옥영은 자신이 직접 원수를 살해하는 방법은 아니었지만 지위상 높은 이에게 호소함으로써 복수 결과를 얻어낸 사례이다.

이 외 거의 다수는 복수 대상이 남편 원수에 집중되어 있다. 송씨는 개성에 사는 고준실 처이다. 남편이 상인인데 의주에 가서 장사하는 동안 박춘건 집에 유숙했다. 재물을 탐냈던 박춘건은 고준실과 그가 타던 말을 죽여 압록강에 던져 버렸다. 송씨는 남편이 죽었다는 소식을 듣고 남장한 후 의주로 가 여러 달 머물며 정탐했다. 마침내 박춘건 집에서 남편이 갖고 다니던 피 묻은 채찍을 찾아 증거물로 삼아 관아에 고소했지만 의주 부윤은 전혀 관심을 갖지 않았고 오히려 박춘건에게 유리하게 처결했다. 송씨가 억울해하며 강가에서 우는데 남편 시신과 말이 물 위로 떠올랐다. 송씨는 평양 감영으로 곧장 가서 고소했는데 평양 감사 또한 시큰둥했다. 그 때 관청 송사 마당에 있는 송씨 머리 위로 푸른 새가 날아다니자 감사가 이를 기이하게 생각하고 사건을 다시 조사했다. 박춘건의 죄상이 드러나 처형하려고 할 때 송씨는 자신이 직접 죽이게 해달라고 간청했다. 감사가 허락하자 박춘건을 죽이고 배를 갈라 간을 꺼내 이것을 제수 삼아 남편에게 제사지냈다.

황씨는 박석주 처이다. 남편이 평강에 갔다가 도적에게 살해되었다. 장례도 치르지 않고 평강으로 가 3년동안 정보를 모으며 복수 기회를 노렸다. 한 주점에서 남편이 쓰던 물건을 찾아내 관청에 증거물로 제시하면서 도적을 고소했다. 수령이 처형 판결을 내려 도적들이 죽자 하늘을 향해 세 번 울부짖고 도적의 배를 갈라 간을 꺼내 남편에게 제사지냈다.

사소아의 일화는 이공좌가 지은 전기소설이 인기를 얻고 광범위하게 알려져 마침내 역사 기록에 올려졌다. 허구적 이야기가 실재했던 사건처럼 인정된 사례이다. 사소아의 아버지와 남편 단거정은 장사치였다. 둘이 함께 장사하러 다니다가 도적들에게 살해되었다. 혼자 된 사소아는 묘과사로 가 살았다. 그 때 꿈 속에 아버지와 남편이 나타나 범인을 잡을 수 있는 단서를 알려주었지만 그것을 풀 수 없었다. 몇 년 후 이공좌가 묘과사를 방문했는데 사소아의 꿈 이야기를 듣고 단서를 풀이하여 신난과 신춘이 범인이라고 알려주었다. 이후 사소아는 절에서 나와 신난 집안으로 들어가 일꾼 노릇을 하면서 신뢰를 쌓으면서 복수할 기회를 찾았다. 신난과 신춘이 술에 취한 때를 틈타 신난을 죽이고 신춘을 관청에 고소하여 처형받도록 했다. 복수를 마치자 여승 장율의 제자가 되었다.

희광은 신도씨 또는 신도희광이라고도 한다. 동창과 결혼하여 살았다. 같은 마을의 부자인 방육일이 희광의 미모를 탐하여 희광과 혼인하려는 욕심을 냈다. 그는 동창을 모함하여 죽게 한 후 희광에게 청혼했다. 희광은 허락하면서 남편 장례를 치른 다음에 혼례를 치르자고 했다. 혼례 날에 신부 단장을 하고 방으로 들어가니 방육일 혼자 있어 그 틈을 타 죽였다. 그리고 머리를 베어 남편 묻힌 묘에 가 제사 지내고 목 매어 자결했다. 이 외에 손익의 처 서씨, 딸과 함께 복수한 최씨의 일화도 있다.

이와 같은 일화들은 모두 남성을 위한 복수이며 특히 가부장을 위한 일이다. 가부장은 하나의 가(家)를 대표하고 상징하는 인물이다. 법률상으로 보면 가(家) 구성원들 곧 처와 첩, 노비와 그 배우자 등이 속한 가(家)의 존장이다.[10] 구성원들은 가부장을 정점으로 하여 수직 관계에 있다. 가부장은 가내 구성원들을 통솔하여 가내 질서를 안정화하고 유지할 책무를 진다. 가부장을 중심으로 하나의 가(家)는 존속된다. 아버지와 남편은 가부장이라는 위상을 차지한다. 조안, 고준실, 박춘건, 동창, 사소아의 아버지와 단거정, 동창 등은 남성이며 동시에 가부장 위치에 있다. 이들의 죽음은 가부장이 부재하는 상황을 초래하여 가(家)를 이끌어가고 존속하게 할 사람이 없게 된다. 그렇게 되면 가(家)의 질서는 어지럽게 되고 안정이 위협받게 된다. 여성 입장에서 볼 때 아버지나 남편의 부재는 섬겨야 할

---

10 정지영, 「조선시대 '가장'의 지위와 책임」, 『가족과 문화』제25집, 한국가족학회, 2013, 131-132면.

대상이 사라지는 일이고 자신이 속해 있는 가(家)가 위험에 빠질 수도 있는 가능성이 커진다. 이는 여성의 일상을 흔들만한 이른바 재난이라고도 할 수 있다. 여성의 복수 대상은 살해자이며 찬탈자, 파괴자이다. 아버지와 남편이라는 한 인간을 죽였다는 점에서 살인자이고, 아내 또는 딸로부터 의탁할 사람을 없앴다는 점에서 찬탈자이고, 가부장을 제거하여 가(家)의 존속 및 안정을 깨뜨려 한 집안이 무너질 위험에 빠지게 했다는 점에서 잠정적 파괴자이다.

조선시대 삼종지도는 남성을 기반으로 한 여성 존재 규정 방식이다. 여성의 존재감 또는 위상은 남성에 의해 정해진다. 그러한 남성이 사라지거나 제거된다는 것을 곧 여성의 존재감이나 위상을 드러낼 길이 사라졌음을 의미한다. 이제 여성은 '몸은 살아 있으나 상징적으로 죽은 존재'로 된다. 분명히 존재하지만 존재하지 않는다고 규정되는 아이러니한 상황에 놓이는 것이다.

이처럼 아버지 또는 남편의 피살은 여성의 존재 규정 기반을 제거하는 것이고, 일상 삶을 영위하는 가(家)라는 공간을 여성으로부터 찬탈하는 사건이다. 여성은 존재적 차원이나 삶 차원에 있는 것들을 한꺼번에 잃게 된다. 그야말로 뜻하지 않게 닥친 '존재 및 삶 차원의 재난'이라고 할 수 있는 것이다. 따라서 여성은 아버지 또는 남편의 원수를 대신 갚음으로써 상징적으로나마 가부장을 되찾아오는 일을 수행하는 것이다.

### 여성 '혼자' 복수를 완수하다

"아비 사람의게 죽인 배되고 형데 가히 뻐 원수 갑프 리 없ᄉᆞ면 몸이 비록 겨집이나 의예 마지 못ᄒᆞᆯ 거시오"

"지아븨 웬슈와 부모의 웬수ᄅᆞᆯ 닐오ᄃᆡ 불공대천지슈라ᄒᆞᄂᆞ니 불힝히이러ᄒᆞᆫ 웬슈잇고 밧그로갑흘사ᄅᆞᆷ 업ᄉᆞ면 비록 녀ᄌᆞ의 몸이나 스ᄉᆞ로 당ᄒᆞᆯ슈밧긔업ᄉᆞ니 웬슈의 사ᄅᆞᆷ을 질너죽이고 내가ᄃᆡ신쥭ᄂᆞᆫ다ᄒᆞ여도 오히려우스며 지하에드러가려던 ᄒᆞ믈며 쥭지아니ᄒᆞᄂᆞᆫ규도잇고 ᄯᅩ쥭지아니ᄒᆞᆯ쁜아니라 나라의셔그죄를사ᄒᆞ고 집에 졍문ᄒᆞ여ᄭᅩᆺ다온일홈이 빅셰에젼ᄒᆞᄂᆞ니 엇지장ᄒᆞ지아니리오."

첫 내용은 『여학(사편)』에 나오는 내용이고, 두 번째는 『부인언행록』에 있는 말이다. 복수가 어렵고 또한 거친 행위임을 말하고 있다. 더 자세히 보면 복수를 혼자 해내야 한다는 의미를 담았다. 여성 교훈서 속 복수는 이처럼 거의 모두 여성이 '혼자' 감당한다.

복수는 대개 남성의 일로 치부되었다. 아버지가 살해되었을 경우 집안에 남자 형제가 있다면 여성은 복수에 나서지 않아도 되고 나서도 안 된다. 하지만 여성 자신뿐일 때에는 여성이 부모 원수를 갚는 것은 당연하다. 조안이 죽었을 때 조아는 남자 형제가 모두 죽었고, 사소아는 아버지가 살해당했을 때 혼자였다. 위효녀는 어머니마저 개가하자 직접 아버지 원수를 갚았다. 박효랑은 성주 사족(士族) 여성이다. 근처 지역에 사는 권세 있는 이가 박씨 집안 선산에 몰래 장사지냈다. 박효랑 아버지는 이 일로 소송을 냈지만 실패하자 울화병으로 죽었다. 이 때 박효랑은 남자 형제가 없어 자신이 직접 권세가의 묘지를 파헤쳐 복수했다. 아버지 복수는 남자 형제가 있다면 그들이 대신할 수 있었지만 그렇지 않을 경우에는 여성 곧 딸이 복수에 나섰다.

남편이 살해되었을 때 그 복수는 당연히 여성의 몫이었다. 부인이기 때문이다. 신라 시대 석우로 처는 남편이 왜인에게 살해당하자 그 후에 신라에 온 왜사를 잡아 불태워죽임으로써 복수했다. 조선시대 초기 홍윤성 집안의 노비 김돌산이 나계문을 죽였는데 그 아내 윤씨는 고소장을 올렸고 세조가 이것을 알고 종을 죽였다. 숙종 때 홍방필이란 사람이 살해당하는 사건이 발생했는데 그 아내 최씨가 몇 년간 복수 기회를 노렸다가 길에서 찔러 죽였다.

이러한 일들은 모두 아내가 남편을 위해 직접 '살인'하여 복수한 일화들이다. 살해된 자가 '남편'일 경우 여성 입장에서 그 복수를 대신해줄 사람은 거의 없다. 아들이 살아 있고 장성했다면 그 아들이 아버지를 위해 복수할 수 있다. 그러나 19세기말·20세기초 여성 교훈서 속 복수일화에 여성의 자식 특히 아들은 등장하지 않는다. 실제 없었기 때문인지, 여성의 복수 행위를 부각하려는 의도 때문인지 분명하지는 않다. 다만 여성 혼자만 등장할 뿐이다. 홍방필 아내 최씨는 당시 딸만 있었고 모녀가 함께 복수했다. 또한 아들이 있었더라도 실제 복수 과정에서 아들보다 여성-아내 역할이 더 컸을 가능성도 있다. 그 어느 경우이든 여성 교훈서에 등장하는 복수는 오로지 '여성 혼자' 감당한다. 조력자 또는 '함께 하는 자'는 나타나지 않는다는 점이 교훈서 속 복수의 특징이다.

### 긴 시간 고통을 감내하고 치밀하게 계획하다

여성 교훈서 속 복수는 즉시 실행되지 않는다. 짧게는 몇 달, 길게는 수 십년 걸린다. 여성은 긴 시간 고통을 오로지 홀로 감내한다. 조아는 복수를 결심하고 10여 년을 기다렸다. 그 사이 주변 사람들로부터 충고 내지 비아냥을 샀다. 여성으로서 남자인 이수를 죽일 가능성이 희박하다는 말을 반복적으로 들어야했고 여성이 감히 남성을 대상으로 복수하겠다고 말하는 것은 말도 안 된다고 하는 사람도 있었다. 주변인들의 만류 및 비아냥은 조아의 정신적 고통을 더하게 했다. 조아는 그럴수록 복수 결심을 더 강하게 다졌고 마침내 복수를 이뤄냈다.

사소아는 신난과 신춘이 범인이라는 사실을 알고도 즉시 복수하지 않았다. 우선 신난 집에 들어가 그 집 일꾼으로 살았다. 일꾼으로서의 삶은 힘들고 고통스러웠지만 신난의 신뢰를 얻기 위해서 기꺼이 몇 년간 그 고통을 받아들였다. 왕순은 어렸을 때 아버지 왕자춘이 장흔 부부에게 살해당했다. 하지만 어려서 힘도 조력자도 없어 즉시 복수할 수 없었다. 시집 갈 나이인 10대 후반까지 복수하기를 잊지 않았고 그 사이 장성한 두 여동생과 함께 장흔 부부를 찔러 죽였다. 최씨라는 여성은 그 남편이 윤씨 집안의 세부(貰夫)였다. 남편이 무량사에 도조를 받으로 갔다가 만진이라는 중에게 살해되었다. 소식을 들은 최씨는 고소장을 써서 발이 부르터질 정도로 서울의 법부에 드나들며 소송했고 결국 만진은 처형당했다. 고준실 처 송씨나 차상민 처 김씨는 남편이 살해당한 지역으로 가 몇 달간 정탐하여 증거물과 범인을 찾아내 복수하여 간을 도려내기도 했다.

복수하는 데에 오랜 시간 걸린 만큼 복수 계획도 아주 치밀하였다. 유

재난과 여성

관(柳灌) 집안 여종 갑이 일화가 대표적 사례이다. 유관은 중종 및 명종 때 인물이다. 을사사화 때 윤임(尹任)·유인숙(柳仁淑)과 더불어 흉인이라는 오명을 뒤집어 쓰고 귀양갔다가 사사당했다. 정순붕은 을사사화를 일으킨 주모자 중 한 사람이었다. 당시 유관은 청렴한 인물로 명성이 있었지만 을사사화로 인해 목숨을 잃었다. 갑이는 유관 집 여종이었는데 주인을 위해 계획을 세워 복수했다.

승상 류관의 호는 송암이며 본관은 문화이다. 을사년에 화를 입었다. 정순붕은 유관이 역적 모의를 했다고 옭아매었다. 유관의 집안 사람들과 노비들 그리고 논밭, 땅들은 모두 빼앗겨 정순붕 집안에 돌아갔다. 한 여종이 있었는데 이름은 갑이었고 나이는 14세였다. 자못 총명하고 지혜로워 정순붕이 사랑하고 의식을 주면서 자식처럼 해주었다. 어느 날 하루는 갑이가 옥그릇을 숨겼는데 정순붕이 갑이를 혼냈다. 갑이는 울면서 "제가 여기 온 이래로 먹고 입는 것이 주인님과 다를 바가 없는데 뭐하러 물건을 훔치나요?"라고 하자 정순붕이 풀어주었다. 갑이는 그 집의 젊은 종과 정을 통하고 있었는데 그 종에게 말하기를 "주인님이 나를 꾸짖는다면 나는 아마도 너에 대해 말해야 할거야."라고 했다. 젊은 종이 겁을 내면서 어떡하냐고 했다. 갑이는 "내가 쓸 데가 있으니 새로 죽은 사람의 사지를 찾아서 갖고오면 너에 대해 말하지 않을게."라고 했다. 젊은 종은 정말 역병으로 죽은 이의 팔뚝을 갖고 왔다. 갑이는 그것을 정순붕의 베개 속에 몰래 넣었다. 얼마 지나지 않아 정순붕이 역병으로 죽었다. 정순붕 집안 사람들이 알아내 다그치자 갑이는 "너희가 내 주인을 죽였으니 곧 내 원수다. 지금 원수를 갚았으니 내

가 죽으리라는 걸 나도 안다."라고 하고는 마침내 죽었다.[11]

　갑이의 주인은 유관이었으므로 갑이는 주인을 위해 복수를 했다. 그 복수 과정은 치밀하였다. 우선 정순붕의 신임과 사랑을 받을 만큼 지혜롭고 잘했다. 한편으로는 젊은 종을 시켜 전염병으로 죽은 이의 시신 중 한 부분을 가져오게 한다. 여기에서 종을 '협박'하는 술수를 쓰기도 한다. 전염병으로 죽은 이의 시신에는 그 병의 원인이 잠재해 있다. 갑이는 그것을 이용하여 정순붕을 천천히 죽이는 방법을 택했다. 마치 전염병으로 인해 죽은 것처럼 만듦으로써 복수에 성공한 것이다. 갑이의 복수는 오랜 시간 고난을 견디며 공을 들이고 치밀한 계획을 세워 이뤄낸 결과였다.


## 여성의 복수는 왜 등장하고 권면되었는가

### 윤리냐 법이냐 : 갈등하게 하는 복수

　복수는 가해자가 한 개인의 신체, 생명, 인격 등을 부당하거나 불의한 방식으로 침해하고, 이에 대해서 피해자 자신 및 피해자와 가까운 이나 연고자가 가해자에게 해를 입히거나 살해하는 사건이다.[12] '가해'의 형태는 다양하지만 기본적으로 상해, 살해 등과 같은 폭력이 따라 붙는다. 결국 복수는 폭력이 오가는 형태를 지니는데 피해자에 대한 또 다른 '가해'가

---

11　김상집,『본조여사』
12　심희기,「복수고서설」,『법학연구』26, 1983, 284면.

실천에 옮겨야만 복수의 효과를 얻을 수 있기 때문이다.[13] 가해와 복수는 동종성을 갖는 것이다. 그러므로 가해와 복수는 사회적, 법적으로 금지되는 요소이다. 대체로 국가는 법을 통해 가해와 폭력을 수반하는 개인적 복수를 공식적으로 금지한다. 대신 법을 통해 공적으로 대체 복수를 한다.

복수를 다른 관점에서 바라볼 수도 있다. 아버지를 포함하여 가족이 다른 사람에게 살해되었을 경우 그들을 위해 복수하는 일은 효, 우애, 열절(烈節)의 실천으로도 해석될 여지도 있다. 더구나 조선시대는 삼강과 오륜이 사회 질서를 떠받치는 기층 윤리 기능을 했다. 『춘추공양전』에서는 '자식이 원수를 갚지 않으면 자식이 아니다.'라고 했고, 자하가 공자에게 부모의 원수는 어떻게 해야하는지 묻자 공자는 '거리에서나 조정에서 (원수를) 만나면 무기를 돌리지 않고 싸워야 한다.'고 했다. 또 자하가 형제의 원수에 대해서 묻자 공자는 '같은 나라에서 벼슬하지 않고 임금의 명령을 받고 나아와 벼슬한 것이라면 그와 만나도 싸우지 않는다.'고 대답했다. 물론 아버지, 형제는 친밀함의 차이가 조금 있지만 그들을 위해 복수하는 행위를 전면 부인하지 않았고 오히려 유교 윤리 체계 속에서 친족을 위한 복수 행위가 지극히 중요함을 보여준다.[14]

이는 가족을 위한 복수가 윤리적 관점에서도 고려될 가능성이 있고 특히 유교 윤리가 기층 윤리 기능을 하는 시대에는 그 가능성이 더 높을 수도 있음을 보여준다. 즉 복수를 바라보는 관점이 법적이냐 윤리적이냐에 따라

---

13  우르슬라 리히터, 손영미 옮김, 『여자의 복수』, 다른우리, 2002, 187면.

14  리펑페이, 「고대 중국의 복수 관념과 그 문학적 표현」, 『민족문화연구』65, 고려대 민족문화연구원, 2014, 347면.

그 평가가 달라질 수 있다는 말이다. 실제로 숙종 때 홍방필 아내 최씨가 복수한 일에 대해 논의한 사실에서 그 실상이 드러난다. 숙종은 '최씨의 늠름한 절의는 옛 사람과 비교해도 부끄럽지 않다.'고 하면서 정려를 내리려고 했다. 반면 이유와 서종태는 '사람을 살해한 일이므로 정려를 시행한다면 복수를 위해 살인하는 폐단이 발생할 수 있다.'는 논리로 신중하게 접근했다. 법치적 관점에서 개인적 살해 복수는 '멋대로 죽인 죄'를 물어야 한다. 윤리적 관점에서 보면 오히려 효행이나 열행으로 평가할 수 있다. 복수는 법과 윤리가 갈등하고 대치하는 상황이 연출될 수 있는 것이다.

한편, 여성 교훈서는 당대가 여성에게 요구하는 윤리 규범을 제시하고 체화하기를 도모한다. 유교 윤리가 기층윤리로 기능한다면 교훈서는 그 윤리를 먼저 고려한다. 복수 후 원수의 배를 갈라 간을 빼거나 사람 고기를 먹으며, 원수의 해골을 빻아 가루로 만드는 등의 잔혹성이 두드러져도 말이다.[15] 윤리적 가치를 고려할 때 선택할 만하다고 생각된다면 교훈서에 들어간다. 잔혹성보다 윤리 실천에 더 중점을 두는 태도이다. 윤리 우선적 관점에서 본다면 복수 일화는 교훈서에 들어갈 가능성이 높다. 더구나 그러한 윤리가 사회적 요구나 시대 상황에 부합하는 것으로 여겨진다면 그 가능성은 더 커진다. 19세기말·20세기초 여성 교훈서의 복수 일화는 이런 관점에서 이해될 수 있다.

---

15 정연진, 「국권상실기(1905-1910) 여성의 국민화와 남녀동권 인식—여자용 교과서 『여자독본』과 여성가사를 중심으로」, 『어문연구』43권 1호, 2015, 301면.

가부장 및 남성 권위를 '보호'하고자 하는 욕구

19세기말·20세기초는 개화기, 계몽기, 근대 초기 등 그 시기 성격을 어떻게 파악하느냐에 따라 다양한 명칭을 갖고 있다. 그 공통점이라고 한다면 조선시대 사회를 지탱했던 유교적 가치가 균열하는 과정에 있었다는 것이다. 조선이 나라를 개방하자 서양의 다양한 사상과 문화가 흘러 들었다. 공고했던 유교 가치가 새로운 가치와 맞서게 되었고 흔들리기 시작했다. 특히 여성도 남성과 평등하다는 생각, 여성도 교육을 받아야 한다는 생각이 확산되었다. 많은 여학교들이 설립되고 1899년에는 '여학교 관제 13'가 작성되었고, 1908년에는 '고등여학교령시행규칙'이 반포되어 여성에 대한 공적 교육의 기반도 확고하게 되었다. 여성 권리 의식도 성장하고 남성 중심적 인식도 점점 약화되기 시작했다. 유교 지식인들은 저항했고 유인석 같은 이는 여성을 학교에서 교육하는 일이란 '음과 양을 거꾸로 뒤집는 것'이라고 비판했다. 가부장 그리고 남성을 우선시하는 기존의 윤리를 재확인하려는 말이다. 그 이면에는 남성 가부장 권위 및 그것을 지탱하는 윤리가 약화되어 가는 데에 대한 불안감의 표출이기도 하다.

또 당시 여성의 살인 행위 중 이른바 '본부(本夫)'곧 남편 살해가 부각되었다. 1911년에서 1915년까지 감옥에 수감된 여성은 381명이었고 그 중 남편 살해 여성은 128명이었다고[16] 하는데 남편과의 불화, 학대, 가난 등으로 이유가 다양했다고 한다.[17] 공적 매체인 신문들은 이런 사건들을

---

16 홍양희, 「식민지 조선의 본부살해 사건과 재현의 정치학: '조선적'범죄의 구성과 식민지적 '전통'」, 『사학연구』102, 2011.

17 전미경, 「식민지기 본부살해 사건과 아내의 정상성—'탈유교'과정을 중심으로」, 『아시아여성연구』49, 아시아여성연구원, 2010.

보도했다. 남편 살해는 '섬겨야 하는 대상'을 죽인 것이며 가부장 살해, 가부장 권위에 도전하는 것으로 비춰졌다. 가부장이나 남편에 대한 여성의 순종을 절대 윤리로 삼았던 사회에서 이런 현상은 가부장들에게 위기감을 갖게 하기에 충분했다.

19세기말·20세기초 유교적 윤리가 흔들리고 균열하기 시작하여 점차 약화하는 상황 속에서 가부장 및 남성 권위를 재공고화하려는 시도가 없을 수 없었다. 축소해가는 가부장 및 남성 권위 대한 불안과 공포를 위로하고 덜어내는 데에는[18] 여성들의 인식을 기존의 유교적 윤리 테두리 안에 머물게 하거나 다시 회귀하도록 하는 것이 필요하다. 여성 교훈서는 그 임무를 떠맡게 된다. 여성 교훈서 속 복수하는 여성들은 가부장을 위해 고통과 수모를 감내할 뿐 아니라 살해, 시신 훼손까지 감행한다. 그녀들을 과감한 행동으로 이끄는 힘은 그녀들이 체화한 타자 섬기기-가부장 및 남성 섬기기와 자기 헌신 내지 희생 윤리이다. 복수는 섬기기와 헌신을 끝까지 밀고 나간 형태이다. 살인을 하기 때문이다. 자기 희생을 넘어서 타인을 살해하기를 주저하지 않기 때문이다. 유교적 윤리를 견고하게 지속시킴으로써 가부장 권위, 남성 권위를 보호하는 데에는 여성의 복수 일화는 어쩌면 매우 적합한 소재일 수도 있는 것이다.

---

**18**  홍나래, 「조선후기 가부장 살해 소재 설화의 문화사회적 의미」, 『구비문학연구』42, 한국구비문학학회, 2016, 23면.

재난과 여성

## 국가 존속을 위한 가(家) 보호가 필요한 시대 요구

수신-제가-치국-평천하는 유교에서 강조하는 세상 만들기 방안이다. 수신부터 순차적으로 잘 수행하면 천하는 잘 다스려진다는 말이다. 치국에서 본다면 제가가 선행한다. 나라가 잘 다스려지고 안정되는 전제조건은 집안이 안정되는 것이다. 국가는 가(家)를 전제로 하며 그 확장이다.

19세기 중후반 무렵 조선은 청, 일본 외에 다른 나라와 실질적으로 접촉하였다. 1866년 병인양요, 1871년 신미양요를 겪는 과정에서 '조선'이라는 국가에 대해 생각하기 시작했고, 조선이 국제 관계 속에 있는 하나의 '국가'라는 생각도 싹 텄다. 중국 청나라 속국이 아니라 청 이 외의 다른 나라와 교류하는 주체로서의 '조선'을 생각하게 된 것이다.

당시 유럽 여러 나라들은 무력을 앞세워 식민지를 개척하면서 제국주의를 표방했다. 이 때 국가 개념이 발달하고 그것이 유입되면서 '국가' 개념이나 '국(國)'의 중요성, 가치를 새롭게 인식하게 되었다. 그러면서 '국(國)'의 기반으로서 가(家), 가족이 강조되었고 그 연계의 중요성도 부각되기 시작했다.[19] 변영헌은 '가족사회, 민족사회, 국가사회'가 있다고 하면서 가족사회는 민족 및 국가 사회의 기반이라고 하였다.[20] 노병선은 '사람은 집에 매이고 집은 나라에 매여 나라가 없으면 집도 없고 집이 없으면 몸이

---

19  김경연, 「근대계몽기 여성의 국민화와 가족─국가의 상상력: 『매일신문』을 중심으로」, 『한국문학논총』45집, 2007.

20  변영헌, 〈부인계(婦人界)에 첫재걱뎡〉, 『家庭雜誌』제2권4호, 1908, 5, 2면 참조(김영민, 「한국 근대초기 여성담론의 생성과 변모(2)─근대 초기 잡지를 중심으로─」, 『현대문학의 연구』60, 현대문학회, 2016, 136면에서 재인용)

의지할 데가 없다.'[21]고 하였다.

이미 퍼져 있던 유교적 인식이나 19세기 중후반에 나타난 사고에서 '가(家)'는 '국(國)'의 토대로서 중요하게 여겨졌다. 가(家) 안정은 국가 안정과 직결된다는 인식이 확산되었다. '가(家)' 안정의 전제 조건은 가부장의 건재함이다. 그런데 앞서 말했듯이 19세기말·20세기초에는 여성이 남편을 살해하여 세상 이목을 놀라게 하는 일들이 발생했다. 1930년대 즈음에는 여성 수감자 47명 중 남편 살해죄로 수감 여성이 31명 정도로 그 비율이 늘어났다고 한다.[22] 여성이 남편을 살해하는 사건들은 한 집안 가부장을 살해하는 행위이며, 가를 파괴하거나 해체하는 행위이다. 마치 가해자가 가부장을 살해한 것과 같다. 가부장인 남편이 살해되어 가(家)의 안정과 존속이 위협 받는다면 국가 안정이나 존속이 위협 받을 수 있다. 조선(대한제국)은 제국주의를 앞세운 여러 강대국들 사이에서 하나의 국가로서 존립하기 위해 '국(國)'의 안정을 추구하고 강조하였다. 따라서 가의 파괴나 해체는 금지되어야 했다.

가(家)를 해체하는 이가 여성이라면 당연히 여성들이 그런 생각이나 행동을 하지 않도록 하는 일이 필요하다. 가부장 및 남성을 살해하지 않는 것, 그것은 여성이 가부장 또는 남성을 '섬기는 대상'으로 철저히 인식하게 하고, 그들을 위해 자신을 헌신, 희생한다는 의식을 심어준다면 될 것이었다. 즉 가부장을 살해하지 말라는 교조적이거나 직설적인 방법이 아니라 가부장을 섬김으로써 '가부장은 살해해서는 안 되는 존재'라는 인식

21  노병선, 『여자소학수신서』, 〈제25과-나라〉, 1909.
22  이철, 『경성을 뒤흔든 11가지 연애사건』, 다산초당, 2008.

을 강화하는 것이다.

교훈서 속 여성 복수 일화들은 가부장 또는 남성을 위해 여성의 헌신과 희생을 보여준다. 그들과 관련된 것이라면 무엇이든지 해내야한다는 인식을 지속적으로 여성들 인식 속에 흘려보낸다. 그리하여 가부장 섬기기를 강조하여 가(家)의 안정과 존속을 이끌어낸다. 여성 복수 일화는 단순하게 보면 아버지 또는 남편을 위한 복수이다. 그런데 여성 교훈서 속에 들어가면서 이 일화들은 궁극적으로 여성들의 인식 교화를 통해 국가 안정화에 기여하도록 하는 의도가 깔려 있는 것이다.

## 여성을 국민으로 불러내어 충(忠)으로 유도하다

앞에서 말했듯이, 19세기 중후반 이후에는 세계적으로 제국주의, 식민지 개척 열풍이 일었다. 조선(대한제국)은 청, 일본을 포함하여 러시아, 영국, 프랑스, 미국의 패권 다툼 사이에서 독자적인 국가로 서고자 했다. 그리고 국제 정세에 부응하여 주체적 국가로서 제국주의를 앞세운 열강들과 나란히 국제 사회에서 활동하기 위해 노력하였다. 부국과 강병 계획은 그 해결방안이었다. 나라를 부강하게 하려면 국가 영토 안에 있는 모든 사람들 곧 '국민'이 근대적 교육 받고, 국가를 위해 봉사해야 한다는 내용들이 강조되었다. 여성도 그 대상에 포섭되었다. 특히 20세기 초반부터 각종 학회나 여자교육회는 『여자지남(女子指南)』 『가정잡지(家庭雜誌)』와 같은 여성 전용 잡지를 발간하여 부국강병을 위한 여성 교육 필요성을 제안했다.[23] 독립신문에서는 다음과 같이 공언하기도 했다.

> 죠션이 잘 되고 못 되기는 죠션 젼문 사름의게 미엿는디 만일 이절
> 문 사름들을 교휵을 못 식혀 놋커드면 죠션은 몃 십년 후라도 지금에서
> 죠곰치도 나아질 여망이 업는지라 …(중략) …죠션셔는 계집 ㅇ히들은
> 당쵸에 사름으로 치지를 아니 ᄒ야 교휵들을 아니 식히니 젼국 인구 즁
> 에 반은 그만 내 ᄇ렷는지라 엇지 앗갑지 안 ᄒ리요 학부에서 사내 ㅇ히
> 들도 ᄀ루치려니와 불샹ᄒ 죠션 계집 ㅇ히들을 위 ᄒ야 녀학교를 몃츨
> 셰워 계집 ㅇ히들을 교휵을 식히거드면 몃히가 아니 되야 젼국 인구 반
> 이나 내ᄇ렷던거시 쓸 사름들이 될터인이니 국가 경졔 학에 이런 리는
> 업고 또 쳔히 ᄒ고 박디 ᄒ던 녀인들을 사나희들이 ᄌ쳥 ᄒ야 동등권을
> 쥬는거시니 엇지 의리에 맛당치 안 ᄒ며 쟝부에 ᄒ는 일이 아니리요 우
> 리는 쳔 ᄒ고 가난 ᄒ고 무식ᄒ 사름들의 친구라 죠션 녀인네들이 이러
> 케 사나희들의게 쳔디 밧는거슬 분히넉여 언제 ᄭ지라도 녀인네들을
> 위 ᄒ야 사나희들과 싸홈을 홀터이니 죠션 유지각ᄒ 녀인네들은 당당
> ᄒ 권리를 ᄲᅢᆺ기지 말고 아모ᄶᅩ록 학문을 비화 사나희들과 동등이 되며
> 사나희들이 못 ᄒ는 ᄉ업을 홀 도리를 ᄒ여보기를 ᄇ라노라[24]

학부에서 남성은 물론 인구의 반을 차지하는 여성들도 교육하기를 강
조한다. 그 동안 여성은 '내버려졌던 것'이었고 교육을 통해 '쓸 사람'으로

―――  23  박선영, 「근대계몽기 여성용 교과서, 근대적 '여성'의 기원과 형성」, 『한국
           문예비평연구』47, 2019, 197면.
       24  「독립신문」, 1896. 9. 5. 「논설」.

만든다는 것이다. '쓸 사람'이란 국가를 부유하게 하고 강한 나라를 만드는 데에 유용하다는 말이다. 이른바 국가를 전제하여 여성의 모습을 새로 만들어가고자 하는 의도가 있는 것이다.[25] 『여자초학독본』에서는 "여자는 재주가 없음이 덕이라고 하면서 여자들을 깊은 데 가두어서 2천만 민족의 반이나 되는 수를 쓸데없는 사람으로 만들어 버리니(乃曰 女子無才ㅣ使是德이라ᄒᆞ야 遂使女子로 幽閉ᄒᆞ야 二千萬民族에 半數는 無用之人을 作하니)"라고 말하면서 여성을 민족 구성원, 국가 구성원인 '국민'으로 불러내면서 국민 대열에 합류시킨다.

이 지점에서 여성의 책무는 또 변화하고 교훈서는 그것을 적극 수용한다. 국제적 정세의 변화 그로 인해 열강들의 패권 타툼으로 인한 외세의 조선 침입과 수탈이라는 위기적 상황이라는 시대 상황으로 인해 여성에 대한 기대나 경계가 달라지는 것이다.[26] 이전에는 가(家) 안에서 활동하는 여성이었다면 이제는 '국민'으로서의 여성으로 확장되었다.

국민은 국가 구성원으로서 국가에 봉사할 의무를 지닌다. 이는 유교 윤리의 충(忠)으로 연결될 수 있다. 조선시대 충(忠)은 남성의 윤리로 제시되었고 여성과 직결되지는 않았다. 여성에게는 절열(節烈)을 요구했다. 그런데 충과 여성의 절렬은 연계 가능성을 갖고 있다.

『예기』〈곡례〉에서 '아버지는 자식의 하늘이다. 자기의 하늘을 죽인 사람과 함께 하늘을 머리 위에 이고 있는 것은 효자가 아니다.'라고 하였다.

25  박선영, 「근대계몽기 여성용 교과서, 근대적 '여성'의 기원과 형성」, 『한국문예비평연구』47, 2019, 201면.

26  황수연, 「19~20세기 초 규훈서 연구」, 『한국고전여성문학연구』24, 한국고전여성문학회, 2012, 378면.

『부인언행록』에서는 '남편과 아내의 관계는 하늘과 하늘을 섬기는 이의 관계다.'라고 하였다. 아버지와 남편은 여성의 하늘이다. 수직적 관계다. 임금과 신하 사이의 수직 질서와 같다. 임금도 신하의 하늘이라고 할 수 있다. 신하가 임금에게 충성을 바치는 것과 여성이 아버지 및 남편에게 정성을 다하는 것은 서로 비유된다. 19세기말·20세기초반 유교 지식인들은 이미 여성의 절렬과 충을 연결하여 사유했다. 전우는 열녀에 관해 쓰면서 '진실로 남편만 알고 다른 사람이 있는 것은 알지 못하니 이는 곧은 마음과 특별한 지조가 아니라면 누가 그처럼 할 수 있을까. 의관을 갖추고 삼공과 재상 지위에 올라 남다른 뜻이 있는 사람이어야만 부끄러워 죽지 않을 것이다.'고 말하기도 하고, '찬을 지어 저 벼슬아치들을 부끄럽게 한다.'라는 말을 반복적으로 썼다.[27] 기우만은 「열부이씨전」 끝에 '남편에 대한 부인의 열은 임금에 대한 신하의 충과 같으며 조정 신하들이 이씨의 행적을 읽는다면 부끄러워 할 것이며, 남자로서 임금을 섬기면서도 불충한 자들에게 이것으로써 고한다.'고 쓰면서 열행과 충성을 연계했다.[28]

이렇듯이 여성의 절렬은 충과 연계될 수 있는 가능성이 이미 충분히 내재해 있었다. 따라서 효행, 열행으로 해석되었던 여성 복수 일화들은 '충'으로 확장되어 사유될 가능성이 높았다. 또 가(家)가 국가 기반이라는 인식도 있었다. 여성 복수 일화를 보면, 여성은 가부장의 부재로 인해 가(家)가 위험에 처한 상황에 대해 분노하며 복수를 위해 몸소 일어선다. 교

---

27  황수연, 「한말 도학파의 여성담론─간재 전우를 중심으로」, 『한국고전여성문학연구』28, 한국고전여성문학회, 2014.

28  김기림, 「개화기 호남 유림의 여성 인식─송사 기우만을 중심으로」, 『한국고전연구』30, 한국고전연구학회, 2014.

훈서 속 가(家)의 위협은 국가의 위협으로 외연(外延)하여 사유될 가능성
도 높아졌다.

복수 일화를 담은 여성 교훈서가 등장하던 19세기말·20세기초반은 조
선이 대한제국으로 개명하면서 주권국가로서 거듭나고자 했던 시기이다.
그러나 현실은 만만치 않았다. 일본은 지속적으로 국정에 간섭하고 기존
의 제도까지 없애거나 변개하면서 일본 식민지로 만들기 위한 단계를 밟
아갔다. 청, 러시아, 프랑스 등도 국익을 위해 정치적, 경제적 타툼에 끼어
들었다. 국권과 국력은 점차 약화되어 주권국가로서의 주체성, 독립성을
유지하기 어려웠고 결국 한일합병까지 이르게 되었다. 이 과정에서 국가
존속, 국권 회복 및 강화, 국가 부강, 국권 약화를 초래한 악한 세력 배격
등의 현안을 해결해야 했다.

여성이 '국민'이라는 이름으로 불려지고 국민 대열에 합류하게 됨으로
써 여성들은 국가를 위해 복무해야하는 시대적 요청 앞에 서게 되었다. 여
성 교훈서는 이러한 시대 요청을 담아낸 셈이다. 특히 조선(대한제국)이 망
할 지경에 놓이게 된 외국 세력들을 배격하는 일은 무엇보다 시급한 일이
었다. 여성이라고 해서 도외시할 수는 없는 것이었다.

복수는 가해자에 대한 대응적 행동이다. 당시 조선(대한제국)의 상황은
가해자-일본을 비롯한 외국 세력-와 피해자-조선(대한제국)-라는 구조를
띤다. 가해자에 대해 그에 상응하는 것으로써 되갚음하는 복수 일화들은
위기에 처한 국가를 위해 헌신, 희생하는 충으로 확대되어 사유될 가능성
이 높다. 특히 석우로 처 일화는 아주 적절하고 직접적이다. 석우로 아내
는 왜적을 불태워 죽임으로써 똑같은 방식으로 복수했다. 복수 대상은 왜
인이다. 일본의 침탈이 가속화, 가혹화되는 시기였으므로 왜인에 대한 적

개심을 촉발하는 동시에 충절을 유도하는 데에 적절하기 때문이다. 이렇듯 여성 교훈서 속 복수 일화 등장은 효행과 열행을 충과 연계하던 기존의 윤리 및 시대적 공론에 힘입어 여성에게도 충을 사유하도록 유도하고자 하는 의도가 내재되어 있다고 할 수 있다.

## 여성의 힘은 확대 해석되고 짐은 증가하다

유교적 가치가 사회 질서 및 윤리 기반이 되어 기층윤리로 형성되자 이에 부합하는 인간으로 형성하는 일이 중요해졌다. 각종 교훈서는 그 일을 충실히 해냈다. 여성 교훈서도 마찬가지였다. 유교적 여성관은 襁세 이후에는 집의 뜰에도 함부로 나가지 말고 유순한 태도로 살아야 한다.'고 가르쳤다. 초기 여성 교훈서는 수신, 시부모와 남편 섬기기, 친족들과 화목하게 지내고 손님 접대 잘하기 등을 가르쳤다. 여성이 관계 맺는 인적 맥락 속에서 여성이 처신해야할 방식을 제시했다. 중·후기 교훈서에서는 전쟁, 변란 등과 같은 비상한 때에 자신의 몸과 정절을 지켜내고자 죽음을 택하거나 남편을 따라 순종하는 일화 등을 실었다. 이것들은 정렬(貞烈)이라는 제목 아래 배치되었다. 인간 관계 맺기에 집중했던 여성 교훈서가 정절을 위한 죽음을 더하였다. 정절을 위해서라면 죽음조차 두려워하지 않아야 한다고 강조했다.

그리고 조선말, 개화기 곧 19세기말·20세기초에 와서는 여성이 복수하는 일화까지 더했다. 복수는 폭력을 교환한다. 가해자와 복수자의 폭력 수준은 거의 비슷하다. 여성 교훈서 속 복수는 잔혹하다. 원수의 머리를

186

베거나 배를 갈라 간을 꺼내거나 살을 베어 먹는다. 이런 잔혹성까지 여성 교훈서는 수용한다. 그럼으로써 가부장 및 남성 권위를 재공고화하고, 가(家)를 보호하며, 나아가 국가 위기에 맞서 국민으로서 역할과 책무를 다할 것을 암암리에 권고한다.

집안 인간 관계 속에서 수행해야할 책무에서 자신의 정절을 스스로 지켜내야 하며, 국민으로 불러내 국가에 헌신하는 일까지 확장되었다. 이런 점에서 여성 교훈서는 여성의 힘과 역량을 확대 해석하고자 한다. 여성의 등과 어깨에 올려진 짐, 책무는 증대해갔던 것이다.

권순구, 『부인언행록』, 광학서포, 1916.

김상집, 『본조여사』, 고려대도서관소장본.

김원근, 『(명원)신여자보감』, 영창서관, 1922.

영빈 이씨, 『규범』

왕성순, 여성문화이론연구소 고전연구팀 옮김, 『규문궤범』, 한국국학진흥원, 2002.

유영선, 『규범요감』, 1925.

윤황, 『훈부록』, 한글박물관소장본.

장지연, 『녀ᄌ독본』, 광학서포, 1908.

『여학(사편)』(연대미상)

「독립신문」


김경연, 「근대계몽기 여성의 국민화와 가족─국가의 상상력─『매일신문』을 중심으로」, 『한국문학논총』45집, 2007, 209-238면.

김기림, 「개화기 호남 유림의 여성 인식─송사 기우만을 중심으로」, 『한국고전연구』30, 한국고전연구학회, 2014.

김창석, 「한국 고대의 복수관과 그 변화」, 『역사와현실』88, 한국역사연구회, 2013, 145-172면.

김현진, 「복수 살인사건을 통해 본 조선후기의 사회상─『심리록』을 중심으로」, 『역사민속학』26, 한국역사민속학회, 2008, 107-140면.

박선영, 「근대계몽기 여성용 교과서, 근대적 '여성'의 기원과 형성」, 『한국문예비평연구』제47집, 한국문예비평학회, 2015, 192-217면.

박양화, 「王夫之 雜劇《龍舟會》의謝小娥 이야기개편양상」, 『중국문학』98, 한국중국어문학회, 2019, 109-126면.

백민정, 「『흠흠신서』에 반영된 茶山의 유교적 재판 원칙과 규범—「經史要義」의 法理 해석 근거와 의미 재검토」, 『대동문화연구』제99집, 2017, 375-414면.

성민경, 「여훈서의 편찬과 역사적 전개:조선시대~근대전환기를 중심으로」, 고대 박사학위논문, 2018, 274면.

손혜리, 「문학적 형상화를 통해 본 성해응의 복수론」, 『진단학보』115, 진단학회, 2012, 177-220면.

송명진, 「역사·전기소설의 국민 여성, 그 상상된 국민의 실체—『애국부인전』과 『라란부인전』을 중심으로」, 『한국문학이론과 비평』제46집, 한국문학이론과비평학회, 2013, 249-270면.

이경미, 「한중일 고전문학 속에 보이는 여성과 복수」, 『중국학』제38집, 2011, 173-204면.

이원택, 「현종조 복수의리의 논쟁과 公私관념」, 『한국정치학회보』35(4) ,한국정치학회, 2002,

전미경, 「식민지기 본부살해 사건과 아내의 정상성」, 『아시아여성연구』49(1), 숙명여대 아시아여성연구원, 2010, 73-122면.

정지영, 「조선시대 '가장'의 지위와 책임」, 『가족과 문화』제25집1호, 한국가족학회, 2013, 121-149면.

최묘시, 「여사서(女四書)의 판본과 한국 언해본의 특징」, 『연민학지』제23집, 연민학회, 2015, 143-171면.

홍양희, 「식민지 조선의 본부살해 사건과 재현의 정치학: '조선적'범죄의 구성과 식민지적 '전통'」, 『사학연구』102, 2011.

황수연, 「19~20세기 초 규훈서 연구」, 『한국고전여성문학연구』24, 한국고전여성문학회, 2012.

| 인물 | 관계 | 내용 | 여성 교훈서 -항목 | |
|------|------|------|------|------|
| 宋氏 | 남편:고준실 | 개성 상인 고준실은 의주로 장사갔다가 박춘건에게 살해되었다. 송씨는 남장하고 의주로 가 조사했다. 박춘건 집에서 남편이 쓰던 채찍을 찾아 증거물로 제시하여 고소했지만 의주 부윤은 뇌물 받고 제대로 처리하지 않았다. 송씨가 강가에서 울었는데 남편 시신과 말이 물 위로 떠올랐다. 곧장 평양 감사에게 고소했다. 송사할 때 푸른 새가 송씨 위에서 날아다니니 감사가 기이하게 여겨 다시 조사했다. 박춘건이 처형당하자 배를 갈라 간을 꺼내 남편에게 제사지냈다. | 여자독본-정렬 여학사편-부덕-복구지덕 부인언행록-복구 규범요감-정렬 신여자보감 | 조선 |
| 박효랑 | | 성주의 사족. 한 세력가가 박씨 집안 선산에 몰래 장사지냈다. 아버지가 산송을 제기했다가 실패하자 울화병으로 죽었다. 효랑에게는 남자 형제가 없어 직접 복수했다. 세력가의 무덤을 파고 해골을 가루로 만든 후 관청에 자수했다. | 여자독본-정렬 | 조선 |
| 석우로 처 | 남편:석우로 | 왜사(倭使)가 왔을 때 석우로는 농담 삼아 '너희 왕과 왕비를 종과 여종으로 삼겠다.'고 했다. 왜왕이 노해 군대를 보내자 석우로가 사과했지만 왜인들은 그를 불태워 죽였다. 그 후 다른 왜사(倭使)가 왔을 때 그의 처가 대접하겠다고 나서서 왜사를 불태워 죽였다. | 여자독본-정렬 | 신라 |
| 김열부 | 남편:차상민 | 송도 상인 차상민이 장사하러 안동 갔는데 그 곳 도적에게 살해되었다. 김씨는 남동생과 함께 안동으로 가 도적을 찾아냈다. 도적이 입었던 옷이 남편 옷이어서 그것을 증거물로 삼아 관청에 고소하였다. 도적들이 처형되자 그들의 살을 베어 먹고 남편 시신을 찾아 돌아왔다. | 여자독본-정렬 규문궤범-상절렬 | 조선 |

---

29  김기림, 「19세기 말·20세기 초 여성 교훈서의 '복수 일화'와 그 의미」, 『한국고전여성문학연구』40, 한국고전여성문학회, 2020. (부록은 이 글의 내용을 바탕으로 다시 서술한 것이다.)

| | | | | |
|---|---|---|---|---|
| 윤부인 | 윤기의 누이<br>남편:나계문 | 홍윤성 집 노비 김돌산이 나계문을 죽였다. 윤씨는 고소장을 써서 호소했다. 세조가 사실을 알고 종을 죽였다. | 여자독본-상-정렬<br>본조여사-열녀 | 조선 |
| 갑이 | 유관 집 여종 | 유관이 을사사화로 죽고 그 재산은 모두 정순붕에게 돌아갔다. 갑이는 주인 원수 갚고자 하였다. 역병으로 죽은 이의 뼈를 정순붕 베개 속에 넣었고 그것이 빌미가 되어 정순붕이 죽었다. 그의 가족들이 추궁하자 자수한 다음 자결했다. | 신여자보감<br>본조여사-비(婢) | 조선 |
| 황씨 | 남편:박석주 | 박석주가 평강에 갔다가 도적에게 피살되었다. 황씨는 아들과 함께 평강으로 가 3년 간 정탐했다. 주점에서 남편이 쓰던 물건을 찾아내 증거물로 제시하여 고소했다. 도적들이 처형당하자 도적의 배를 갈라 간을 꺼내 남편에게 제사 지냈다. | 규문궤범-상절렬<br>신여자보감 | 조선 |
| 최씨와<br>그 딸 | 남편:홍방필 | 홍방필이 살해되자 최씨는 딸과 함께 수년 간 복수할 틈을 보았다. 길에서 마주쳤을 때 찔러 죽인 다음 간은 꺼내 먹고 관아에 자수했다. | 본조여사-열녀 | 조선 |
| 옥례 | 남편:애봉 | 신면이 애봉을 때려 죽였다. 옥례는 신면의 머리를 내리쳐 상처를 냈고 그 때문에 16일 만에 신면이 죽었다. | 본조여사-열녀 | 조선 |
| 최씨 | 남편:윤씨 집<br>세부 | 흉년 때문에 홍산으로 이주했고 그 남편이 윤교리의 세부(貰夫)가 되어 무량사에 도조를 걷으러 갔다가 중 만진(萬辰)에게 피살되었다. 최씨는 서울 법부에 가서 소송하여 만진을 처형했다. | 본조여사-열녀 | 조선 |
| 춘옥 | | 남편이 살해되자 원수를 갚고 관청에 자수했다. | 본조여사-비(婢) | 조선 |
| 趙娥 | 아버지:조안 | 이수가 아버지를 죽였는데 당시 남동생 3명이 모두 죽어 혼자가 되었다. 복수할 남자가 없어 직접 복수하기로 결심했다. 그 마음을 10여 년동안 지켰다. 도정에서 이수를 만났을 때 칼로 찔러 죽이고 머리를 베어냈다. 그리고 관아에 자수했다. | 여범첩록-효행<br>여소학-효녀<br>규문궤범-사구고 | 중국 |

| | | | | |
|---|---|---|---|---|
| 이옥영 | 아버지:이웅<br>오빠:이승조<br>동생:이도영 | 아버지 이웅이 전사했을 때 계모 초씨는 전실 자식들을 없애려고 했다. 옥영의 오빠 이승조를 살해하고, 동생 이도영을 종으로 팔았으며 월영은 구걸하면서 살게 만들었다. 또 옥영이 간음했다는 거짓 모함을 하여 감옥에 갇히게 했다. 옥영은 황제에게 상소했다. 황제가 사실을 알고 초씨와 아들 초용을 저자에서 처형했다. | 여범-변녀 | 중국 |
| 서씨 | 남편:손익 | 손익은 부하였던 규람,변씨,홍씨 등에게 피살되었다. 서씨는 손고, 부영과 함께 복수 계획을 짰다. 규람이 서씨를 보러 방에 들어왔을 때 손고와 부영이 그를 죽였고 다른 사람들이 대원을 죽이게 했다. 규람과 대원의 머리를 베어내 남편에게 제사지냈다. | 부인언행록-복구<br>규문궤범-상절렬 | 중국 |
| 희광 | 남편:동창 | 방육일이 희광의 미모에 반해 결혼하고자 했다. 동창을 모함에 빠뜨려 죽였다. 방육일이 청혼하자 희광은 허락하면서 남편 장례 치른 후에 하기로 했다. 혼례 단장을 하고 방에 들어갔는데 마침 방육일이 혼자 있어 칼로 찔러 죽인 다음 머리를 베어냈다. 남편 무덤에 방육일 머리를 가져가 제사지낸 후 목 매어 죽었다. | 부인언행록-복구<br>여학사편-부덕-복구지덕<br>규문궤범-상절렬 | 중국 |
| 사소아 | 남편<br>:단거정 | 장사꾼인 아버지와 남편이 도적에게 살해되고 가족들도 죽어 혼자 되자 묘과사로 가 살았다. 아버지와 남편이 꿈에 나타난 범인 잡을 단서를 수수께끼식으로 알려주었다. 몇 년후 이공좌가 이 절에 왔을 때 꿈 이야기를 해주었다. 이광좌는 신난과 신춘이 범인이라고 말했다. 그녀는 곧바로 신난 집 일꾼으로 들어가 몇 년간 일하면서 신뢰를 얻었다. 신난과 신춘이 술에 취해 있는 틈을 타 신난의 목을 치고, 신춘은 관가에 잡혀가도록 했다. | 부인언행록-복구<br>여소학-효녀 | 중국 |
| 주경온<br>여종 | 주인<br>:주경온 | 남편이 망탕을 지나갔을 때 도적들이 그를 죽였다. 그 아내는 '남편이 자신을 못살게 했는데 죽어 시원하다.'고 말하니 도적이 보내주었다. 곧장 관아로 가 알려 도적을 잡아들이게 했고 도적들은 처형되었다. | 여학사편-부덕-복구지덕 | 중국 |
| 왕순 | 아버지<br>:왕자춘 | 아버지가 장흔 부부에게 살해되었는데 왕순은 나이가 어려 복수하기 어려웠다. 시집갈 나이가 되자 두 여동생과 같이 장흔 부부를 찔러 죽였다. | 여소학-효녀 | 중국 |

재난과 여성

| | | | | |
|---|---|---|---|---|
| 위효녀 | | 당나라 때 여자, 자는 무기(無昽).아버지가 위장측에게 살해당했을 때 위씨는 6세였다. 어머니는 개가했고 다른 형제도 없었다. 직접 원수 갚기를 결심했다. 종숙의 집 잔치에 위장측이 오자 벽돌로 쳐 죽였다. | 여소학-효녀 | 중국 |
| 정씨 | 남편:형방후 | 동창령이 옹주 초토사가 되어 잘 다스리지 못하자 형방우가 간언했다. 동창령이 그를 미워하여 죽였다. 정시는 대궐까지 걸어가 자신의 귀를 베어내면서 사람들에게 알렸다. 마침내 동창령은 벌을 받았다. | 여소학-현처 | 중국 |
| 가녀 | | 당나라 때 사람. 친족 남자가 아버지를 죽였으므로 복수할 틈을 타 죽였다. 그런 후 그의 심장과 간을 꺼내 들고 아버지 무덤에서 제사지냈다. | 여자독본-하 | 중국 |

제6장

# 전족(纏足; Chinese Foot-binding)

## 전통, 욕망, 억압 그리고 해방

이영란(조선대)

## 들어가기

중국 전통사회에서 미인 조건은 다양하겠지만, 그 중에서도 작은 발은 다른 무엇보다 중요한 미인의 조건이었다. 명왕조 전족 미인 반금련이 "아무리 얼굴이 예뻐도 발이 뚱뚱하면 반쪽 미인이지요."라고 말한 것처럼 명왕조 시기에 전족은 모든 여성들에게 미의 기준이 되어버렸던 것이다.

신체의 한 부위인 발은 명예와 순결을 의미한다고 한다. 신체의 한 부분인 발을 묶어 작게 만드는 전족이라는 행위는 중국에서 1천 년 이상 이어져 왔다. 전족은 그저 작은 발의 선호에서 생겨난 풍습이라고만은 할 수 없다. 전족은 신체의 정상적인 발육을 멈추게 함으로써 발에 크게 손상을 입히는 행위이다. 그 작은 발을 만들기 위해 어린아이는 아픔과 고통을 참아야 한다. 전족의 유래는 1천 년 이상 되었기 때문에 전족이 중국문화에 미친 영향은 적지 않다.

어린 여자아이가 어려서부터 천으로 발을 감싸 발의 골격을 꺾이게 하여 작은 기형적 발로 변하게 되는 것이 전족이다. 남성중심주의의 전통사회에서 여자의 신체는 여자라는 이유만으로 끊임없이 희생을 강요당했음을 의미한다.

유학이 지배적이었던 중국 전통사회에서 여성들의 활동을 제약하였던 가시적이고 구체적인 하나의 현상인 전족은 여성들에게 어떤 관습이었는가? 본래는 궁궐에서부터 시작하여 점차 지배계층으로 시간이 흘러 더 넓게 확산되어 나중에는 일반 농민층에까지 파급되었다. 전족은 4-5세 어린 여자아이에게 어머니가 시행하는데, 그때 고통은 말로 표현할 수 없을 정도로 고통스럽다고 한다. 전족이란 관습은 어린 여자아이의 발을 묶어 기형에 가깝게 작게 만드는 비인간적 행위로 10세기 후반 중국사회에서 시작하여 20세기 초까지 이어졌다.

이러한 전족은 언제부터 왜 유행하게 되었을까? 또 어떠한 방법으로 전족으로 하기에 그토록 고통스러우며 그러한 억압을 회피하지 않고 받아들였던 이유는 무엇일까? 물론 근대 이후 중국 여성은 전족을 풀고 자유로워졌다. 하지만, 중국 전통사회에서 여성을 얽어매었던 전족이 성행하여 여성이 가부장제 사회의 희생양으로 살아야만 했던 이유와 전족을 벗어버리는 과정을 알아보자. 여성이 원하지 않아도 해야만 하는 그 자체를 일상 속에 재난이라는 입장에서 전족 이야기를 시작해 보겠다.

## 아프고 불편해도 해야만 하는 전족

중국에서 행해진 지 오래된 기형적인 습관처럼 하는 풍속, 전족(纏足)은 4-5세 어린 여자아이가 10세가 될 때까지 발뼈를 구부러뜨려 작은 발로 만드는 행위이다. 그 작은 발을 만들기 위해 여자아이는 아무것도 모르는 어린 나이에 어머니의 강요로 어쩔 수 없이 시작하게 된다. 그 전족을 하는 과정에서 겪는 심한 고통과 아픔 그리고 불편은 고스란히 그 여자아이의 몫으로 참아내야만 한다. 그 고통이 얼마나 심하면 "전족 한 쌍에 눈물 한 항아리(小脚一雙眼淚一缸)"라는 속담이 전해질 정도이다. 이러한 전족은 중국 전통사회에서 행해진지 매우 오래되었고 넓은 땅에서 지속되었다.

전족은 4-5세의 여자아이에게 시행하기 시작한다. 4-5세 여자아이의 발을 긴 천으로 묶어 뼈의 성장을 못하게 하여 작은 발로 만드는 일이다. 전족을 한 발은 발등이 올라와 활처럼 굽고 발바닥은 움푹 패어 들어가며, 엄지발가락만 남기고 나머지 네 발가락은 발바닥 아래 부분에 들어가게 만든다. 그런데 그 작은 발을 만드는 과정은 너무 고통스럽다는 것이다. 고름이 터지면서 살을 썩게 만들고 심한 경우에는 발가락이 떨어져 나가는 경우도 있다고 한다.

전족을 한 후 작은 신발을 신고 생활하는 데 잘 걷지를 못하기 때문에 항상 불편함을 감수해야 하고, 외출할 때 무언가에 의지하지 않으며 발에 가해지는 고통이 이루 말할 수 없다고 한다. 여성에게 어떠한 도움도 되지 않는 이 불필요할 일을 참아내며 아무것도 모르는 나이에 해야 했으니 참으로 안타까울 뿐이다. 아픔과 극단적인 고통을 수반하는 악습이 유행하고 사회적 풍습으로 천년 가까이 이루어진 것이다.

"발이 썩지 않으면 작아지지 않는다. 썩으면 썩을수록 더 예쁜 발이 된다."라는 말에서 알 수 있듯이 발이 얼마나 훼손되고 아픔을 참아야만 작은 발로 만들어지는가를 짐작할 수 있다. 고름이 차오르는 발의 살을 썩게 만드는 과정이 반복되는 그 심한 고통을 참아야만 작은 발이 만들어졌던 것이다. 발에 헝겊을 동여매 놓기 때문에 냄새가 심하여 발을 매일 씻어야 했다. 그래서 처음에는 2~3일에 한 번씩 씻다가 발끝이 뾰족하고 활처럼 발이 굽어 보이면 즉 전족에 가까운 모양이 만들어지면 하루 한 번씩 씻고 더 강하게 동여매었다. 전족을 하는 발에 명반(明礬)으로 소독하고 향수를 뿌리면 냄새가 제거되기도 하였다.

전족은 보통 어머니가 어린 딸에게 해주었다. 부유한 상류층에서는 '발할미'라 부르는 전족 전문 기술자가 해 주기도 하였다. 중국은 넓고 인구가 많기 때문에 지역마다 전족하는 방법, 나이, 순서 등이 달라 발 모양도 각양각색이다. 박지훈(2011)의 논문에서 전족의 방법이나 모양이 왜 어떻게 다른지 서술하였는데, 보통 북방 사람은 몸이 비교적 크고 발도 태어날 때부터 남방 사람보다 길어서 전족도 남방 사람에 비해 약간 길다고 한다. 그런데 전족을 오랫동안 동여매고 있어서 염증과 고름이 차는데, 북쪽은 기후가 한랭하기 때문에 씻지 않아도 괜찮아 남쪽 여성보다 더욱 힘주어 동여맬 수가 있었다고 한다. 또 북쪽 지방의 신발은 두터운데 그렇기 때문에 싸매는 헝겊도 두껍게 싸맬 수 있었다. 이러한 조건은 발을 더욱 가늘게 하기에 유리했다. 그러나 남쪽 지방의 기후는 더워 동여매는 헝겊이나 신이 너무 두꺼우면 싸맨 발이 열이 나서 걸어 다니기가 힘들어진다고 하였다. 따라서 남쪽 지방 여성들은 전족을 할 때 최대한 작은 발을 만들기 위해 위쪽 부분이 구부러지게 하여 짧고 작게 만들고자 하였다.

전족을 하는 동안에는 걷는 연습도 함께하였다. 전족이 완성된 후에 발이 작으면 작을수록 걸을 때 아프지 않고 걸을 수 있도록 하는 목적과 함께 혹여 찾아오는 마비 현상을 막기 위해서였다. 그런데 발을 묶었던 헝겊을 풀어주면 막혔던 혈액이 몰리면서 극심한 통증이 몰려온다고 한다. 그래서 오히려 발을 묶은 헝겊은 자는 동안에도 풀지 않았고, 잠잘 때도 신발을 신었다고 한다.

이러한 고통을 수반하는 전족은 어떠한 방법으로 언제부터 시작하였는지는 확실치 않지만, 다양한 자료를 토대로 전족의 방법과 진행 단계 그리고 유래를 알아보자.

## 삼촌금련(三寸金蓮)을 만들려면

　　중국 여성의 정상적인 발의 발육을 억제하고 손상하게 만드는 전족은 한마디로 단순히 발의 성장을 막는 것이 아니라 발가락을 모두 완전히 접어 구부러뜨리는 것이다. 4~5세 어린아이의 발가락을 굽어 접혀서 기형으로 만들기까지 약 4~5년이 걸린다. 사흘마다 한 번씩 아이의 발가락을 단단한게 묶어 고정하는데, 고통을 반복해야 모양이 고정된다. 즉 어린 여자아이의 발을 꽁꽁 묶어 발의 골격을 꺾어서 10cm도 안되는 아주 작은 기형적인 발을 만든다. 일반인 발과의 차이는 거의 1/2을 넘을 정도로 작기 때문에 작은 발은 큰 몸을 지탱하기 하기가 어렵게 되고, 항상 무언가에 의지해야만 외출이 가능하였다. 그렇다면 구체적으로 전족은 어떤 방법으로 시행하였는지 알아보자.

　　전족하는 방법과 그 진행단계에 관하여 박지훈(2011)의 논문에서 잘 설명하고 있다. 이를 간단하게 정리해 보겠다. 전족하는 방법은 지역마다 차이가 있기는 하지만 일반적으로 전족 시작하기 1~2년 전부터 본격적으로 준비를 해야 한다. 전족은 발을 천으로 동여매거나 꼭 끼는 신발을 신게 하여 발이 크지 않도록 만드는 것이다. 전족을 잘 되게 하기 위해서는 우선 발 형태가 중요한데 뼈가 연하고 발모양이 좁고 얇아야 한다. 또한 전족을 하기에 좋은 발 형태는 바로 발가락이 길면서 곧고, 발바닥은 움푹 들어간 것이 좋다고 한다.

　　전족을 하기 위해 발을 묶는 헝겊은 아주 빳빳하고 꺼칠어서 잘 풀어지지 않는 하얀 색 면 헝겊을 사용했다. 비단은 부드럽고 매끄러워서 풀어지기 쉬워 사용하지 않았다. 헝겊의 넓이는 약 10cm, 길이는 약 2.5m 정도의 헝겊을 사용하였다.

그럼 전족이 완성되기까지 만드는 과정을 단계별로 살펴보자. 우선 전족을 하기 위한 준비단계이다. 발을 깨끗이 씻고 길이 약 2.5m, 넓이 약 10cm의 헝겊을 발바닥 중심에 대고 발등을 향해 발을 묶는다. 그 다음 발가락 끝부분을 싸매어 다섯 발가락을 서로 달라붙게 한다. 다시 2~3cm정도 올려 한 번 더 헝겊을 꽉 싸맨다. 거기서 또 2~3cm 위로 올라가 발등까지 서너 번 싸맨다. 헝겊을 싸맬 때 네 발가락은 구부러지게 하고, 발뒤꿈치까지는 싸매지 않는다. 이렇게 하면 발모양이 활 모양처럼 되지 않고 작고 좁은 모양을 만들 수 있다. 이것은 발가락이 서로 달라붙지 않게 하여 발을 뾰족하게 만드는 데 그 목적이 있다.

전족은 긴 천으로 발을 꽁꽁 묶어야 하므로 통풍이 잘 되는 서늘한 가을에 실시한다고 한다. 전족을 완성하기 위해서는 일반적으로 4단계를 거치고 약 3년이라는 시간이 걸린다고 한다.

우선 제1 단계는 시전(試纏)이다. 의자에 앉아 두 발을 깨끗이 씻고 닦는다. 소녀의 발을 전족을 만드는 사람의 허벅지에 올려놓는다. 발이 촉촉하고 부드러울 때 엄지발가락을 제외하고 나머지 네 발가락을 발바닥 쪽으로 구부리고 발가락 사이사이에 약을 뿌린다. 약은 발의 피부가 수축되는데 도움을 주는 약물로 발을 싸맨 후에 염증이나 고름이 생기는 것을 예방하고자 바르는 것이다. 발가락을 발바닥 쪽으로 구부리면 헝겊으로 싸맨 후 바늘과 실로 헝겊을 꿰매고 봉합하여 벌어지지 않게 한 후 전족용 양말과 신을 신게 한다.

한 달이 지나면 작은 발의 형태가 어느 정도 잡히기 시작하는데 싸맨 헝겊이 헐거워지지 않게 다시 실로 헝겊을 꿰맨다. 헝겊으로 싸맨 후에 그

위에 다시 전족용 양말을 신게 한다. 양말목이 장딴지에까지 올려 달라붙게 하고, 그 위에 조이는 바지를 입어 준다. 조이는 바지를 입어 종아리를 가늘게 하는데, 종아리에 헝겊으로 띠를 매듯이 여러 색깔이 있는 것으로 동여맨다. 발을 동여맨 후 혈액순환이 잘 되지 않게 하고 성장하지 못하게 하기 위해 작은 상 위에 높이 30cm가 넘는 높은 베개를 놓고 누운 상태에서 위에 발목을 올린다. 이렇게 하면 두 다리가 부으면서 발생하는 통증은 말로 표현할 수 없을 만큼 아파온다고 한다. 그렇게 시간은 흐르고 여자아이의 발 감각이 마비되면서 발 성장을 멈추게 하는 것이다.

제2 단계는 시긴(試緊)이다. 이 과정은 매는 정도를 더 강화하는 단계로 반년 이상 진행한다. 3일 간격으로 전족한 발의 헝겊을 풀고 소독한 후 다시 묶는데 그 강도가 점점 강해진다. 그렇다 보니 그 고통은 더욱 심해지고 발가락을 힘껏 구부리기 때문에 발이 점점 기형적 모양으로 변해 간다. 또 체중이 모두 구부러진 발가락에 실리므로 여자아이에게 가장 고통스러운 단계라고 한다. 헝겊을 풀면 발등은 완전히 짓물러서 고름이나 피가 난다. 소녀의 발에 약물을 바르고 씻은 후 바늘로 티눈을 제거하는데 그 고통에 여자아이는 몸부림을 치며 눈물을 쏟아낸다. 통증 때문에 아이는 잠도 잘 수 없고 그 어머니 역시 마음이 아파 잠을 못 이루는 게 일상이라고 한다. 하지만 이튿날 여자아이를 어김없이 다시 손으로 벽을 짚으면서 발꿈치로만 걷는 연습을 해야만 한다.

제3 단계는 긴전(緊纏)으로 반년 정도 걸린다. 가운데 발가락을 발바닥쪽으로 힘껏 당겨서 꽁꽁 싸맨다. 얼마나 잡아당기면 그 잡아당기는 힘 때문에 발전체의 뼈가 구부러져서 발등이 솟아오를 정도라고 한다. 발은 오그라들고 발등 껍질이 거의 벗겨지고 피가 나며 고름이 생겨 심한 경우 새

끼발가락이 곪아 떨어져 나가기도 한다고 한다. 발의 상태가 심하게 되어 잘못될 수 있으니 이때부터는 한방 치료를 받으면서 진행한다고 한다. 점차 전족의 모양이 형성되어 가고 있는 것이다.

제4 단계는 이만(裏彎)으로 발바닥 가운데가 오목하게 들어가는 형태로 만드는 단계이다. 이 역시 약 반년이 걸리는데 이전에 비하면 극심한 통증은 없다고 한다. 하지만, 4-5살에 시작한 여자아이가 8살이 되었고, 그 여자아이의 발은 여전히 성장하기 때문에 계속해서 헝겊으로 싸매야만 했다. 여자아이가 성장하는 과정에서 발은 10cm이하로 유지해야하기 때문에 계속적으로 발을 동여매야 했다. 여자아이는 고통은 끊임없이 지속되지만 아랑곳하지 않고 그 어머니는 전족의 헝겊을 동여매는 것이다.

이러한 단계를 통해 작은 10cm의 작은 발이 만들어지는데 이것이 전족이다. 발 길이가 약 10cm가 되어야 가장 이상적인 발이 되는 것이다. 이를 '삼촌금련(三寸金蓮)', '신월(초승달;新月)'이라 표현으로 미화하여 전족을 하도록 하였다. 이러한 삼촌금련 즉 10cm의 황금 연꽃을 만들기 위해 어린 여자아이들은 4-5년 동안의 심한 고통 안에서 성장했던 것이다.

아침에 일어나서 한 번, 잠자기 전에 한 번, 이렇게 하루 두 번 여자아이는 헝겊으로 싸맨 발을 씻고 또 싸매는 일은 계속 반복해야만 했다. 이러한 과정을 최소 3년 이상은 하여야 전족이 완성이 되며 3년이 지나도 지속적으로 발을 묶어 주는 일은 멈추질 않았다고 하니 어린 여자아이가 겪어야 하는 고통으로는 너무 가혹하였다고 말할 수 밖에 없을 것이다. 여성의 몸에 학대를 가하는 악습을 딸의 어머니들은 "어떤 고통이 있어도 참아야 한다. 그렇지 않으면 장차 시집갈 수 없단다."라고 말하면서 딸에게 전족을 하였다. 그토록 사랑스런 딸에게 어머니는 왜 전족을 강행하였을까?

재난과 여성

## 누구의 욕망인가

### 아름다움을 찾는 욕망─결혼의 조건, 작은 발

서양의 코르셋이나 하이힐은 성인이 되어서 본인이 하고 싶을 때 하는 즉 선택의 자유가 있어 자신이 하고 싶을 때 행하는 반면, 전족은 이르면 3-4세 늦어도 6-7세 이전에 시행을 해야 하는 즉 본인의 의사와는 전혀 상관없이 강제로 시행하였다.

중국인들은 작은 발을 미의 기준으로 삼고, 발이 작은 것이 아름답다는 관념은 중국 역사 곳곳에서 보인다. 작은 발을 좋아하는 명나라의 마지막 숭정황제(崇禎皇帝)의 이야기가 있다. 황제의 주황후는 아주 가늘었으나 긴 두 발을 가졌다. 반면 전(田)귀비는 발이 매우 작아 3치에 불과하였다고 한다. 또 원(袁)귀비의 발도 작았지만, 전귀비보다는 컸다. 어느 날 숭정황제가 주황후의 앞에서 전귀비가 원귀비에 비해 아름답다고 하자, 주황후는 이러한 숭정황제의 표현이 자기를 풍자한다고 생각하여 아주 불쾌하게 여겼다는 이야기가 전해진다. 이 이야기는 바로 작은 발이 미의 기준이 되는 이야기의 하나이다. 전귀비를 아름답다고 말하는 황제를 보더라도 작은 발을 기준으로 삼고 있는 중국 전통사회의 모습을 짐작할 수 있다.

중국의 전족 문화에 관한 이야기를 수록한 『채비록(采菲錄)』이라는 글에서 중국 전통 상류층에서는 발이 큰 여성을 부인으로 들이는 것은 집안의 수치로 생각할 정도였다. 그래서 결혼할 때 여성의 발 크기가 어떤지 미리 알아보았고, 결혼식 때는 모든 사람들의 눈이 신부의 발에 향해 있을 정도라고 표현하고 있으니, 여성의 발이 크기가 결혼의 조건이 될 정도의 사회 풍조가 형성되었던 것이다.

그렇다 보니 전족을 처음 할 때 어머니들은 발을 떨어져 나가는 고통도 참아야 한다고 하면서, 그래야 시집을 잘 가서 누리며 살 수 있고 그렇지 않으면 큰 발로 평생 천한 대접을 받으며 살게 될 것이라고 말하며, 어린 딸에게 무조건 전족을 강행하였던 것이다. 이 때 외할머니들은 어린 외손녀에게 대대로 전해오는 노래를 불러 주었다고 한다. "삼촌금련이 가장 예쁘다네. 띠로 날마다 묶는다네. 전족한 발이 아장아장 사랑스럽기도 하지. 멋진 도련님이 어울린다네."라는 노래로 외손녀의 아픔을 달래주었다고 한다. 어린 여자아이들은 아무것도 모른 채 그러한 사회풍습을 어쩔 수 없이 따라야만 했고 전족의 고통을 참는 것만이 좋은 대로 시집을 가야 하는 여성의 숙명처럼 되어 버린 것이다.

명청시대에는 특히나 많은 남성들이 전족을 한 여성과의 결혼을 원했다. 그렇기 때문에 어머니의 입장에서는 딸을 좋은 대로 시집을 보내야 했고 그래서 울며 겨자먹기로 딸을 발을 꽁꽁 묶었던 것이다. 딸이 울며 풀어달라고 하면 어머니는 좋은 데로 시집을 가야 한다면 무시하고 그 딸의 아픔을 무시했던 것이다. 얼마나 사회적 분위기가 전족을 한 여성을 선호하였으면 어머니가 그 딸에게 그 가혹한 전족을 시행할 수 밖에 없었는가를 짐작하게 한다. 중국 전통 사회를 주도하는 남성들의 요구 앞에 하나의 관습으로 여기면서 무비판적으로 받아들였던 어머니들의 안타까운 모습을 들여다 볼 수 있다.

결국 여성 스스로가 자신의 아름다움을 위해 행하는 것이 아니라, 남성들의 강요에 의해 어쩔 수 없이 행하는 즉 여성에 대한 남성의 심미 욕구로 인해 전족이 유행했다는 것이다. 여성은 남성의 심미 욕구에 의한 사회적 풍조를 거부하지 않고 그대로 따랐던 것이다.

재난과 여성

### 정절 강요의 욕망 – 여성의 정숙

여성의 정절 강요는 정도의 차이는 있지만, 전 세계적으로 동서고금을 막론하고 거의 나타나는 현상이었다. 예를 들면, 중세 유럽에서 십자군 전쟁 때 성지 탈환을 위해 떠나는 남자들이 아내들에게 정조대를 차게 하였다. 또 이슬람문화권에서 행해지는 여성의 할례이다. 이 역시 어린 소녀에게 어머니와 할머니가 강제적으로 소녀의 음핵을 절제하는 행위이다.

중국에서도 당대와 오대를 거치면서 행동이 자유롭던 여성에 대한 정절의 강요가 요구되는 시대가 되면서 전족 유행의 가장 큰 직접적인 원인이 되었던 것이다. 전족이 본격적으로 유행하기 시작한 시기가 송대인데, 바로 여성들에 대한 억압의 논리가 한층 강화되기 시작한 때이다. 당과 오대를 거치며 자유분방한 분위기기 아닌 송대에는 이전 시대의 기풍에 반하는 유학의 정주 이학이 발흥하여 정절 관념이 강화되었다.

유학의 효경에 "신체발부수지부모(身體髮膚受之父母), 불감훼상효지시야(不敢毀傷孝之始也), 입신행도양명어후세(立身行道楊名於後世), 이현부모효지종야(以顯父母孝之終也) 즉 몸과 머리, 피부는 모두 부모에게서 받은 것이니 감히 훼손하지 않는 것이 효의 시작이다. 몸을 세우고 도를 행하여 후세에 이름을 날려 부모를 드러내는 것이 효의 마침이다."라고 하였다. 그런데 효의 시작과 마침은 왜 여성에게는 해당하지 않고 여성에게는 그런 신체의 고통을 안았을까? 그건 중국 전통사회가 바로 가부장제적 사회로 남존여비가 지배적인 사회였기 때문일 것이다. 여성은 한 집안의 가문을 잇고 제사를 지내는 남자에 비해 그 사회적 지위가 상대적으로 낮았다고 설명할 수 밖에 없다.

물론 전족이 정절의 강요 때문이 아니라고 주장하는 학자도 있다. 정절 강요 때문에 전족이 유행하였다는 점을 부인하는 학자는 바로 네덜란드의 중국학자이자 외교관인 로베르트 판 훌릭(Robert van Gulik, 1910~67)이다. 훌릭은 "전족이 여자들의 행동을 제한하는 데 도움이 되고 여자들을 집 안에 묶어 둠으로써 전족이 여성 정숙함의 상징이 되었기 때문에, 유가들이 이러한 습속을 조장했다고 단언하는 막연한 논리를 편 일부의 사람들이 있는데, 이 논리는 억지이며 전혀 만족스럽지 못하다."고 하면서 정절 관념의 강화와 유폐라는 전족의 기능을 전면 부정한 학자이다.

이러한 여성에 대한 속박과 복종의 강요가 중국에서도 오래전부터 행해졌고 그것이 바로 전족이라는 점에 완전 부정하기는 어려운 부분이 있다.


### 성적 욕망—전족과 신체 변화의 관계성

중국 명대 장편소설인 금병매(金瓶梅)는 약방주인 서문경(西門慶)과 반금련(潘金蓮)의 관계에서 전족 이야기가 등장한다. "서문경은 금련의 진홍색 신발을 벗기고 발끝을 감싼 천을 풀어 그것으로 금련의 양발을 묶은 뒤 '금용탐조(金龍探爪)'의 태위(態位)로 포도덩굴에 매달았다."는 '금련' 즉 전족을 하나의 성적 욕망으로 서술한 부분이다. 이러한 전족이 성과 관련성이 있다고 인정하는 학자가 있으니 바로 Howard. S. Levy와 Beverley Jackson 그리고 장혜생(張慧生)이다.

Howard. S. Levy는 전족과 생식기 및 그 주변 신체 부위의 변화관계를 긍정하였다. Levy는 "발은 작게 묶으면 그로 인하여 느끼는 고통때문에 음부를 탄탄하고 좁게 하는 원인이 되었다. 둔부는 크고 풍만해져 헤아릴 수 없는 놀라움이 육체의 아름다움에 덧붙여졌다.”고 하였다.

Beverley Jackson은 “금련 걸음걸이라는 이 걸음은 허벅지, 엉덩이 그리고 질의 근육을 탄탄하게 했다. 체중이 끊임없이 발뒤꿈치에 실림으로 인해 여성은 중국 남성의 눈에 가장 관능적인 허벅지를 발달시키게 되었다. 전족을 한 여성과의 중국 남성들의 사랑 행위는 매번 처녀와의 사랑 행위와 같다고 말할 정도로 전족한 발의 걸음걸이가 질 근육을 단단하게 만들었다. 이리하여 조심스럽게 흔들며 걷는 여성을 볼 때 남성들은 절묘한 성적 환희를 계속 연상하였던 것이다.”라고 하였다

또, 전족이 여성의 신체를 성적으로 남성들의 기호에 맞게 변화시켰으며, 이것이 후기 전족 발달의 원인이라고 지적한 의사이며 금련 연구가인 장혜생(張慧生)은 “전족은 여자의 몸에 영향을 준다. 여성의 흔들거리는 자태는 남자들의 시선을 끈다. 전족을 한 여성이 걸을 때 하반신이 긴장 상태여서 이는 허벅지의 피부와 근육, 질의 피부와 근육을 더욱 조이게 한다. 이렇게 걷는 결과, 전족을 한 여성의 둔부는 크게 되고 남성에 대해 성적 유혹을 더욱 갖게 하였는데, 이 점이 바로 고대 중국의 남성들이 전족을 한 여인과 결혼하기를 좋아했던 원인이다.”라고 하였다. 장혜생(張慧生)은 전족과 성의 관계를 인정하는 동시에 전족이 결혼의 전제조건이 된 원인이라고 말하였다.

반면에 전족이 여성을 생리적으로 자극하고 성적으로 발달시켰다는 점을 부정하는 견해를 내놓은 학자가 있으니 고홍흥(高洪興)과 네덜란드 중국학자 Gulik이다.

네덜란드 중국학자 훌릭은 “일부 작가는 전족과 여인의 음부가 서로 관련이 있다고 시도하여 전족이 모종의 특수한 치구(불두덩이라고도 부르

는 치구는 남녀의 생식기 언저리의, 치골이 볼록하게 튀어나온 곳과 膣(질))의 반사작용을 일으킨다고 단정하는데, 이 이론은 이미 의학 전문가에 의해 분명히 부정되었다."라고 하면서 전족과 성의 관계를 부정하였다. 훌릭은 전족이 중국 여성들 건강에 미치는 영향이 너무 해롭다고 여기는 부분이 너무 과장하고 있다고 하였다. 여성들이 시대의 유행을 따르고자 이러한 고통을 감수한 것이라고 하면서 여성 입장에서 자신의 미를 위해 전족을 했을 뿐이라고 생각한 것 같다고 하였다. 즉 전족이라는 행위의 이유는 이해하지 않고 전족을 하는 여성들의 입장을 단순히 당하는 입장에서만 설명하고 있음을 말하고 전족과 성관계는 무관하다고 주장하였다.

고홍흥(高洪興)은 전족과 성의 관계는 여성의 음부와 전족 발바닥의 움푹 패인 곳이 서로 상관이 있게 작용한다는 주장으로 변태성욕자들의 이야기가 『채비록』이라는 책에 수록되어 있다고 하였다. 이러한 성과의 관련성은 전족 시행의 결과론적인 이야기이지 전족의 원인이 될 수는 없다는 주장이다. 전족이 둔부, 질, 허벅지 등의 근육을 발달시켰다는 주장으로 여전히 논란이 많다. 하지만 고홍흥의 주장은 전족을 시행하다보니 그런 성과의 관련성이 보이는 것이지 전족의 중요한 원인은 아니라는 것이다.

하지만 심리적 측면에서 볼 때, 천으로 묶여진 작은 발이 보이지 않기 때문에 호기심과 신비감이 작용해 남성들의 성욕을 일으켰다고 하면서 전족의 원인으로서 심미적 욕망과 상통하는 점이 있음을 주장하기도 한다. 고홍흥은 심리적 요소 즉 전족이 만들어낸 신비감이 이성에 대하여 어느 정도 호기심을 갖게 하는 이유 외에는 전족과 성의 관계에 대한 여러 견해에 대해 부정하는 입장을 밝혔다. 전족을 하는 원인이나 이유가 다양한 설이 있는 이유는 단지 전족에 미친 전족 애호가들이 그려내는 황당하

재난과 여성

고 퇴폐적인 표현일 뿐이라고 하였다.

이외에도 여러 학자들이 전족과 성의 관계를 말하였다. 전족을 함으로써 여성의 생식기와 그 주변 신체의 근육들이 발달하였고, 이러한 이유로 남성들이 성적 만족을 갖게 되어 전족을 선호하게 되었다는 것이다. 그렇다 보니 결혼의 전제 조건이 되기도 했던 것이다. 물론 이러한 이유가 전적으로 전족을 하는 원인으로 설명할 수는 없겠지만, 전족이 유행하는 이유로는 충분한 설득력을 가진다고 할 수 있다. 이러한 욕망에 의해 전족을 하였던 것인데 그럼, 전족은 언제부터 시작하고 유행하였을까?

## 전족은 언제부터 유행했나

전족이 언제부터 시작하였는지는 확실하지 않다. 전해지는 이야기로 5대 10국 시대의 한 왕조인 남당(南唐)이라는 왕조의 2대 황제 이욱(李煜;960년대)이 전족을 도입하였다고 전해진다. 남당의 황제 이욱은 요낭(窅娘)에게 6척 높이의 금련(金蓮)에 온갖 보화로 장식하게 하여, 비단으로 발을 묶은 후 춤을 추게 하였다. 이욱은 요낭을 보면서 "비단으로 발을 감싸 언뜻 곱게 구부리니 갓 나온 달 같구나."라고 하였다고 한다. 이때의 요낭의 모습이 너무나도 아름답기도 하고 황제에게 사랑받는다는 것에 후궁과 궁녀들이 서로 이를 모방했고 이 때문에 전족이라는 풍습이 생겼다고 한다.(陶宗儀, 『南村輟耕錄』) 후궁과 무희들사이에서 행해졌던 전족이 민간에 유포되기 시작한 것은 북송 말기인 12세기부터라고 한다. 이

때 이미 전족용 신발인 궁혜(弓鞋)라는 물건이 판매되고 있었다는 점으로 볼 때 전족을 하는 지배계층이 늘어나고 있음을 짐작할 수 있다.

이러한 전족이 확산된 것은 언제인가? 북송대 전족에 대한 기록을 찾아보면, 소식(蘇東坡)의 『보살만(菩薩鬘)』 「영족(咏足)」이라는 사(詞)에서 전족의 아름다움을 묘사하였다. "아리땁도다. 향기나는 연꽃과 같은 걸음걸음/깊은 시름, 비단 버선이 파도 넘듯 걷어가도다/ 다만 춤추며 돌아가는 바람 뿐/ 도대체간 지나가는 종적을 알 수 없구나. /남몰래 궁중 풍으로 얌전히 차려 입고/ 두발로 아슬아슬 서 있네/ 그 곱디 고운 모습 어찌 말로 다할까./ 손바닥 위에 올려놓고 즐겨야 하리.(涂香莫惜蓮承步, 长愁罗袜凌波去, 只见舞回风,都无行处踪, 偷穿宫样稳, 并立双跌困, 纤妙说应难, 须从掌上看)"(『東坡詞』, 「菩薩鬘」, 「咏足」) 남송대에 가면 전족이 상류층에서 유행하였는데, 남송의 수도인 항주에 기녀들까지도 그 전족의 풍습이 유행하였을 정도라고 한다. 즉 전족은 오대시기 궁중에서 시작하여 남송 중후기에 이르러서는 상류층 여성에게 까지 퍼지게 된 것이다.

북송(北宋) 휘종(徽宗) 선화(宣和)년간(1119~1125)에 쓰여진 「풍창소독(楓窗小牘)」에도 전족을 언급하고 있다. "수도 변경(河南城 開封)에 꽃무늬 신발과 활모양 신발"이라는 표현이 보인다. 이는 당시에 전족용 신발 모양을 짐작할 수 있는 부분이다. 그 신발은 '착도저(錯到底)'라고 부르는데, 명청시대의 삼촌금련과는 다른 것이다. 바닥이 좁은 신발로 신 밑이 뾰족하고 2가지 색으로 되어 있고 볼이 좁은 모양이다.

전족에 대한 자료와 유물은 주로 남송(南宋)시기 그림과 고분에서 보여지기 시작한다. 고궁박물관에서 소장하고 있는 수산도(搜山圖)와 잡극인물도(雜劇人物圖)를 보면 전족한 여인들이 보인다. 또 남송시기 무덤에

재난과 여성

서 전족의 신발이 발견되었다. 복건성(福建省) 복주(福州) 남송의 무덤에서 여섯 켤레 신발이 발견되었는데, 길이가 13~14cm, 폭은 4.5~5cm라고 하니 전족임이 분명하다. 절강성(浙江省) 난계 밀산 남송 초기 무덤에서도 전족 신발이 발견되었는데, 그 길이가 17cm, 폭은 5.8cm이다. 사람마다 전족 발의 크기가 차이는 있으나 작은 발 즉 전족임을 짐작할 수 있다. 절강성 구주 남송 무덤에서는 은으로 만든 신발 한 켤레가 출토되기도 했는데 코가 높이 올라가 있고 바닥이 뾰족하며 길이가 14cm, 높이가 6.7cm이다.(高洪興, 1995, 17-20) 남송 시기 출토된 전족 신발을 살펴볼 때, 그 크기와 폭이 얼마나 작았는지를 짐작할 수 있다. 또한 고분에서 전족 신발이 출토되었다는 점에서 당시 사회에서 흔히 볼 수 있는 풍습이었을 것이라는 점도 추정할 수 있다.

이처럼 남송(南宋)에서 원(元)를 거치면서도 그다지 성행하지 않았으나 그래도 여전히 전족을 하였던 것으로 보인다. 원대의 잡극 서상기(西廂記)에서는 장생이 최앵앵을 만나는데, 장생이 최앵앵의 눈과 눈썹뿐만 아니라 "앙증맞은 초록 치마에 원앙이 수놓인 금련"과 "좁은 궁혜의 봉두(鳳頭)에 감동하는"대목이 나온다. 이처럼 여전히 전족 풍습은 남아 있었던 것으로 보인다. 하지만 한족여성이 주된 층이었고 몽고인들은 하지 않았던 것으로 추정된다.


명대에 이르러서는 전족의 풍습이 크게 성행하였다. 한족의 전통문화가 부활한 명대는 한족 문화를 재구축하는 시대이니 만큼 유학적 풍기가 만연한 사회이다. 그리하다 보니 한족 여성들만의 문화인 양 전족풍습은 더욱 유행하게 되었다. 발은 아주 작게 삼촌(三寸)정도의 크기이어야 할

뿐만 아니라 활모양처럼 굽어야 한다. 전족의 앞부분은 뿔처럼 뾰족하게 하는 모양을 만들기 시작한 것은 명대(明代)부터 라고 한다.

이러한 작고 뾰족한 발의 모양은 전국 각지로 빠르게 전파되어 유행하였다. 결국 삼촌(三寸) 즉 10cm 크기와 앞부분이 뾰족할수록 인정받는 전족이었던 것이다. 이 풍속은 처음에 무희와 가기(歌妓)로부터 시작하여 상류층의 규방에까지 침투하여 명청시대에는 농민층까지 확산되었다. 서민문화가 발달된 명대이기에 전족이 점차 서민까지 확산되었던 것이다. 심지어 명대부터는 양가회(亮脚會), 소각회(小脚會), 새각회(賽脚會)라고 부르는 전족미인대회도 열렸다고 한다. 특히 새각회(賽脚會)는 명청시대 전국적으로 행해진 것으로 알려져 있다. 가장 유명한 것은 매년 6월 6일에 개최되는 산서(山西) 대동(大同)에서 개최되는 대회가 가장 유명하였다고 한다. 전족을 한 여성들 가운데 전족 미인 세 명을 선발하였고, 선발된 세 명 여성 당사자는 물론 그 남편과 가족들까지도 영광스럽게 생각할 정도였다고 한다.

명청시대 전족애호가임을 자랑하거나 또 전족에 대한 평가를 하는 사람들이 출현하기도 한다. 그 가운데 대표적 인물이 바로 청나라 때 방현(方絢)이다. 그는 『향련품조(香蓮品藻)』라는 책을 통해 "마른 즉 차가우며 강한 즉 교만하다. 이런 발들은 도저히 치료할 방도가 없다. 반면 통통하면(肥) 그윽하고 윤택이 나며, 연(軟)하면 부드럽고 아리따우며, 빼어나면(秀) 비로소 빛나고 우아하다. 그러나 살쪘다 하여 통통한 것은 아니며, 옥죄었다 하여 연해지는 것이 아니고, 신발을 잘 골랐다 하여 배어나게 되는 것이 아니다. 또한 통통함과 연함은 혹시 모양으로 판별할 수 있을지 모르나 빼어남은 마음으로 읽어내야 한다."라고 하여 아름다운 전족이라면 비(肥), 연(軟),

수(秀)라는 세 가지 요건을 갖추어야만 한다고 하였다. 전족을 미적대상으로 그 미적 감상을 위한 내적 준비를 강조하였다. 또 그는 전족의 형식을 9품으로 세세히 나누었다. 즉 전족의 9가지 품격을 논하면서 전족이 단순한 풍습이 아닌 미적 감상의 예술로까지 높은 평가를 하였던 것이다.

삼촌금련(三寸金蓮)

청대는 알다시피 여진족(만주족)이 지배하는 왕조이다. 그렇다보니 전족의 풍습을 여진족에게는 엄금하였지만, 한족 여자에게는 금지하지 못했다. 그렇다 보니 청대에는 전족이 최고의 성행을 이룬 시기이다. 발의 모양과 크기가 미의 기준이 되고 그 미의 기준에 따라 여성을 판단하였던 것이다. 전족은 명대에 이미 삼촌(三寸) 즉 10cm가 되어야 했고, 청대에는 '삼촌금련(三寸金蓮)'이라 미화된 표현까지 등장하였다.

발이 너무 작아 걸을 수 조차 없기에 다른 사람에게 업혀야만 생활할 수 있었지만, 이것은 부끄러움이 아닌 부러움과 찬미의 대상이었다는 것이다. 전족이 유행하면서 전족에 대한 여러 가지 조건과 모양의 기준이 다양하게 요구되면서 남자들은 작은 발을 가진 아내를 맞이하게 된 것을 영광으로 생각할 정도로 발의 크기에 따라 여자의 운명이 결정되었던 것이다. 이러한 시대에 전족은 유행할 수 밖에 없었고, 신분이 낮은 사회계층의 여성들도 심지어 서북·서남 등지의 소수민족들까지도 전족이라는 풍습을 따르는 현상이 일어나게 된 것이다.

이러한 전족은 청조 후반기에 가면서, 남쪽보다는 북쪽에서 전족이 널리 퍼졌다. 특히 화북·하남·산동·산서·섬서·감숙지역 등에서 가장 성행한 지역이었다. 반면 남쪽에서는 양자강 연안 지역을 중심으로 전족이 널리 행해진 것으로 보여진다. 특히 광동·광서·복건 지역은 일부 도서를 제외하고는 거의 전족 풍습이 파급되지 않았다고 한다. 전족한 발의 크기라든가 모양 그리고 전족의 시행 방법 등도 지역마다 달랐다. 북쪽지역이 남쪽보다는 훨씬 엄격했다고 한다.

이와 같이 중국의 전족은 960년 5대 10국시대부터 시작하여 북송시기에 확산되었다. 이후 원대가 지배하는 시기에는 심하지는 않았지만 그래도 여전히 한족 여성들은 유지하였고, 명청시대에는 농민층까지 유행하였다. 결국 중국 여성은 전족이라는 굴레는 벗어던지지 못하고 그 굴레 속에서 살아가야만 했던 것이다.

재난과 여성

## 전족을 거부하다

위에서 살펴본 것처럼 전족을 해야만 하는 이유는 다양했을 것이다. 이렇게 여성의 신체를 훼손하는 행위에 대해 비판하는 남성 학자들이 하나둘씩 등장하기 시작하였다. 북송대로 거슬러 올라가 북송 말엽 거약수(車若水)와 정이(程頤)가 전족 비판을 하였다. 거약수는 『각기집(脚氣集)』에서 "연인들의 전족이 언제부터인지 모르지만, 어린아이가 4~5세가 되기도 전에 아무 죄없이 무한한 고통을 받게 되는데 발을 묶어 작게 하면 무슨 소용이 있는지 모르겠다."라고 하였다. 전족을 어린아이가 시작하여 무한한 고통을 받는 여성들의 아픔을 비판하고 전족 행위는 무의미하다고 말한 것이다.

이후 이민족 원대 시기에 전족 금지에도 불구하고 한족 여성들은 여전히 시행하였다. 특히 명대 시기는 한족이 지배하는 왕조로 전족이 유행하였다. 그러다가 청조 1638년 홍타이지가 청조에 입관하기 전에 전족을 중죄로 다스리겠다는 조령을 반포하였다. 그러면서 청대 중기 전족의 유해성을 인식한 원매(袁枚;1716~1798), 이여진(李汝珍:1763~1830), 유정섭(俞正燮:1775~1840) 등의 지식인층 사이에서 전족을 반대하여 전족 문제를 제기하였다. 원매(袁枚;1716~1798)는 청왕조 시대에 여성들을 제자로 두어 문재(文才)를 인정해 주었던 당시에 보기 드문 학자 한 사람으로 전족 비판문인 〈답인구취첩(答人求娶妾)〉을 써 전족에 대해 비판하였다. 또 이여진(李汝珍:1763~1830)은 합리적이지 못한 청대사회의 모순을 겪으면서 이상사회를 그리던 이여진은 소설《경화록(鏡花錄)》을 써서 현실을 벗어나는 시도를 하였다. 그는 전족도 당연히 시행하지 않아야 한다면서 소설

에서 신랄하게 비판하였다. 유정섭(兪正燮:1775~1840)은 남녀평등과 일부
일처제를 주장한 당시 상당히 진보적인 인물이었다. 전족에 관한 비판론
을《계사류고(癸巳類稿)》권 13에 수록하였다.

　1840년 아편전쟁 이후에 서양 선교사들이 중국에 들어와 비인간적인
풍습인 전족에 대한 강한 비판을 하였다. 전족 반대 운동이 본격화되기 시
작한 시점은 난징조약 결과 5개의 항구를 개항하고 그 후 서양 근대사상
의 영향을 받은 중국 지식인들이 전족의 부당성을 지적하였다. 바로 천족
운동(天足運動)을 주장하면서부터 시작한 것이다. 그러다가 전족 반대 운
동을 실행에 옮기기 시작한 것은 태평천국시기이다. 명청시기 성행하였
던 전족을 태평천국 지도층은 여성 전족 반대 이론을 제시하였다. 태평천
국이 일어난 지역이 광서 지역이었는데, 그 지역은 산지가 많은 지역이다.
그렇기 때문에 광서 여성들은 산야에서 큰 발로 생활해 왔다. 일을 해야
생활할 수 있는 지역적 특색 때문인 것이다. 태평천국의 참여한 광서 지역
의 여성들은 점령지 여성들에게 전족은 여성을 옭아매는 것이니 전족을
하지 말라고 권유하였던 것이다. 강남의 여자들은 전족의 고통 때문에 눈
물을 흘리면서도 그 전족을 벗어버리기에 너무 먼 길을 와버린 그들은 쉽
게 의식 변화를 갖고 올 수 없었다. 전족 금지령을 내린 후에 광서성 여자
들은 강남 여자들의 발 검사를 다니기도 하였다. 또 발에 감은 천과 가죽
을 풀지 않은 여성을 고문에 회부하는 일도 있었다. 가볍게 죄를 물을 때
는 매를 때리고, 무겁게 처벌할 때는 발을 자른다는 사회적 분위기를 조성
하기도 하였다. 한마디로 전족 금지를 어길 경우 참수라는 처벌까지도 내
리겠다는 강한 의지를 보여 주었다. 이전에 여성들이 전족을 하고 있었다
면 전족을 풀어 버리라고 하였다. 하지만 오히려 여성들은 전족을 풀어 버

린 것에 대한 수치심으로 자살을 하였다는 이야기가 전해진다.

하지만 이러한 노력 탓일까? 강남 여성들이 하나둘씩 전족을 풀기 시작하였다. 태평천국 시기에 시행한 전족 금지는 즉 여성이 전족을 하지 않고 남성과 동일하게 노동과 사회활동을 하는 모습은 객가 사회 경제적 특징이기도 하다. 하지만 전족 금지 하나로 태평천국 시기 여성 지위가 높아졌다고는 말할 수 없다. 여전히 매우 모순적인 부분이 많아 근대적인 남녀평등 개념에는 적용할 수 없다. 이는 사상적으로 여성의 해방이라기보다는 광서 객가 문화 유산으로 설명하는 것이 타당하다는 평가도 있다. 그렇다할지라도 태평천국 이전의 전족 반대는 남성 중심의 문제를 제기하는 사회적 분위기였다면, 태평천국 시기 전족 반대 운동은 여성들이 직접 전족을 한 여성들에게 전족의 폐해를 알리고자 하였다는 점에 의의가 있다고 할 수 있다.

또한 서양 선교사들이 전족의 유해성을 언급하여 계몽단체 활동을 전개하였는데, 미국 선교사 Samuel Wells는 전족 비판론을 제시하면서 전족 반대운동을 시작하였다. 이어 1874년 하문(夏門) 런던 선교회 선교사 John, Macgowan 등은 전족에 반대하는 회의에 60여명의 여성들을 참여하도록 하였다. 그리하여 외국 선교사들이 중심이 되어 천족회(天足會)를 창립하고, 그 회에 입회하는 여성에게는 전족을 할 수 없도록 규정하였다. 전족을 금지하고 반대하는 단체조직인 천족회는 중국 최초로 만들어진 단체이다.

## 전족 반대 운동의 확산

전족의 비판론은 무술변법운동시기가 되면서 점차 반대 운동으로 확산되어 하나의 사회운동이 되었다. 변법시기 남성이 주도하는 단체 계몽활동으로 전족의 폐해성을 알리는 사회운동이 일어났다. 1883년 캉유웨이(康有爲;1858-1927)는 부전족회(不纏足會)를 광동에서 계획하였으나 실패하였다. 전족반대운동이 이론으로 정립되고 정식으로 움직이기 시작하였던 시기이다. 다시 그의 동생 광인(廣仁)이 부전족회(不纏足會)를 설립하고 본격적으로 전족을 반대하는 계몽 활동을 하였다. 캉유웨이도 전족에 반대하는 "계전족회격(戒纏足會檄)"라는 전족 반대의 글을 발표하였다. 특히 캉유웨이는 두 딸에게도 전족을 하지 않도록 하여 스스로 먼저 실천을 하면서 전족의 풍습을 적극적으로 비판하였다. 중국의 전통 악습을 폐지하고 개혁하고자 하는 그의 의지를 여성 전족 폐지에 담아내었던 것이다.

이러한 전족반대운동은 광동에서 상해로까지 확산되었다. 1897년에 캉유웨이와 제자 량치차오(梁啓超;1873-1930)를 중심으로 한 변법파는 상해에 상해부전족총회(上海不纏足總會)를 설립하였다. 그 총회 회원은 여성만 5만 여명이 되었으니 당시 전족 반대운동의 움직임을 짐작할 만 하다. 이러한 전족반대운동은 북경, 천진, 호남, 무창, 복건, 홍콩, 마카오 등에 부전족회 또는 천족회를 창립하였고, 이 전족 반대 조직은 전국적으로 확산되어 갔다.

상해부전족총회(上海不纏足總會)에서 량치차오(梁啓超)는 제1조(第1條)에서 입회(立會) 대의(大意)를 밝혔다. "이 회의 설립은 전족의 풍습이 원인이 된다. 원래 사람의 마음이 내켜서 하는 일이 아니라 많은 사람들의 습속이 된 지 오래되어서이다. 이와 같이 아니하면 곧 결혼을 하기가 어려운 고로 특히 이 회를 창설하여 회 안에 동지로 하여금 혼인하여 걱정거리가 없어지게 하려는 것이다. 점차 그러한 유풍이 확대되어 전족의 경박한 풍습을 바꾸게 되도록 한다."(梁啓超, 『時務報』, 1897. 5. 2. "試辦不纏足總會開會章程")

또 상해부전족총회(上海不纏足總會) 개회장정(開會章程)의 각 조항을 살펴보면, "제2조 무릇 입회자는 여자를 출산하게 된다면 전족하지 않아야 한다. 제3조 무릇 입회자는 남자를 출산하게 된다면 전족한 여자와 결혼하지 않아야 한다. 제4조 무릇 입회자가 여자를 출산하여 이미 전족을 하여 8세 이하이면 풀고 8세 이상으로 풀 수 없으면 회적보(會籍報)에 밝히어 회 안의 사람과 혼인할 것을 약속한다. 제5조 입회자는 그 성명, 연령, 본적, 주소, 이력 및 처의 성, 자녀의 이름을 쓴다. 제6조 무릇 입회 후에 자녀를 출산하면 수시로 이름을 알리고 속간한 회적에 올리도록 한다. 제7조 입회하여 이름을 알린 후에는 본관에서 여학을 권장하여 노래한 책을 주니 입회의 증거이다. 제8조, 제9조에서는 회적(會籍)은 100인의 성명을 한 책으로 하고 매년 1회 인쇄하여 입회자의 가정에 배분하도록 하고, 개회의 시작은 각자가 가지고 있는 적(籍)에 의해 입회를 권장한다."(梁啓超, 『時務報』, 1897. 5. 2. "試辦不纏足總會開會章程")라고 하여 전족과 같은 나쁜 풍습은 없어져야 한다는 점을 강조하였다. 량치차오는 이 회를 통해 전족 풍습을 금지하여 전족을 하지 않게 하고, 전족하지 않는 회원들끼리 혼인을 하도록 하여 점차 그러한 나쁜 풍습이 사라지게 하는데 이 회의 목적이 있음을 알렸다.

부전족회에 가입한 여성과 남성이 지켜야 할 중요한 것은 바로 여성
은 전족을 하지 않아야 하고 또 남성 역시 전족을 강요하지 않아야 한다는
것이다. 그리고 그러한 여성과 남성이 결혼할 수 있도록 권유하였다. 또
한 출산한 자녀를 입회하도록 하여 남녀노소 모두 전족이라는 풍습에 얽
매이지 않도록 하였다. 입회 후 전족을 넘어 여학을 권장하여 여성 교육을
강조하였다. 또 매년 책을 발간하여 입회자를 알림으로써 여성이 주체가
되어 스스로 권리를 찾아갈 수 있도록 유도하였다. 전통적인 관습에 얽매
어 있는 여성들에게 왜 스스로 그들이 나서야 하는 가를 깨닫게 하는 구체
적 이론을 제시하였던 것이다. 결국 부전족회는 중국 여성들에게 여성운
동의 관심과 확대에 중요한 역할체가 되었던 것이다.

변법파는 부전족회(不纏足會)라는 단체 계몽활동을 통해 전족 폐지를
위한 이론 제시뿐만 아니라, 여성들이 주체적 역할을 담당할 수 있도록 사
회적 활동과 교육도 강조하는 등의 주장을 펼쳐 여성운동이 한층 발전할
수 있는 방향성을 나타냈다. 변법시기의 여성운동은 중국 여성의 종속하
였던 전족으로부터 벗어나기 위한 해방을 주장하는 부전족회라는 학회
설립으로부터 출발하였다. 이러한 학회는 여성운동을 이론적으로 체계화
하였고 또 여성운동이 조직화되어 사회 운동으로까지 확대하는데 단초를
열었다고 할 수 있다.

부전족회(不纏足會)는 무술정변(戊戌政變) 실패 후 금지되었다. 하지만,
이러한 단체 계몽활동이 있었기에 여성운동은 시작할 수 있었고 그 이후 여
성운동의 중요한 역할을 해주었다. 이러한 변법파 캉유웨이와 량치차오의
전족반대운동은 여성들의 고통을 대변함과 동시에 하나의 사회적 문제로
이끌어 내어 전족 폐지를 통한 사회개혁 주장의 큰 그림을 그렸던 것이다.

## 전족 반대의 확대, 여학

변법파인 캉유웨이, 량치차오는 전족 반대를 확대하기 위한 방안의 하나로 여성 교육을 강조하고 여학(女學)을 주장하였다. 량치차오는 1896년~97년에 「變法通議(변법통의)」라는 글을 『시무보(時務報)』에 발표하였다. 변법통의 글 중 「흥여학(興女學)」이라는 글은 특히 여성운동이 한 단계 더 나아갈 수 있도록 여성이 왜 배워야 하는가의 필요성을 말하였다. 량치차오는 여성이 배워야 하는 이유는 세 가지 측면에서 설명하고 있는데, 그 전제조건이 바로 전족 폐지가 우선 되어야 함을 주장하였다.

량치차오는 「흥여학(興女學)」에서 세 가지 측면에서 여학이 중요하다고 설명하였다. 그는 첫째, 부유한 나라(富國)와 관련하여 옛날부터 여자들은 남자들과 같이 교육받을 기회가 많이 없었다고 하였다. 그러다 보니 무식한 여자들이 남자들의 그늘에서 살아갈 수 밖에 없었다. 일하는 사람이 우월한 입장을 가지게 되고 여기에서 남녀의 불평등이 싹트기 시작한 것이다. 나라를 부유하게 하고 백성의 생활이 풍요롭게 되려면 한사람 한사람이 노동자로써 즉 한 사람에게 여러 명이 의존해서 사는 그러한 일이 없도록 하기 위해서는 여성들이 일할 수 있도록 여성에게 배움의 기회를 갖도록 해야 한다. 이러한 이유에서 여성 교육이 얼마나 중요한가를 강조하였다. 량치차오가 말한 여성교육의 중요성은 여성을 사회의 한 구성원으로써 인정함과 동시에 여성과 남성의 동등한 구조를 말하고 있다고 할 수 있다.

둘째는 "재능이 없는 것이 여성의 덕이다."는 중국 전통의 여성관을 비판하였다. 학문이라 함은 안으로는 마음(心胸)을 열고, 밖으로는 생계를 유지할 수 있어야 한다고 하였다. 곧 실질적인 도움을 주는 학문이어야 함을 강조하면서 실질적으로 여성이 활동할 수 있는 그러한 학문을 가르칠 것을 주장하였다. 여성들이 시야를 넓게 가지고 사회적 활동을 할 수 있는 그러한 여성이 되도록 하는 일은 중요하다고 하였다.

셋째는 강인한 병사(强兵)로 량치차오는 유럽에서 아동교육은 어머니에 의해 이루어진다고 한다. 어머니가 학문을 이해하고 아동교육 방법을 익힌다면 모든 아동들은 10세 이전에 배움의 기초를 얻을 수가 있다고 하였다. 따라서 아동교육을 위해서 어머니 교육, 또 어머니 교육을 위해서는 여성이 배워야함을 주장하였던 것이다. 또한 어머니가 아이를 가지는 그 순간부터 교육이 이루어져야 한다고 하였는데, 유럽에서 강한 군사를 기르기 위해 어머니가 될 여성들에게 체육을 가르친다고 하였다. 건강한 어머니가 건강한 아이를 만들 수 있다는 이론 아래 여성의 건강까지도 세심하게 살폈음을 말하였다. 강인한 국가로 발전시키기 위해서는 남녀 모두를 교육하는 것도 중요하지만, 특히 여성을 교육하는 것이 얼마나 중요한가를 거듭 강조하였다.

량치차오는 진정 여성이 배움을 통해 자신들의 권리를 찾아가기를 원했을까. 그에 대해 답은 그렇지 않다는 것이다. 그는 여성이 배워야 하는 이유가 여성이 인간으로서 자신의 권리를 찾자는 것이 아니라 여성들의 노동력 또는 강인한 자녀를 생산하는 입장에서 여성을 교육해야 한다는 주장을 펼치고 있는 것이다. 즉 여전히 중국 유교적 전통사회 안에서 이루어지는 여성운동의 한계점이라 할 수 있다.

그러나 태평천국에 비해 변법파인 캉유웨이와 량치차오의 주장은 한층 논리적이고 구체화되었던 점은 간과할 수 없다. 그들은 전족 폐지를 위

재난과 여성

해 학회 설립을 적극적으로 추진하여 여성운동의 계몽활동에 동참하였다. 학회가 비록 남성 위주로 조직되었지만 그 여성회원을 확보하는데 주력하여 여성이 사회적 지위를 갖도록 하기 위한 이론을 제시하였다. 나아가 여성 스스로가 자각하여 사회의 한 일원임을 깨닫게 하는 입장에서 여성교육을 강조하였던 것만은 간과할 수 없을 것이다.

## 나가기
··········

유가 사상이 지배적이었던 중국 전통 사회의 규범 안에서 여성들의 활동을 제약하였던 가시적이고 현상인 전족은 여성들에게 어떤 관습이었는가? 중국 전통사회에서 여성을 얽어매었던 전족이 성행하여 중국 전통사회에서 여성을 중국 가부장제 사회의 희생양으로 살아야가야만 했던 이유를 알아보았다.

전족은 한마디로 단순히 발을 자라지 못하도록 하는 정도가 아니라 마치 작은 주먹모양으로 발을 완전히 구부러뜨려 기형으로 만들어 버리는 것이다. 전족하는 방법도 사람과 지역적인 차이가 있다. 전족을 완성하기 위해서는 4단계 즉 시전(試纏), 시긴(試緊), 긴전(緊纏), 이만(裏彎)에 걸쳐 약 3년이상이 소요되었다. 전족한 후의 소각(小脚)의 발로 실제 생활을 하는데 여기에서 발생하는 많은 불편과 만들어지는 과정에서 참아야 하는 극심한 고통과 아픔은 어린 여자아이에게 너무나도 가혹한 일이 아닐 수 없다. 아픔과 극단적인 고통을 수반하는 악습이 유행하고 사회적 풍습으로 천년 가까이 이루어진 것이다.

그렇다면 전족은 언제부터 시작하였는가? 전해지는 이야기로 5대 10국 시대의 한 왕조 중 남당(南唐) 2대 황제 이욱(李煜;960년대)이 전족을 도입하였다고 전해진다. 960년 5대 10국시대부터 시작하여 북송시기에 확산되었던 것이다. 이후 원대가 지배하는 시기에는 심하지는 않았지만 그래도 여전히 한족 여성들은 유지하였고, 명청시대에는 농민층까지 유행하였다. 결국 중국 여성은 전족이라는 굴레는 벗어던지지 못하고 그것이 굴레인지조차 잊어버리고 살아가야만 했던 것이다.

이러한 고통을 참아내며 왜 전족을 하였을까? 여러 학자들이 그에 관하여 연구하였는데, 일반적으로 심미적 욕망, 성적 욕망 그리고 중국 송대 이후 여성에게 정절 강요의 욕망으로 전족을 하였다고 설명하였다. 이처럼 전족을 하는 이유는 다양했을 것이다. 이렇게 여성의 신체를 훼손하는 행위에 대해 비판을 하는 남성 학자들이 하나 둘씩 등장하기 시작하였다.

북송 말엽 거약수(車若水)와 정이(程頤) 등으로부터 전족의 비판은 시작하였다. 청대 중기 전족의 유해성을 인식한 원매(袁枚;1716~1798), 이여진(李汝珍;1763~1830), 유정섭(俞正燮;1775~1840) 등의 지식인층 사이에서 전족을 반대하여 전족 문제를 제기하였다. 1840년 아편전쟁 이후에 선교사 등의 서양인들이 중국에 들어와 비인간적인 풍습에 대한 규탄하였다. 전족 반대운동이 본격화되기 시작한 시점은 개항 전후 중국 지식인 가운데 구미 사상의 영향을 받은 이들이 전족의 부당성을 지적하였고, 그것은 천족운동(天足運動)으로 확산되면서 부터이다. 그러다가 전족 반대운동을 실행에 옮기기 시작한 것은 바로 태평천국시기라고 보는 것이 일반적이다.

전족의 비판론은 무술변법운동시기가 되면서 점차 반대 운동으로 확산되어 하나의 사회운동이 되었다. 변법시기 남성이 주도하는 〈부전족회〉

재난과 여성

라는 단체계몽활동이 일어났다. 캉유웨이, 량치차오를 중심으로 전족의 폐해성을 알리는 사회운동으로 퍼져 나갔다. 전족 반대를 확대하기 위한 방안으로 변법파인 캉유웨이, 량치차오는 여성 교육을 강조하였다.

전족은 중국전통사회에서 여성을 옭아매는 하나는 악습이다. 그럼에도 불구하고 여성의 신체를 하나의 도구처럼 누군가의 욕망을 채우기 위해 그리고 욕망에 의해 여성들은 작은 발로 살아가야만 했던 것이다. 하지만 불합리한 일은 풀어야 할 숙제였고, 그 숙제는 근대이후 변법파에 의해 하나 둘씩 풀어지기 시작하였다. 결국 여성은 전족으로부터 해방을 하게 된 것이다.

## 사료

『東坡詞』(四庫全書本)

陶宗儀, 『南村輟耕錄』, 四部叢刊 三編 子部 卷之十.

梁啓超, 『時務報』(1896.7~1898.6.), 文海出版社, 1987.

梁啓超, 『飮氷室合集』, 香港: 中華書局, 1996.

方絢, 『香蓮品藻』香艷叢書 第八集, 香蓮三貫, 新文豐出版公司, 1989.

張邦基, 『墨莊漫錄』 권8.


## 국내

고홍흥(高洪興), 도중만, 박영종, 『중국의 전족이야기』, 신아사, 2002.

金賢德·辛受容, 「中國 纏足에 關한 史的 考察」, 『한국체육학회지』제37권 제3호, 1998.

김경혜, 「초기 변법파의 여성해방론」, 『한중인문학연구』15, 2005.

루링, 이은미 옮김, 『중국 여성—전족 한 쌍에 눈물 두 동이』, 시그마북스, 2008.

朴仁成, 「纏足의 原因考」, 『중국학보』제41집, 2000.

朴仁成, 「淸代 纏足 批判論考」, 『중국학논총』제12집, 2001.

박지훈, 「전족(纏足): 중국역사 속의 기형(畸形)문화」, 『시민인문학』제21집, 2011.

소황옥, 「중국 전족(纏足)의 미학적 연구」, 『韓服文化』Vol.9 No.1, 한복문화학회, 2006.

윤혜영, 「근대 속 중국 전통 여성의 삶」, 『소통과 인문학』제10집, 2010.

이근명, 「高洪興 著, 『纏足史—纏足的起源與發展—』서평」, 『中國史硏究』Vol.7 No.-, 1999.

이근명, 「중국여성의 슬픔―전족의 역사」, 『국제지역연구』제3권 제3호, 1999.

이영란, 「19세기 말 중국 여성의식의 계몽 : 부전족운동(不纏足運動)」, 『여성학논집』 Vol.31 No.2, 이화여자대학교 한국여성연구소, 2014.

장개충 편저, 『금병매』, 너도밤나무, 2013.

정기성, 김민자, 「전족과 코르셋에 표현된 몸의 억압에 대한 의미해석」, 『服飾』Vol.61 No.7, 2011.

정연학, 「전족과 신발의 문화적 함의」, 『생활문물연구』제10호, 2003.

조미래, 「《莎菲女士的日記》와《雷雨》比較 研究 : 20世紀 初 中國女性의 自意識 覺醒을 中心으로」, 公州大學校 教育大學院 석사논문, 2009.

쩡자오훙, 차미경 옮김, 『월극 서상기』, 지만지드라마, 2013.

차은진, 박민여, 「전족의 상징적 의미」, 『韓國衣類學會誌』Vol.25 No.8, 2001.


국외

岡本隆三[日], 馬朝紅 譯, 『纏足史話』, 商務印書館(北京), 2011.

高彦頤(美) 著, 苗延威 譯, 『纏足―『金蓮崇拜』盛極而衰的演變』, 江蘇人民出版社, 2009.

高洪興, 『纏足史―纏足的基源與發展』(中國社會民俗史叢書), 上海文藝出版社, 1995.

劉達臨, 『性與中國文化』, 人民出版社, 1999.

李榮楣, 「中國婦女纏足史譚」, 『采菲錄』, 상해서점출판사, 1998.

Beverley Jackson, *Splendid slippers*, TEN SPEED PRESS, Berkeley, California, 1997.

Howard. S. Levy, *Chinese footbinding*, SMC PUBLISHING, NEW YORK, 1966.

제3부

# 재난의 삶은
## 계속된다

제7장

# 재난은 계속된다,
# 일본군'위안부'서사

## 김숨 소설 읽기

이숙(전북대)

## 회억하고 기억하다
························

불관용·압제·예속성 등을 내포한 새로운 파시즘이 이 나라 밖에서 탄생해 살금살금, 다른 이름을 달고 이 나라 안으로 들어올 수 있다. 혹은 내부에서 서서히 자라나 모든 방어장치들을 파괴해버릴 정도로 난폭하게 변할 수 있다. 그럴 경우 지혜로운 충고 따위는 아무 쓸모가 없다. 저항할 힘을 찾아야 한다. 이때, 그리 멀지 않은 과거에 유럽의 한복판에서 벌어졌던 일에 대한 기억이 힘이 되고 교훈이 될 것이다.

—프리모 레비, 『이것이 인간인가』(1947) 중에서[01]


우리에게도 돌이켜 생각하고 기억해야 할 '역사'가 있다. 일본군 '위안부'라는 역사적 존재가 상기시키는, 끝나지 않은 재난의 역사가 그것이다. 이글을 쓰는 동안만 해도 일본군 '위안부' 피해자를 기리는 평화의 소녀상에 악취에 찌든 일본산 의류를 입힌 사건(2021.1.22)이 발생했다. 소녀상을 세운 시민들은 강동구청 앞에 설치된 소녀상에 일본의 대표적 의류 브랜드의 패딩을 입히고 도망간 성명불상의 이 무리들을 위안부 피해자에 대한 모욕 행위로 경찰에 고발했다. 2019년에도 일본 의류 브랜드 유니클로의 광고가 일본군 '위안부' 비하와 폄하 논란을 일으키며 국민들을 분노하게 만들었다. 전자의 사건은 피해당사자라고 할 수 있는 자국민에 의해 저질러졌을 가능성이 높다는 점에서 더욱 개탄스럽다. 또 이 사건은 2019

---

01 프리모 레비, 이현경 옮김, 「부록1」, 『이것이 인간인가』, 돌베개, 2007, 304면.

년 류모 교수의 '위안부 매춘'발언 파문과 2021년 1월 어느 만화가가 자신의 sns를 통해 독립유공자와 친일파 후손의 집을 비교하며 막말로 조롱하여 국민적 공분을 샀던 일을 상기시킨다. 친일파의 죄를 옹호하고 독립운동가를 멸시하는 이런 행태를 두고 "이런 자들과 동시대를 살아야 한다는 데에 자괴감과 부끄러움"을 느낀다는 어느 정치인의 말에 말없이 고개를 주억거릴 수밖에 없는 이가 비단 필자만은 아닐 것이다.

일본 식민의 부정적 잔재를 청산하지 못한 대가는 이렇듯 크고 영속적이다. 일본군'위안부'라는 일제 강점기 피해당사자는 우리가 끊임없이 회억하고 끝까지 기억해야 할 역사적 재난의 상징적 존재다. 도대체 얼마나 시간이 흘러야 이러한 가슴 아픈 논란이 더 이상 일어나지 않을 것인가. 유감스럽게도 이에 대한 바람은 현재로선 회의적인 바람으로 그칠 뿐이다.

그럼에도 이런 어려운 여건 속에서 예술가의 사회적 소명을 다하는 이들이 있다. 그 대표적 작가가 소설가 김숨(1974~ )이다. 1997년 등단 이래, 김숨은 "절망적인 현실을 잔혹한 이미지로 그려내는 소설가", "사회적 약자와 소외된 계층을 집중적으로 탐구해온 작가"라는 평가를 받아왔다. 그리고 이즈음 그가 당도한 곳은 일본군 '위안부'라는 역사적 비극의 공간이다. 이곳에서 그는 꽤 오래 머물고 있다. 최근 출간된, 역사적 재난의 존재로서 고려인 디아스포라의 경험을 소설화한 『떠도는 땅』(2020) 이전까지 작가 김숨이 힘주어 천착한 문학적 소재는 바로 일본군'위안부'피해자, 피해 생존자의 처절하고 신산한 삶이다.

재난과 여성

## 일본군‘위안부’서사에 관하여

> 문예작품 내에서(혹은 일반적인 예술작품 내에서) 그 작품세계의 모든
> 사건이 묘사된다는 것은 불가능하다. 그러나 어떠한 사건도 묘사될 수
> 있다.
>
> —미우라 도시히코, 『허구세계의 존재론』(1995) 중에서[02]

　　1932년 상하이사변에서부터 1945년 8월 15일 패전까지 일본군은 중
국, 타이완, 베트남, 필리핀 등 아시아와 태평양 곳곳에 위안소를 만들었고
일본군‘위안부’로 강제동원된 여성들은 전쟁이라는 재난적 상황에서 일본
군에게 성행위를 강요당하며 전시성폭력에 무참히 유린되었다.

　　현재 우리 사회에서는 일본군‘성노예’라는 용어보다 일본군‘위안
부’(Military Sexual Slavery by Japan)라는 용어를 널리 사용하고 있다.
“위안부”라는 용어가 문제의 본질을 드러내기에 적합하지 않지만 동시에
일제가 ‘위안부’라는 용어를 만들어가며 제도화했던 당대의 특수한 분위
기를 전달해 줄 수 있으며 생존자들이 자신을 ‘성노예’로 부르는 데에 정
신적 상처를 입을 수 있기 때문이다. 피해자들의 지원을 위해 한국 정부가
제정한 법에서도 ‘일본군‘위안부’’라는 용어를 사용하고 있다. 연구자 중
에는 일본군이 사용했던 “위안부”라는 단어에 동의하지 않는다는 의미로
작은따옴표를 붙여 “일본군‘위안부’”라고 쓰기도 한다(일본군 ‘위안부’피해
자 e-역사관, 일본군‘위안부’문제연구소 아카이브814).[03]

---

02　미우라 도시히코, 박철은 옮김, 『허구세계의 존재론』, 그린비, 2013, 49면.
03　일본군‘위안부’피해자 e-역사관(http://www.hermuseum.go.kr/main/

일본군'위안부'를 주요 인물로 내세워 역사의 시공간을 소설로 형상화한 작품들은 일본군'위안부'소설, 일본군'위안부'증언소설, 일본군'위안부'서사 등으로 부를 수 있으며, 특히 일본군'위안부'서사로 이름 붙일 경우에는 사건을 담아내고 이야기를 서술하는 서사(narrative)의 속성을 지닌 영화 등의 다양한 장르를 아우르게 된다. 국내에서 대중적으로 널리 알려진 이 계열 영화로는 윤정모의 동명 소설을 영화화한 〈에미 이름은 조센삐였다〉(1991, 지영호 감독)를 초기의 대표적 작품으로 볼 수 있겠고, 2017년 같은 해 쏟아져 나온 〈눈길〉(2017, 이나정 감독), 〈아이 캔 스피크〉(2017, 김현석 감독) 〈귀향, 끝나지 않은 이야기〉(2017, 조정래 감독) 등의 작품도 관객의 호응을 어느 정도 얻었다고 볼 수 있겠다. 비상업 영화 즉 독립영화로서 비교적 대중적으로 알려진 작품으로는 〈낮은 목소리1〉(1995), 〈낮은 목소리2〉(1997), 〈숨결〉(2000)로 이어진 변영주 감독의 〈낮은 목소리〉 3부작을 들 수 있다. 2019년에 발표된 이승현 감독의 〈에움길〉도 다큐멘터리 독립영화로서 이 계열의 주목할 만한 작품이다. 특히 〈낮은 목소리〉는 극장에서 개봉한 한국 최초의 다큐멘터리이자 피해 여성들이 자신의 경험을 직접 증언하는 형식으로 역사의 당사자인 여성의 주체적 입장을 보여줬다는 점에서 호의적인 평가를 받았다. 한편으로 주목해야 할 부분은 이러한 영화 서사에서 성폭력 장면 연출, 화면 구도 설정 등 '재현의 윤리'에 대한 비판과 성찰이 함께 진행되어 왔다는 점이다.

일본의 우파 역사교과서 채택으로 가시화되어, 2000년대 이후 일본의

---

PageLink.do), 일본군'위안부'문제연구소 아카이브814(https://www.archive814.or.kr)

공식 기억에서 일본군 '위안부'의 존재가 소거되고 부정되어 온 사실을 상기해보면 현재 스가 정부에 이르기까지 일본의 역사인식 문제는 매우 심각하다. 전쟁 범죄와 인권침해 부인의 문제는 나치의 홀로코스트에서도 찾아볼 수 있지만, 일본 정부의 경우 사실 인정조차 제대로 이뤄지지 않은 상황에서 진정한 사과를 바라는 것이 갈수록 요원해지고 있다는 점에서 또다른 전범국가인 독일과 비교해서도 비난받을 수밖에 없다.

영화의 사례에서도 보듯, 소설 서사에 대한 연구자들의 관심도 2015년 협정 이후 더욱 커지는 추세로, 일본군 '위안부' 서사에 관한 연구가 증가하고 있다. 이는 논란을 양산했던 '2015년 일본군 위안부 합의'(2015.12.18.) 협정이 시사하는 정치적 맥락과 무관하지 않다. 작가 김숨 또한 『한 명』(현대문학, 2016)의 〈작가의 말〉과 작가 인터뷰 등을 통해 이에 대한 견해를 직접적으로 피력한 바 있다.

초고를 쓰던 해 아홉 분의 일본군 위안부 피해자가 짧은 시차를 두고 세상을 떠나셨다. 소설을 연재하고 퇴고하는 동안 여섯 분이 더 떠나셔서, 작가의 말을 쓰는 지금은 불과 마흔 분만이 생존해 계신다.(정부에 등록된 일본군 위안부 피해자는 모두 238명이었다.) 그 와중에 한국과 일본 양 정부는 '사실 인정과 진정한 사과'라는 절차를 무시하고, 피해자들을 저 멀찍이 구경꾼의 자리에 위치시킨 채 일방적인 '2015년 일본군 위안부 합의'를 발표했다. 일본 정부는 10억 엔 정도의 지원금을 출현할 테니, 소녀상을 철거하라'고 암묵적으로 요구하고 있다.(〈작가의 말〉, 『한 명』, 287면)

안타깝게도, 2021년 1월 26일 현재 생존해 계시는 일본군'위안부'할머니는 열여섯 분뿐이다. 작가 김숨이 마지막 한 분이 생존하시게 되는 바로 그날을 상정하여 쓴 소설이 바로 2016년 출간된『한 명』이다.

## 「뿌리 이야기」, 근원과 실존을 이야기하다

> 일제 시대 '군 위안부' 문제는 한국과 일본이라는 국가 대 국가 차원의 노력으로는 해결하지 못한 문제였다. 오랫동안 양국 정부는 이 문제를 남성의 시각에서 민족 문제로만 다루어 왔기 때문이다.
> —정희진,『페미니즘의 도전』(2013)중에서[04]

중편소설 「뿌리 이야기」(『작가세계』 2014년 여름호 발표, 제39회『이상문학상 작품집』(문학사상, 2015. 수록)는 작품세계의 모태가 된 작품이자 이후 일본군'위안부' 피해자를 본격적으로 내세웠다는 점에서 의미가 있는 작품이다. 2019년, 개작한 두 편의 소설과 함께 엮어낸 작품집『나는 나무를 만질 수 있을까』(문학동네) 발간으로 창작 초기의 마음을 되새겨보고자 했던 작가는 순도 높은 창작열을 보여주었다. "욕망을 확장하는 원심적 삶 대신 심연에 닿고자 하는 구심적 삶을 지향하는 의지"(조강석)를 보여준 이 작품에서 무엇보다 눈에 띄는 소재 즉 오브제는 '뿌리'다.

---

04 정희진,『페미니즘의 도전』, 교양인, 2013, 168면.

재난과 여성

뿌리가 손을 떠오르게 한다고 나는 언젠가 그에게 고백한 적이 있다. 한 여인의 손을 떠오르게 한다고, 실은 모든 뿌리가 다 그녀의 손을 떠오르게 한다고.(「뿌리 이야기」, 23면)

그 손은 바로 '나'의 고모할머니(남귀덕)의 손이었다. 뿌리와 손, 묘하게 비슷한 이미지는 일본군'위안부'생존자였던 고모할머니를 회상하게 하고 그녀를 배척하고 소외시켰던 가족들의 모습을 떠올리게 만든다. 당시 위안부 등록을 하지 않았던 할머니의 공포와 슬픔은 그녀가 죽고 난 후에야 그리고 자신이 어른이 되어서야 겨우 짐작되는 그 무엇이었다.

며칠 전 나는 우연히 위안부 피해자에 대한 기사를 읽었다. 정부에 등록한 위안부 피해자 237명 중 182명이 사망하고 55명밖에 남지 않았다고 했다. 그 55명도 평균 나이가 88세가 넘어 머지않아 하나둘 세상을 뜰 것이라고 했다. 고모할머니가 죽은 뒤에도 가족들은 그녀가 위안부였다는 사실을 쉬쉬하는 듯했다. 할아버지를 비롯해 그녀의 일곱 형제들이 차례로 세상을 뜬 뒤로 친척들은 아무도 그녀를 애써 기억해내려 하지 않았다.(「뿌리 이야기」, 41면)

이처럼 「뿌리 이야기」는 일본군'위안부'를 비롯하여 철거민, 입양아 등 뿌리뽑히거나 뿌리들린 자들의 이야기를 담고 있다. 기계문명에 파괴된 생명에 대한 주목이라든지, 생태주의적 시각에서 집요하게 소설적으로 탐구해낸 측면이 인상적이라는 평가를 받은 바 있는 이 작품에서, 유독 각인되는 형상은 '뿌리의 얽힘, 손의 얽힘'즉 얽힌 뿌리와 얽혀 잡은 두 손의 이미지다.

> "죽는 순간에 고모할머니가 손에 꼭 그러잡고 있던 게 뭐였는지 알
> 아? 가제손수건도, 보청기도 아니었어. 내손…… 내 손이었어. 내가 그
> 렇게 고백할 때마다 어머니는 질색을 하면서 내가 잘못 기억하고 있는
> 것이라고 나무라지만, 내 손이 기억하고 있는 걸…… 고모할머니가 돌
> 아가신 게 우리 집을 떠난 지 이태도 더 지나서였지만, 그녀가 돌아가
> 신 곳이 양로원이지만, 내 손이 분명히 그렇게 기억하고 있는 걸…… 일
> 흔두 살의 나이로 숨을 거두던 날 밤, 그녀의 손이 이불을 들추고 더듬
> 어오는 걸 다 느끼고 있었어. 잠든 척 시치미를 뚝 뗀 채 다 느끼고 있었
> 어. 그녀의 손이 내 손을 찾아 더듬더듬……더듬어오는 것을."(「뿌리 이
> 야기」, 60-61면)

고통에 대한 공감은 사회적 치유로 나아가기 위한 전단계이자 필수단
계다. 각자의 실제적 여건과 상황에 따라 그리고 세상을 바라보는 관점에
따라 타인의 고통에 대한 공감은 어렵거나 힘들 수 있다. 그리고 엄밀히
말해 완벽한 공감은 있을 수 없을 것이다. 타인의 온기를 통해 살아갈 힘
을 얻고 살아있다는 확신을 얻고자 했던 노구(老軀)의 몸짓. 그 힘없는 손
짓을 기꺼이 받아줄 사람은 사실 그렇게 많지 않을지 모른다. 소설 속 '나'
또한 "박제 새처럼 기척조차 내지 않는 그녀" 모습에 소름 끼치기조차 했
고 자는 동안 냉기가 감도는 손으로 깍지를 껴오는 손길을 흔쾌하게 받아
들였던 것만도 아니었다. 그 누군가의 따뜻한 손을 잡고 살아내고 버텨내
고자 했던 '위안소'의 시간들은 고모할머니에게 트라우마로 자리잡았을

것이다. 누군가에 의해 있어야 할 곳에 있지 않고 알 수 없는 공간에 유기된 채 살아온 이 한 명의 일본군'위안부'는 스스로에게 근원적이고 실존적인 질문을 던졌으리라. "내가 왜 여기에 있는가? 내가 왜 없는 게 아니라 있는가?"(「뿌리 이야기」, 31면)와 같은 정체성과 실존에 대한 물음들이 그것이다.

「뿌리 이야기」는 철거민, 입양아와 같은 또 다른 타자들과 함께 일본군'위안부'라는 역사적 타자의 실존적 의미를 추적하고 치유적 상상력을 더해 보는 작가의 노력이 눈에 띄는 작품이며 이후 일본군'위안부' 소설 창작에 천착하여 예술가의 사회적 책무에 진력하는 작가의 단단한 행보를 예감케 하는 작품이다.


## 「한 명」과 「흐르는 편지」, 모멸과 염원을 이야기하다

> 어떤 말로도 자신의 고통을 설명할 수 없다.
> —김복동, CNN 인터뷰(2015.4.29.) 중에서

『한 명』(현대문학, 2016)과 『흐르는 편지』(현대문학, 2018)는 앞서 「뿌리 이야기」의 문제의식을 계승하고 있는 작품이다. 두 소설에서는 고향에서 다슬기를 잡다가 영문도 모른 채 잡혀 끌려간 열세 살의 소녀 '풍길'과 열다섯 살 소녀 '금자'가 각각 일본군'위안부' 주인공으로서 등장한다. 일본군'위안부' 피해자의 증언을 채록하여 서사화한 이 두 작품은 역사에서 외면하거나 외면하고 싶었던 기억을 복원하여 트라우마를 문학적으로 치

유하는 공통점을 지닌다. 차이가 있다면, 『한 명』은 316개의 미주를 차용한 실험적 기법으로 증언의 훼손을 염려하여 할머니들의 실제 증언의 가치를 보존하려고 한 노력이 먼저 눈에 띄고, 『흐르는 편지』는 조금 더 소설적 외양에 신경 쓴, 예술의 장르적 관습에 보다 충실한 면모를 보인다는 점일 것이다.

『한 명』에서 가장 눈에 띄는 서사적 특징은 실제 증언과 소설적 진술의 혼재다. 작품 속에서는 '그녀'(풍길)의 말이기도 하면서 미주로 표시된 일본군 '위안부' 피해자의 증언이 다음과 같이 진한 글씨체로 표시되며 뒤섞여 있다.

혼자만 살아 돌아온 게 죄가 되나? 살아 돌아온 곳이 지옥이어도?(17면)

그들은 죽은 소녀에게는 땅도 아깝고, 흙도 아깝다 했다.(21면)

모든 걸 다, 처음부터 끝까지 다 기억했으면 오늘날까지 살지 못했으리라.(151면)

그녀는 만주 위안소에서의 일이라면 아무것도 기억하고 싶지 않다가도, 정작 치매에 걸려 자신이 아무것도 기억을 못하면 어쩌나 싶다.(151면)

말을 하고,

그리고 죽고 싶다.(152면)

그녀는 평택 조카가 원망스럽지만 원망하고 싶지 않다. 세상 그 누구도 원망하거나 증오하고 싶지 않다. 그러나 그녀는 자신에게 일어난 일들을 용서할 수 없다.(248면)

그녀는 새삼스레 깨닫는다. 여전히 무섭다는 걸. 열세 살의 자신이

아직도 만주 막사에 있다는 걸.(258면)

『한 명』에서, "밭 매다가, 목화 따다가, 물동이 이고 동네 우물가에 물 길러 갔다가, 냇가에서 빨래해 오다가, 학교에 가다가, 집에서 아버지 병간호 하다가"(77면) 위안소로 온 소녀들은 "간호사 시켜준다고 해서", "옷 만드는 공장에" 돈 벌러, "야마다 공장에 실 푸러", "아무튼 좋은 공장"에 취직시켜준다는 말에 속아 끌려왔다. 위패와 같은 이름패를 내걸고 만주 위안소에 강제 수용된 소녀들에게 군인들은 거의 매일 "하나의 몸뚱이를 두고 스무 명이, 서른 명이 진딧물처럼 달려들었다."(40면) 바로 그곳에서 풍길은 일본군들이 개를 죽이는 것보다 아깝지 않다고 여기던 소녀들의 처참한 죽음을 지척에서 목격했다. 죽은 것과 다를 바 없는 목숨을 가까스로 부지하고 고향에 돌아왔건만, 고통스런 기억을 떠올리지 않고 살기란 실로 어려운 일이다. 이제 아흔세 살의 노인이 된 풍길에게 세상은 여전히 어두운 공포의 세계이며 문득 문득 미궁의 세계처럼 낯선 세계로 다가오곤 한다. 풍길은 "열세 살 이후로 인간에게 가장 두려운 게 인간임을"(182면) 안다. 이야기의 결말 부분, 풍길은 용기를 내어 마지막 남은 피해생존자를 만나러 버스를 타고 가는 길에 새삼스럽게 깨닫는다.

마을버스는 어느새 사거리 너른 대로로 들어서 있다. 차창 너머 세상으로 눈길을 주면서 그녀는 새삼스레 깨닫는다.

여전히 무섭다는 걸.

열세 살이 자신이 아직도 만주 막사에 있다는 걸.(『한 명』, 257-258면)

자기모멸과 죄책감은 소설 속 일본군'위안부'에게서 공통으로 발견되는 심리다. 풍길이 여태까지 정식으로 세상에 자신의 존재를 알리지 않은 것은 이 때문이다. 제2, 제3의 풍길은 또 어디엔가 있을 것이다.

> 문득, 한 명의 심정이 어땠을까 싶다. 다른 한 명이 세상을 떠나 자신만 남았다는 소식을 전해 들었을 때.
>
> 망망한 바다에 홀로 떠 있는 배처럼 두렵고 외롭지 않았을까. 여기 한 명이 더 살아 있다는 것을 알면 위안이 되려나. 여기 한 명이 더 살아 있다는 것을, 세상 사람들에게는 아니더라도 그이에게는 알려야 하는 게 아닌가? 그러나 그녀는 한 명이 어디에 사는지도 모른다.
>
> 그녀 또한 일본군 위안부였지만 세상 사람들이 그녀의 존재를 까맣게 모르는 것은, 그녀가 위안부 신고를 하지 않아서다.
>
> 그녀는 자신처럼 위안부 신고를 하지 않고 살아가는 이가, 어딘가에 또 있으리란 생각이 든다. 창피스러워서, 너무 부끄러워서, 자신의 잘못이 아닌데도.(『한 명』, 30-31면)

아흔세 살의 풍길은 위안소에서 지내던 소녀들 중 누구가 살아서 고향에 돌아왔는지 궁금하고 보고 싶으면서도 혹시나 우연히 만날까봐 겁이 난다. 자신이 위안부였다는 사실을 남이 알까 전전긍긍하고 길을 가다가 누군가 유심히 쳐다보기만 해도 얼른 숨어버리곤 한다. 『흐르는 편지』의 '나'(금자)도 위안소의 다른 소녀들과 함께 전생을 원망하고 자신의 업보를 탓한다.

전생을 보는 할아버지 말대로 연순 언니가 전생에 지은 죄 때문에 이곳에 오게 된 거라면 나는 전쟁에 무슨 죄를 지어서 이곳에 오게 되었을까.

우리는 이곳에 오게 된 까닭을 스스로에게 이해시키려 애쓴다. 우리에게 아무도 그 이유를 설명해주지 않기 때문이다. 우리의 신인 오지상조차도, 남을 원망하거나 미워할 줄 모르는 해금은 자신이 어수룩해서 이곳에 왔다고 생각한다. 악순 언니는 부모 없는 고아 신세라서, 점순 언니는 자신의 팔자가 사나워서, 끝순은 일본이 전쟁에서 이겨야 하기 때문에, 요시에는 엄마 말을 안 들어서, 을숙 언니는 직업소개꾼에게 속아서, 애순 언니는 그냥 이곳이 어딘지 잊어버린다.

죄를 지어서 그 벌로, 혹은 사나운 팔자 때문이라고 생각하는 것보다 이곳이 어딘지 잊어버리는 게 나을까.

나는 이곳이 어딘지 잊어버리려고 애쓴다. 그런데 나는 이곳이 어딘지 모른다.(『흐르는 편지』, 51-52면)

자기모멸과 자책감, 죄책감과 피해의식의 틈바구니에서 '위안소'의 소녀들은 날마다 절망한다. 짓지도 않은 죄를 기억해내려 하고 알 수 없는 전생의 업보를 탓하기도 한다. "위안소라는 지옥"이 어떤 곳인지 몰랐고 지옥에 와서야 자신이 온 곳이 지옥이란 걸 알았기 때문이다.

『흐르는 편지』에서는 중국 후베이(河北)성의 한커우(漢口) 거리에 실제 있었던 '세계위안소'가 등장한다. 이곳은 일본이 난징학살(1937년) 이후 점령한 우한 지역의 중국 최대 위안소 거리에 있던 곳이기도 하다. 소설에서는 세계위안소보다 만주 지역에 더 가까운 곳에 위치한 것으로 묘사되는, 반어적 이름을 지닌 '낙원 위안소'도 등장한다. 어느새 이 '위안소'라는 서사 공간은 우리의 뇌리에 전시성폭력을 겪고 역사적 트라우마를 갖게 된 일본군'위안부'여성들이 어찌할 도리 없이 하루하루의 삶을 버텨냈던 '지옥'과 같은 '기억의 공간'(알라이다 아스만), 생명 정치의 체험 공간(조르조 아감벤)으로 아프게 자리해있다.

『흐르는 편지』 '나'는 자기모멸과 죄책감을 견디며 뱃속 아이의 영혼만은 고통 없는 곳에 깃들길 염원한다. 그리하여 내생(來生)에는 사람으로 태어나고 싶지도 않다고 되뇐다. 사람으로 태어나 결코 사람을 죽이는 일을 하고 싶지 않기 때문이다.

> 다시 태어나면 여자로 태어나고 싶지 않다. 남자로도 태어나고 싶지 않다. 남자로도 태어나고 싶지 않다. 남자로 태어나면 군인이 되어야 하니까, 총과 칼을 들고 전쟁을 해야 하니까, 사람을 죽여야 하니까.
> 사람으로 태어나고 싶지 않다.
> 구름이나 새, 나무로 태어나고 싶다.
> 사람으로 태어나느니 차라리 돌멩이로 태어나고 싶다.(『흐르는 편지』, 184-185면)

작품을 읽는 독자는 그 누구에게도 상처주지 않는 존재로 환생하고 싶은 소녀의 염원에서 예상치 못한 인간 존엄의 빛을 목도하게 된다. 그 빛은 경이롭고 경외롭다. 하여 질문이 생긴다. 혹시 고통은 자기치유력이 있는 것이 아닐까. 이처럼 『흐르는 편지』는 『한 명』과 함께 고통의 형용 불/가능을 사유하게 만드는 철학적 물음을 던지게 만드는 소설이다.

오래된 질문이 더 있다. 재난을 겪은 이들의 고통을 서사적으로 재현

재난과 여성

하는 것은 가능한가. 그리고 그 고통은 과연 어떻게 재현할 수 있을 것인가. 일본군'위안부'를 소재로 삼은 소설 및 서사에서 이런 재현의 불/가능성과 재현의 방식은, 재현의 윤리에 관한 고민과 함께 현재 진지하게 논의되고 있는 중이다.

## 「숭고함은 나를 들여다보는 거야」와
## 「군인이 천사가 되기를 바란 적 있는가」, 회고와 회한을 이야기하다

고통을 받아들인다는 것과 별개로, 고통을 증명한다는 것에는 도대체 무슨 의미가 있을까?

—수전 손택 『타인의 고통』(2003) 중에서[05]

일본군'위안부'고(故) 김복동(1926~2019) 할머니와 길원옥(1928~ ) 할머니의 회고를 바탕으로 한 증언소설 『숭고함은 나를 들여다보는 거야』(현대문학, 2018)와 『군인이 천사가 되기를 바란 적 있는가』(현대문학, 2018)는 피해 생존자 할머니의 구술과 작가 김숨의 채록으로 탄생한 작품이다.

간혹 할머니들의 기억이 불분명할 때도 있고 종종 서사가 뒤얽힐 때도 있지만, 필자에게는 김숨의 여느 소설보다 진중한 울림으로 다가왔다. 아마도 작가처럼 독자인 필자 또한 할머니 곁에서 마치 할머니의 목소리를 듣고 있는 듯한 느낌이 들어서였을까. "남 아프게 한 적 없는데 이런

---

05 수전 손택, 이재원 옮김, 『타인의 고통』, 이후, 2011, 64면.

고통을 받는 걸까."(『숭고함은 나를 들여다 보는 거야』, 40면)와 같은 질문에 답할 수 없는 답답함과 괴로움 때문이었을까. "예순두 살에 나를 찾으려고 신고"(『숭고함은 나를 들여다보는 거야』, 136면)한 후 형제도 조카도 떠나버린 삶, '전생'이 없지 않고서는 도저히 이해할 수 없는 삶을 살고, 그런 질문을 평생 스스로에게만 던질 수밖에 없었던 막막함이 둔중하게 전해져서였을까.

> 전생을 알고 나서 받아들였어, 내 운명을.
> 전생이 아니고는 이해할 길이 없었어.
> 그래도 그 속에서 목숨만은 살아돌아왔어.
> 그리고 아흔세 살 생일을 맞았네.(『숭고함은 나를 들여다보는 거야』,
> 195면)

앞서 『한 명』의 풍길, 『흐르는 편지』의 금자를 떠올리게 하는 소설 속 화자 '나'(김복동 할머니)는 증언을 통해 지나온 고단한 삶에 대해 회고한다. 어쩔 수 없이 고통스럽게 운명을 받아들이면서 때로는 가족과 뭇사람들에 대한 원망과 회한도 이야기한다. 여지껏 행복도 사랑도 모르고 살았노라고 고백하지만, 스물세 살에 만나 자신을 사랑한다고 말했던 남자에 대한 이야기를 털어놓으며 "복숭아 같은 사랑이라는 말"을 아흔이 넘어 입에 담는다고 새삼스러워하는 할머니, 착한 사람은 복을 받는다는 것을 여전히 믿는다는 할머니, 그럼에도 결국 자신과, 자신의 운명을 사랑할 수 없었고 사랑하고 싶지 않다던 할머니. 자신이 겪은 일을 한시도 잊은 적 없다던 할머니의 말씀에 마음 한편이 쓰라리다.

사람들, 사람들……

다들 모른다고 말해도 나는 알아.

꿈에 또 엄마가 보였어.

처음에 내가 엄마에게 말했을 때 거짓말이래.
그런 일을 겪고 사람이 살 수는 없다며.
그런 일, 내가 겪은 일.

나는 알아,
내가 겪은 일을 잊은 적 없어.(『숭고함은 나를 들여다보는 거야』, 44~45면)

『군인이 천사가 되기를 바란 적 있는가』의 '나'(길원옥 할머니)는 열세 살 때 공장에 취업해 돈을 벌게 해주겠다는 말에 속아 만주와 중국에서 고통의 시간을 보내고 열여덟 살 해방이 되어서야 고국에 돌아왔다. 결국 고향에는 가지 못하고 떠도는 삶을 살다가 고(故) 김학순(1922~1997) 할머니의 증언 이후 용기를 내어 세상 앞에 나선다.

열세 살 나를 가지고 놀던 군인은 몇 살이었을까.
문구점에서 산 병아리를 가지고 놀듯 나를.
나는 세 개.
내 살굿빛 부리를 으스러뜨렸어.
날갯짓 한 번 못 한 내 날개를 꺾었어.

개나리 꽃잎 같은 내 발가락을 뭉갰어.

큰오빠보다 나이가 들어 보이는 군인이었어. 아버지보다도.

내 몸에서 피가 났어. 손바닥이 아니라 다른 곳에서. 무르팍이 아니라 다른 곳.

태어나 한 번도 피가 나지 않았던 곳에서.

내가 무서워서 울자 나를 번쩍 들어 공중으로 던졌어.

나는 날아올랐다 군화를 신은 발들 앞에 떨어졌어. (『군인이 천사가 되기를 바란 적 있는가』, 39-40면)


열세 살, 부리가 부러지고 날개가 꺾였던 나어린 이 일본군'위안부'소녀는 열네다섯 살쯤 군인이 내리친 칼에 또다시 심한 상처를 입었다. 머리에 금이 가고 쏟아진 피로 뒤덮인 얼굴을 60년 동안 닦아내었다. 어떻게든 살아내기 위해 피와 함께 그곳에서의 기억도 닦아내버렸다.

말을 하면 아픈 데가 더 아파.

아픈 건 똑같아.

몸에 난 상처나, 마음에 난 상처나.

어떻게 하면 잊을까, 그 생각만 했어.

그래서 내가 지금까지 살아 있는 거야. (『군인이 천사가 되기를 바란 적 있는가』, 85면)


어찌 보면 증언은 고통의 시간을 기억해내는 무참하고 잔인한 일이기도 하다. 일본군'위안부'피해 생존자들은 김복동, 길원옥 할머니가 그러했던 것처럼 형용할 수 없는, 형용하기 힘든 고통을 말로써 증명(증언)하고,

역사의 부정과 왜곡에 실존 그 자체로 당당히 증명해내고 있다.


## 일본군'위안부'소설, 재난의 영속성을 말하다

> 환멸과 희망이 공존하는 시대야말로 참된 문학은 절실성을 갖는다.
> 그래서 체제 내적 소산인 환멸의 고소를 배기(排氣) 시키고 새시대의 희
> 망을 통풍하는 복음으로서의 문학을 이 시대는 뜨겁게 찾고 있지 않은가.
>
> —임헌영, 『문학의 시대는 갔는가』(1978) 중에서[06]


지난 세기 군부독재 서슬 퍼런 시기, 이념의 시대에 문학·예술이 저항
의 논리를 제공했던 것처럼 일본군'위안부'의 역사적 트라우마를 치유하
고 새 시대를 기약할 작품들은 앞으로도 더 많이 나타날 것이다. 소설가를
비롯한 예술가들은 재난에 대한 감응은 누구보다 빠르고, 위기에 처할수록
고통스럽고 부조리한 현실을 타개할 창작물을 기어이 세상에 내놓는다.

사유와 실천을 동반한 작가의 행로는 험난할지 모른다. 하지만 우리
시대의 독자는 때로는 불편하고 한없이 고통스러운 일이 될지라도 작가
와 어깨를 겯고 나아갈 수 있다. "환멸과 희망이 공존하는 시대야말로 참
된 문학은 절실성"(임헌영)을 갖는다고 믿기 때문이다.

돌이켜 보면 이러한 참된 문학의 시작은 일본군'위안부'피해자들의 증
언, 그 숭고한 음성이었다. 1991년 8월 14일, 나도 피해자라고 외쳤던 김

---

06 임헌영, 『문학의 시대는 갔는가』, 평민사, 1978, 〈작가의 말〉 일부

학순 할머니의 떨리는 첫 목소리였다.

> 오직 나 홀몸이니
>
> 거칠 것도 없고
>
> 그 모진 삶 속에서
>
> 하나님이 오늘까지 살려둔 것은
>
> 이를 위해 살려둔 것.
>
> 죽어버리면 그만일 나 같은 여자의 비참한 일생에 무슨 관심이 있
>
> 으랴……
>
> 왜 나는 남과 같이 떳떳하게 세상을 못 살아왔는지.
>
> 내가 피해자요.(김학순 할머니의 증언, 『한 명』, 143-144면)

2021년 초입, 지금 여기의 세상은 코로나바이러스감염증-19(COVID-19)로 인한 팬데믹, 새로운 재난의 시대에 갇혀 있다. 엄밀히 말해 재난은 끝나지 않았다. '환멸'과 '희망'이 우리 사회 곳곳에서 목도된다. 두손 두발을 묶인 채 하루하루를 버텨나가고 있는 형편이지만, 새로운 세상의 위기를 돌파하려는 희망 섞인 다짐들도 곳곳에서 서서히 들려온다.

역사적 재난의 상징적 존재인 일본군'위안부'를 둘러싼 비극도 현재진행형이다. 공식적으로 '일본군'위안부'피해당시'는 1907년부터 1948년까지의 시간이지만 재난의 시간은 여전히 계속되고 있다. 일본 정부의 공식적인 사과와 진상 규명이 있기 전까지 재난은 끝난 것이 아니기 때문이다. 이 때문에 일각에서는 역사적 비극이 청산되지 못하는 현실에 쉽게 절망하고 뿌리를 알 수 없는 무리들의 작태에 환멸과 체념의 냉소를 보내기도

한다. 그러나 우리는 얼어붙은 눈밭에도 한 걸음씩 내딛는 발자국이 쌓여 이내 길을 만들어낼 것을 믿는다. 어둠은 빛을 이길 수 없고 거짓은 진실을 이길 수 없기 때문이다. 이즈음 고(故) 배춘희(1923~2014) 할머니 등 12명의 일본군'위안부'피해자들이 한국 법원에 일본 정부를 상대로 제기한 손해배상 청구 소송에서 승소한 최초의 판결이 확정(2021.1.23)되었다는 반가운 소식도 들려온다.

얼어붙은 눈밭에 발걸음을 힘차게 내딛는 이들 중 한 명, 김숨의 작가적 행보와 삶의 행로를 독자이자 평자, 한 사람의 여성으로서 오래도록 지켜보고 싶다.

**문헌 자료**

김숨, 「뿌리 이야기」, 『제39회 이상문학상 작품집』, 문학사상, 2015.

김숨, 『한 명』, 현대문학, 2016.

김숨, 『흐르는 편지』, 현대문학, 2018.

김숨, 『숭고함은 나를 들여다보는 거야』, 현대문학, 2018.

김숨, 『군인이 천사가 되기를 바란 적 있는가』, 현대문학, 2018.

미우라 도시히코, 박철은 옮김, 『허구세계의 존재론』, 그린비, 2013.

임헌영, 『문학의 시대는 갔는가』, 평민사, 1978.

정희진, 『페미니즘의 도전』, 교양인, 2013.

수전 손택, 이재원 옮김, 『타인의 고통』, 이후, 2011.

프리모 레비, 이현경 옮김, 『이것이 인간인가』, 돌베개, 2007.

**기타 자료**

김복동, CNN 인터뷰, 2015년 4월 29일 방송.

일본군 '위안부' 문제연구소 아카이브814(https://www.archive814.or.kr)

일본군 '위안부' 피해자 e-역사관(http://www.hermuseum.go.kr/main/PageLink.do)

제8장

# 전쟁 '이후'에도 삶은 계속된다

### 영화 〈미망인〉(박남옥 감독, 1955)에 재현된 전쟁미망인

최은영(무형문화연구원)

## 박남옥, 영화산업의 폐허 속에서 태어난 여성 감독

*"전쟁이 끝나면서 우리 집에는 새로운 전쟁이 시작됐다"*

독일의 영화 감독 헬마 잔더스-브람스(Helma Sanders-Brahams)는 2차 세계대전을 배경으로 만든 작품 〈독일, 창백한 어머니〉(1980)에서 어린 딸 한나는 전쟁 이후 가족의 변화를 '새로운 전쟁'이라고 말한다. 이 영화는 2차 세계대전을 겪은 한 여성의 이야기를 그녀의 딸인 한나의 목소리로 회상하는데, "독일이여, 창백한 어머니여! 너는 그 얼마나 더럽혀진 상태로 세계 사람들 사이에 말없이 서있는가!"라는 브레히트(Bertolt Brechet)의 시 「독일」을 브레히트의 딸 한느 히옵(Hanne Hiob)이 낭독하면서 시작한다.

〈독일, 창백한 어머니〉는 2차 세계대전을 배경으로 한 영화로는 드물게 전쟁에서 삶을 살아 낸 여성이자 어머니의 삶을 다루고 있다. 지금까지 전쟁에서 여성은 공적인 기록의 역사에서 제외되거나 삭제되어 왔다. 공적인 기록의 역사에서 전쟁은 남성의 것이며, 전쟁에서 죽거나 다친 남성들의 숫자로 기록된다. 그러나 전쟁은 남성들에게만 일어난 재난은 아니다. 여성들은 후방에서 자녀의 양육과 생계를 책임져야만 했으며, 전쟁에서 돌아온 상이군인 또는 죽은 남편의 혼을 붙잡은 채 살아가야만 하는 '미망인'으로 전쟁 이후에 그야말로 '전쟁같은 삶'을 살아야만 했다.

'미망인'이라는 명칭은 사전적으로 "남편을 여윈 여자"라고 정의하고 있다. 하지만 남편을 따라 죽어야 하지만 아직 죽지 못한 아내라는 뜻이기 때문에 "다른 사람이 당사자를 미망인이라고 부르는 것은 실례가 되는"[01] 말이다. 한국 전쟁에서 남편을 잃은 아내를 '전쟁미망인'이라는 명칭을 보편적으로 사용하면서 남편을 잃은 아내를 '과부'가 아닌 '미망인'으로 부르게 되었다. '전쟁미망인'이라는 호칭은 "독립된 주체로서 여성을 인정하지 않고 죽은 자가 산 자의 지위를 결정하는 성차별적인 뜻"[02]을 가지고 있음에도 불구하고, 전후 여성의 지위를 나타내는 상징성을 지닌다. 한국전쟁은 약 10만 명의 전쟁고아, 30만 명이 넘는 전쟁미망인과 이에 따른 1백만 명 이상의 부양 자녀들, 부상으로 경제력을 잃은 아버지를 남겨놓았다.[03]

1950년대에서 60년대 한국영화에는 이러한 전후 현실을 반영하듯이 '미망인'을 주요 인물로 내세운 영화가 다수 제작된다. 한국영화에서 '전쟁미망인'이 등장하는 영화로는 〈미망인〉(박남옥, 1955)을 시작으로 〈청실홍실〉(정일택, 1955), 〈여성전선〉(김기영, 1957), 〈동심초〉(신상옥, 1959), 〈별은 창 너머로〉(홍성기, 1959), 〈행복의 조건〉(이봉래, 1959), 〈귀거래〉(이용민, 1960), 〈울지 않으련다〉(신경균, 1960), 〈신부여 돌아오라〉(안성찬, 1960), 〈아낌없이 주련다〉(유현목, 1962), 〈빨간 마후라〉(신상옥, 1964), 〈육체의 고백〉(조긍하, 1964), 〈동작동 어머니〉(최학곤, 1965), 〈동대문시장 훈이 엄마〉(서정민, 1966), 〈산불〉(김수용, 1967), 〈환희〉(박종호, 1967), 〈어머니는 강하

01 국립국어원, 표준국어대사전, (https://stdict.korean.go.kr/search/searchView.do)

02 이임하, 『전쟁미망인, 한국현대사의 침묵을 깨다:구술로 풀어 쓴 한국전쟁과 전후 사회』, 책과함께, 2010, 30면.

03 이임하, 『계집은 어떻게 여성이 되었나』, 서해문집, 2004, 42면.

재난과 여성

다〉(이성구, 1968) 등[04]이 있다.

이들 작품 중에서 〈미망인〉은 한국 최초의 여성 감독인 박남옥의 첫 연출작이자 마지막 작품이다. 또한 이 작품은 한국 전쟁 이후 '미망인'을 소재로 한 최초의 영화이다. 1955년 개봉한 〈미망인〉은 개봉 당시 영화관에서 불과 삼사일밖에 상영되지 못했다. 비록 결말 부분의 필름은 유실되었고, 16mm네거티브 원판에서 후반 10분 정도의 사운드 없이 영상으로만 남아 있는 상태이지만, 1997년 제1회 서울국제여성영화제에서 이 영화는 복원, 상영되었다.

박남옥 감독이 영화를 제작하던 1955년은 전후 영화산업 자체가 폐허의 상태였으며, 여성이 그것도 감독으로 나선다는 것은 거의 불가능하게 여겨지던 시기였다. 박남옥은 출산한 지 보름 만에 아이를 업고 현장에 나와 영화 〈미망인〉을 연출했다. 그녀는 "전쟁으로 인해 폐허가 된 우리나라의 서글픈 미망인을 다루는 나는 왜 이다지 힘없고 고생스러울까?"[05]라고 생각할 정도로 고생스럽고 억척스럽게 영화를 만들었다. 촬영을 마친 후 1955년 1월 6일 녹음실로 찾아갔지만 "연초부터 16mm에다 여자 작품을 녹음할 수는 없다"[06]는 얘기를 들을 만큼 당대의 현실은 여성에게 녹록치 않았다.

이토록 열악한 환경에서도 그녀가 영화를 만들 수 있었던 것은 단순히 영화에 대한 열정 때문은 아니다. 그녀가 영화를 제작할 수 있었던 원동력

---

04  한국영상자료원 한국영화데이터베이스(https://www.koreafilm.or.kr/main) 키워드 '미망인' 검색.

05  박남옥, 『한국 첫 여성 영화감독』, 마음산책, 2017, 154-155면.

06  박남옥, 『한국 첫 여성 영화감독』, 마음산책, 2017, 162면.

은 그녀의 열정을 인정해주고 영화의 제작비를 대주었던 친언니들의 힘
이 컸다. 영화 〈미망인〉의 제작사가 '자매영화사'인 것은 바로 그 이유다.

그러나 이같이 신산한 과정을 거쳐 제작된 영화는 막상 개봉 후 극장
에서 불과 삼사일밖에 상영되지 못했다.

> 여름부터 겨울까지 반년 넘도록 아이를 업고 기저귀 가방을 든 형
> 상으로 미친 사람처럼 이리 뛰고 저리 뛰고 촬영기재 마련, 돈 마련, 스
> 태프진 식사 마련으로 정신이 빠져 있던 나는 영화 동지들의 그동안의
> 도움과 격려에 그저 고마운 마음뿐이었다. 〈미망인〉 제작 들어가기 전
> 까지만 해도 나는 예술을 논했었다. 그러나 그날, 완성된 〈미망인〉을 다
> 같이 보던 그날, 그런 것들은 더 이상 나에게 의미 없었다. 나는 그저 속
> 으로 울고만 있었다.[07]

영화의 개봉 당시에 대한 회고에서처럼 그녀는 순수한 영화에 대한 열
정으로 영화 제작과 연출에 뛰어들었다. 그러나 전후 제작 여건이 제대로
갖춰지지 않은 상태에서 여성의 힘으로 영화의 기획, 촬영, 편집에 이르는
전 과정을 이뤄내고 동시에 육아까지 병행하는 것은 그야말로 '예술'과는
거리가 먼 고통과 인내의 과정이었다. 이러한 어려움 때문이었을까. 단 한
편의 영화를 만든 이후 박남옥은 더 이상 영화를 만들지 못했다. 또한 영
화 제작 직후 남편과 헤어지면서 그녀는 생계를 위해 형부의 회사에서 일
하면서 딸을 키우며 살아간다.

---

07  박남옥, 『한국 첫 여성 영화감독』, 마음산책, 2017, 165면.

재난과 여성

한국 최초의 여성 감독으로서 박남옥의 영화 제작 과정은 그야말로 영화 〈미망인〉의 여주인공처럼 전후 여성이 겪어야 했던 전쟁같은 일상을 그대로 보여준다.

## 순결한 여성과 위험한 여성의 경계에 선 '미망인'

*"이웃에 이러한 未亡人이 있었다. 수렁에 빠졌을 때라도 그는 해바라기였다."*

전쟁이 끝난 이후 30만 명이 넘는 숫자의 '미망인'은 국가적 차원의 구호 대책이나 보호가 미비했기 때문에 경제적인 어려움을 개인의 힘으로 극복해야만 했다. 이 때문에 '전쟁 미망인'은 생계를 위해 사회에 진출할 수밖에 없었다. 1930년대의 '신여성', '직업여성'이 고등 교육을 받은 여성의 자발적 취업을 의미하는 것이었다면, 전쟁미망인은 아무런 준비도 없이 그저 생계를 위해 공적 영역에 내던졌다.

이처럼 전쟁은 여성들의 지위와 삶 전반에 걸쳐 영향을 미쳤다. 전쟁으로 남성이 자리를 비운 사이에 여성이 그 역할을 대체하면서 지금까지 금지되어 왔던 사회의 여러 영역에서 여성이 진출하게 되었다. 그러나 전쟁 중 여성의 사회 진출은 "단기적으로는 일시적 위기 상황이 여성 경험의 지평을 넓히는 데 기여했다고 볼 수 있으나, 장기적으로는 성역할을 둘러싼 전통적 분업 구조에 대한 인식을 근본적으로 변화시킨 것은 아니었다"[08]라고 평가할 수 있다.

영화 〈미망인〉은 성역할을 둘러싼 인식은 변화하지 않은 채 생계를 위해 사회에 진출해야만 하는 '전쟁 미망인'을 어떻게 바라보아야할 것인가에 대한 질문을 던지고 있다. 영화의 오프닝 시퀀스는 영화 타이틀을 보여주면서 약 1분 20초가량 지속된다. 여기에는 전후 서울의 모습이 다큐멘터리 기법으로 담긴다. 카메라는 '이 공사는 미 제팔군의 한국 재건 원조 계획의 일부분이다.'라는 현판이 내걸린 한강 다리와 도로를 오가는 차량과 전차, 그 사이를 오가는 사람들의 모습을 카메라 앵글에 담는다.

오프닝 시퀀스가 전후 서울이라는 시공간을 드러낸다면, 다음 장면은 영화의 주제를 드러내기 위한 장치이다. 오프닝 시퀀스 바로 다음 장면은 거리에 서 있는 여자아이 '주'의 모습에 '이웃에 이러한 未亡人이 있었다. 수렁에 빠졌을 때라도 그는 해바라기였다.'라는 자막이 나온다. 이러한 영화의 시작은 바로 영화가 전후 서울을 살아가는 '이웃에 이러한 미망인' 중 한 사람의 모습을 재현하고 있다는 점을 강조하고 있다.

《동아일보》는 이 영화의 내용을 다음과 같이 소개하고 있다.

우리들은 퍽으나 우리 자신의 모습이 보고 싶다. 어떠한 위치에 놓여 있으며 어떻게 살아 나가야할 것인가 등

이번 자매영화사 제작 한국 최초의 여감독 박남옥 씨가 연출한 『미

---

08  함인희, 「한국전쟁, 가족 그리고 여성의 다중적 근대성」, 『사회와이론』, 2006.11, 184면.

재난과 여성

망인』은 『신』이라는 여인(이민자 분)이 걷는 행로… 어린 딸 주(이성주 분) 하나를 두고 있는 몸으로서 전 남편의 친구인 모회사사장(신동훈 분)을 알게 되자 그의 부인(박영숙 분)의 질투를 받게 된다. 마침내 그 부인은 젊은이 택(이택균 분)과 친교를 맺고 어느날 해수욕장으로 갔는데 택은 물에 빠진 어떤 소녀를 건지게 되었다. 그 소녀는 바로 미망인의 딸 주였다.

"신"은 "택"에게 이끌리는 마음을 어찌할 수 없이 그와 동거생활을 한다. "택"은 육이오전에 "진"이라는 처녀(나애심 분)를 사랑하였었는데 하루는 우연히 "진"을 만났다. 그 후 "신"은 여러날 "택"이 돌아오기를 기다렸으나 그는 돌아오지 않았다. "신"이 평생 처음으로 술을 입에 댄 날 밤 "택"이 "신"에게 사과 하고 문간을 나설 때였다. "신"은 모든 울분을 과도에 맡기고 "택"에게 앙가품을 하였다. 이튿날 "신"은 "주"를 데리고 낡은 둥지를 떠나 새로운 희망과 포부를 안고 다른 집으로 이사가는 것이었다.[09]

이 기사는 영화를 소개하기에 앞서 이 영화가 '어떠한 위치에 놓여 있으며 어떻게 살아 나가야할 것인가'의 문제를 고찰하는 작품이라고 분석한다. 또한 '미망인'을 주인공으로 내세운 인기 드라마 〈청실홍실〉을 집필한 작가 조남사는 이 영화에 대해 "처녀도 아닌 가정부인(유부녀)도 아닌 상태의 젊은 여성들에 대해서 지극히 냉담한 한국의 윤리사회가 그 자체의 모순도 해결 짓지 못한 채 한꺼번에 수많은 미망인을 받아들였다는 데

---

09 「미망인 여감독 박남옥 작」,《동아일보》, 1955. 2. 27.

에 이 영화의 비극의 씨는 뿌려진다."[10]라고 소개한다.

'미망인'을 바라보는 사회적 시선은 1950년대 '미망인'을 소재로 한 여타의 영화에도 고스란히 나타난다. 조남사의 라디오 드라마를 영화화한 〈청실홍실〉(정일택, 1955)에서 '미망인'인 '애자'는 생계를 위해 건설회사에 취직해 옛 애인 '나기사'를 만나 사랑을 이룬다. 1959년 홍성기 감독의 〈별은 창 너머로〉에서도 아들을 데리고 친정으로 돌아온 전쟁 '미망인'은 동생의 선배와 결혼을 한다. 또한 〈동심초〉(신상옥, 1959)에서 '미망인'인 '이숙희'는 남편의 친구인 '김상규'의 구애를 받는다. 이처럼 한국 전쟁 직후 '미망인'은 조남사의 말처럼 어디까지나 "처녀도 가정부인도 아닌" 젊은 여성이었기 때문에 남성들의 구애 대상으로 여겨졌다.

영화 〈미망인〉의 주인공 '신' 역시 전쟁에서 남편을 잃은 처녀도 유부녀도 아닌 젊은 '미망인'이다. 하나 뿐인 딸의 월사금을 못내 고민하던 그녀는 남편의 친구인 이 사장을 찾아가 경제적 도움을 받는다. 영화에서 두 사람의 관계는 '순수한' 관계라는 점이 강조된다. 예를 들어 이 사장 부인이 '신'의 집까지 찾아와 둘 사이의 관계를 추궁하자고 간 후에 '신'은 "뭐 트집 잡을 게 있어야지."라고 반응한다. 또한 '신'이 이 사장에게 전화를 걸어 만나자고 하자 그는 '무엇보다도 순수한 마음'으로 만날 것을 약속한다.

그러나 이들이 만나는 장소는 당대에 '순수한' 만남의 장소가 아니다. 이 사장과 '신'이 만나는 장소는 조용한 교외의 절이거나, 요릿집과 같이 다른 이들의 시선을 피할 수 있는 은밀한 장소이다. 이들이 만나는 절이나 요릿집은 1950년대 대중소설에 등장하는 데이트 코스로 "순수한 사랑의

—— 10 조남사, 「「미망인」을 보고」,《한국일보》, 1955. 2. 29.

표상공간으로 기능하기도 하며, 때로는 육욕에 불타는 욕망을 발현하는 곳"[11]으로 여겨졌다. 두 사람의 관계가 순수한 관계라는 직접적인 강조에도 불구하고, 두 사람이 만나는 장소는 당대에서는 위험한 관계라는 상징적 장소로 기능한다.

전후 재건의 시기에 정책적으로 '미망인'은 "가족의 생계까지 책임지는 능력 있고 강인한 어머니"가 되기를 요구한다. 그러나 영화 속 '미망인'은 '강인한 어머니'의 모습 대신 아직은 젊고 '예쁜 홀아씨'로 규정된다. 영화 〈미망인〉은 혼자 남은 '젊은 여성'으로 성적인 대상이 될 수 있다는 점에서 위험한 여성이라는 시선과 전장에 나선 남편과 국가를 대신해서 '미망인'의 순결을 지켜야만 한다는 감시의 시선을 동시에 보여주고 있다.


## 미망인의 섹슈얼리티, 거울보기

*"예쁜 홀아씨에게 누가 돈을 거져 주나?"*


전후 순결한 여성과 위험한 여성의 경계를 위태롭게 오가는 '미망인'의 모습을 영화의 시작에서 제시되는 자막에서는 '수렁에 빠졌을 때'라는 비유적으로 제시한다. 그녀가 '수렁에 빠졌을 때'는 어떤 상황을 비유한 것일까.


---

11  강옥희, 「1950년대 대중소설에 등장하는 데이트 코스를 통해 본 대중문화와 연애풍경」, 『대중서사연구』21⑵, 2015, 152면.

젊은 '미망인' '신'이 '택'과 동거를 위해 어린 딸을 '송서방' 집에 보내는 상황인지, '택'이 옛 애인을 만나 자신을 버렸다는 사실을 알고 칼을 들어 앙갚음을 한 상황인지, 그녀가 이 사장의 도움을 받아 양장점을 차리고 경제 활동을 시작한 상황인지 아니면 이 모든 상황을 복합적으로 지칭한 것인지는 불분명하다.

그러나 영화의 첫 시퀀스에서 월사금을 못 내서 학교에 가기 싫다는 딸을 달래 등교시킨 후 집으로 돌아와 설거지를 하면서 같은 집에 사는 '숙'이 돈을 세는 모습을 보며 나누는 두 사람의 대화는 '수렁에 빠졌을 때'가 어떤 상황인가를 유추하게 한다.

> 신　돈 많구려. 나 좀 꿔주려.
>
> 숙　(돈 세기를 멈추며) 얼마?
>
> 신　꿔달라면 정말 꿔 줄테야?
>
> 숙　아, 언니처럼 예쁜 홀아씨에게 안 꿔주면 누구에게?
>
> 신　예쁜 홀아씨에게 누가 돈을 거저 주나?
>
> 숙　약간의 행동이 필요하지,
>
> 신　망할 것
>
> 숙　쓸테면 써요.
>
> 신　그만 두겠어.

이 대화에서 '숙'은 '신'을 '예쁜 홀아씨'라고 지칭하는데, 영화에서 '미망인'을 지칭하는 명칭은 남편과 자녀와의 관계를 강조하여 누구의 엄마, (죽은) 남편의 아내라는 '미망인'으로 규정되는 것이 아니라, '언니', '이신자'등 이름으로 불린다. 또한 '숙'은 그녀에게 돈을 거져 얻기에는 '약간의 행동'이 필요하다고 말하는데, 그 말이 의미하는 것은 바로 다음 시퀀스에서 사장 부인의 방문을 통해 밝혀진다. 사장 부인은 그녀의 집을 방문하여 둘 사이의 관계를 따져 묻는다. 이에 대해 '신'이 아무런 대답도 하지 못하자 '숙'은 "아예 저 여편넬 딱지 시켜 버리지. 푼돈이나 얻어쓰고 욕볼 게 뭐유?"라고 말한다. 즉, '미망인'은 자신의 섹슈얼리티를 부정하기보다는 이를 통해 경제적 이익을 취하는 행동을 일컫는다.

그녀는 '숙'의 말에 긍정도 부정도 하지 않지만, [그림 1]에서와 같이 거울을 통해 자신의 얼굴을 바라보면서 이사장과의 관계에서 자신의 섹슈얼리티를 능동적인 태도를 보인다. '신'은 이 사장을 만나기 전 장면에서는 늘 거울을 보고 화장을 하면서 외모를 가꾸는데, 이 장면 외에도 영화에는 '신'이 거울을 보고 자신의 외모를 살피는 장면이 자주 나온다. 그리고 '신'은 '택'의 퇴근 시간에 맞춰 밥을 하고 거울을 보고 옷 매무새를 가다듬는다. 카메라는 '신'의 '거울보기' 행위를 통해 그녀의 욕망을 관객에게 마주하도록 한다.

한국 영화에서 여성이 거울을 보는 장면은 "현실에서 여성의 욕망과 결핍 그리고 대안을 보여주는 장치로 보완 확대되었지만, 결국에는 여성의 불행한 처지와 약자로서의 상황을 대변하는 다소 회의적인 상징"[12]으로 작용한다. 그러나 〈미망인〉에서 거울을 보는 장면이 부감으로 화면에 잡히면서 거울 속의 그녀의 얼굴보다는 그녀가 거울을 보는 행위 자체에 집중하

---

12　김남석, 「한국 여성영화에 반복적으로 나타난 '거울'과 '새장'모티브 연구」, 『공연문화연구』제40집, 2020, 55면.

게 한다. 이러한 카메라 앵글은 그녀의 심리적인 상태를 보여주기 위한 장치다.

[그림1] 거울 앞에 앉은 '신'　　　　　[그림2] 양장점에서 재봉틀 앞에 앉은 '신'

※ 출처: 한국영상자료원 한국영화데이터베이스(https://www.kmdb.or.kr/db/)

　이는 '미망인'을 소재로 한 영화 〈동심초〉와 〈미망인〉을 비교하면 그 차이가 두드러진다. 〈동심초〉의 주인공 '이 여사(최은희 역)'는 남편에 부재함에도 불구하고 한복을 입고, 여전히 전통적인 가족의 경계에서 벗어나지 않았음을 증명한다. 그녀의 숨겨진 욕망은 남몰래 거울을 보는 모습을 딸인 '경희'가 보게 되면서 드러난다. 그러나 '미망인'의 향한 사회적 시선에 갇힌 그녀는 '김상규'와의 만남을 포기하고, 더이상 욕망을 드러내지 않는다. 그녀는 철저하게 거울을 외면하고, 양장점을 운영했음에도 불구하고 한복만을 고집한다. 반면에 '신'은 양장점을 운영한 이후부터 집안에서는 한복을 입지만, 밖에 나가서는 양장을 입는다.

　이처럼 영화 〈미망인〉은 이후 '미망인'을 소재로 한 영화와는 다르게 그녀의 거울보기의 행동이나 옷차림의 변화로 그녀의 심리적인 변화를 시각적으로 보여주고 있다. 이 때문에 "〈미망인〉의 주인공은 자신의 성에 대해 사뭇 긍정적이고 능동적인 태도로 선택하는 반면, 〈동심초〉의 '이 여사'는 사랑과 성에 대한 욕구를 가지고 있으나 자신의 욕망을 드러내는데 조심스럽다"[13]라고 분석할 수 있다.

그러나 여전히 '미망인'에게 쏟아지는 사회적인 감시의 시선에서는 완전히 자유롭지는 않다. 이는 영화에서 '신'과 남편 친구인 '이 사장'의 사이를 의심하는 사장의 아내의 감시와 미행이라는 서사로 드러나 있지만, 직접적인 서사적 장치 외에도 곳곳에 그녀를 향한 감시의 시선이 드러나 있다. 예를 들면, '신'이 요릿집에서 '이 사장'과 만나는 장면이나, 집안에서 '택'과 대화를 나누는 장면에서 카메라는 일정한 거리를 두고 풀샷으로 촬영된다. 이는 '신'과 '이 사장', '신'과 '택'의 관계를 위험한 것으로 볼 것인지 아니면 순수한 것으로 볼 것인지를 관객의 몫으로 남겨둔다.

영화는 젊은 '미망인'이 자신의 욕망과 사회적 시선에서 갈등하고 있는 상황을 '수렁'에 빠진 위험으로 보고 있다. 그렇다면 위험 속에서도 '해바라기'로 살아간다는 것은 무엇을 의미하는 것일까.

---

13  우현용, 「영화 속 전쟁미망인 표상 연구—〈미망인〉, 〈동심초〉, 〈동대문 시장 훈이엄마〉를 중심으로—」, 『현대영화연구』16, 2013, 215면.

## 정상 가족의 환영에서 벗어나기

*"내가 무엇 때문에 영화에 미쳐서 이 아이를 고생시키는지.*
*아이를 그냥 창가에 던져버릴까 싶기도 하고*
*몇 번 같이 죽고 싶기고 하고 그랬다고."*
—⟨아름다운 생존⟩(전시영상, 김일란, 2018), 박남옥 인터뷰 중

한국 전쟁 이후 '전쟁 미망인'은 "건강한 주체로서 국가의 호명을 받기 위해, 여성들은 '부덕'을 가진 여성으로서 사적 영역에 머물러야"했으며, "공적 영역에 진출한 여성은 정상성의 범위를 벗어난 것으로 여겨졌으며, 정상성의 범위를 벗어난 여성의 육체는 부패한 사회상을 상징했다."[14] 그럼에도 불구하고 전쟁미망인은 생계를 위해 경제활동을 멈출 수 없었다. 이 때문에 이들은 '부덕을 가진 어머니'와 '정상성을 벗어난 여성'이라는 상반된 역할의 경계에서 갈등하는 모습을 보인다.

이러한 갈등의 상황에서 ⟨미망인⟩의 '신'은 '양장점'을 열어 생계를 유지한다. '미망인'에게 생계를 책임진다는 것이 얼마나 중요한 문제인지는 영화의 첫 시퀀스부터 드러난다. 어린 딸 '주'가 학교에 가기 싫다고 우는 이유는 바로 월사금을 내지 못했기 때문이며, 그녀가 사장 부인의 추궁과 미행에 시달리면서도 '이 사장'을 만나는 이유도 돈 때문이다. 또한 '이 사장'과 요릿집에서 만나는 장면에서는 '이 사장'이 건네는 수표가 클로우즈업 되면서 끝이 난다.

---

14  허윤, 「한국전쟁과 히스테리의 전유—전쟁미망인의 섹슈얼리티와 전후 가족질서를 중심으로」, 『여성문학연구』21, 2009, 118면.

이처럼 영화는 그녀가 단순히 부덕을 지키는 어머니로만 살아가기에는 경제적인 어려움이 있다는 점을 지속적으로 강조하면서 '신'의 모든 행동에 타당성을 부여한다. 이 때문에 〈미망인〉에서 '신'은 한복을 입고 홀로 부덕을 지키는 '순결한 여성'과 자신의 욕망을 거울을 통해 들여다보는 '위험한 여성'의 경계에 서 있음에도 그녀의 욕망은 윤리적 교화가 필요한 정도의 성적 방종으로 여겨지지 않는다. 즉 그녀가 생계를 위해서는 경제적인 자립을 하거나 경제적 능력이 있는 남편을 만나 가정을 이루는 방법밖에 없기 때문이다.

전후 사회는 미국식 근대화로 "공적 영역에서 임금노동을 하는 아버지와 사적 역에서 재생산을 담당하는 어머니, 오이디푸스 콤플렉스를 성공적으로 극복하는 아들"[15]이라는 핵가족을 이상적인 가족의 형태로 제시하고 있었다. 영화에서 전쟁미망인은 대부분 딸만 있거나 아들은 너무 어리기 때문에 이상적인 가족의 형태를 갖출 수 없었기 때문에 '전쟁 미망인'은 부재한 '아버지'의 자리를 채워 '정상 가족'을 갖추기를 열망한다.

이러한 정상 가족의 열망은 영화에서도 드러난다. '신'은 딸 '주'에게 '택'을 '아버지'라고 부르라고 하거나, '택'이 간판을 그려 받은 돈으로 딸의 옷을 사오자 기뻐하는 모습이 바로 그것이다. 그러나 '신'이 '택'과 연애를 지속시키기 위해 딸까지도 옆집에 보내면서 '택'과의 동거를 하는 그녀의 행동에 대해 "미망인의 생리적 욕구, 사회에서 돌보아 주는 이 없는 미망인

---

15  허윤, 「한국전쟁과 히스테리의 전유—전쟁미망인의 섹슈얼리티와 전후 가족질서를 중심으로」, 『여성문학연구』21, 2009, 96면.

의 육욕"[16]이라는 당대의 평가는 적당하지 않다. 오히려 그녀가 딸을 송서방네에 보내면서까지 이루고 싶었던 것은 '미망인의 육욕'이 아니라, 남편을 맞아 '정상 가족'을 이루기 위한 열망이다.

그렇다고 해서 '신'이 완전히 딸의 양육을 포기한 곳은 아니다. 그녀는 양장점에서 돈을 벌어 딸을 돌봐주는 '송서방'에게 아이를 돌봐주는 대가를 지불하고, 찾아가 딸의 안부를 묻는다. 이러한 이유로 영화에는 '신'이 자식을 이웃에 맡긴 것에 대한 어떠한 처벌이나 비난의 시선이 드러나지는 않는다.

이러한 정상 가족에의 열망은 그녀의 옷차림을 통해서도 엿볼 수 있다. 〈미망인〉의 '신'은 '택'을 만나기 전까지는 한복을 입는다. 그녀는 양장점을 개업하고 나서는 [그림2]에서와 같이 양장을 입는다. 그렇지만 집안에서 '택'과 함께 있을 때는 여전히 한복을 입는다. 이는 〈동심초〉에서 '이여사'가 양장점을 운영했음에도 한복만을 입는 것과는 다르다. 1950년대에는 한복이 활동하기에 불편하다는 이유와 만드는데 옷감이 많이 들어간다는 경제적인 이유로 양장을 권했다. 이 때문에 여학생이나 미혼 여성에게는 양장이 많이 보급되었으나, 결혼을 한 이후에는 "꼬리치마에 몸단장을 하고 옷 입는 것이 마치 남편의 비위를 맞추기 위하여"[17]한복을 주로 입었다.

영화에서 복식의 차이는 단순한 개인의 취향이라기보다는 개인의 정

---

16  조남사, 「「미망인」을 보고」, 《한국일보》, 1955. 2. 29.

17  맹문제 외 편, 『한국현대여성의 일상문화 3. 복식』, 국학자료원, 2005, 119-121면.

체성을 드러내는 단초로 볼 수 있다. 양장점에서 경제 활동을 하는 직업여성으로 '미망인'은 양장을 입지만, 가정 내에서는 한복을 입은 채로 '택'의 퇴근을 기다리며 밥을 짓는다. 그러나 '신'이 그토록 원했던 정상 가족의 꿈은 결국 '택'의 배신으로 좌절된다. '택' 역시 전쟁으로 헤어진 '진'을 만났기 때문이다.

'신'은 정상 가족을 이루고자 했던 노력이 좌절되자 주저하지 않고, 자신의 운명을 스스로 결정하기 위해 '택'에게 복수를 한다. 비록 필름의 소실로 영화의 결말을 정확히 확인할 수는 없지만 박남옥은 영화의 결말에 대해 다음과 같이 회상한다.

> 〈미망인〉의 라스트신은 전쟁 통에 남편을 잃고 혼자가 되어 젊은 남자와 한때 연민을 느끼기도 한 주인공이 결국 아이 데리고 꿋꿋이 살기 위해 리어카에 짐을 싣고 이사를 떠나는 내용이다.[18]

그녀의 회상을 비추어 볼 때, 영화는 비록 국가가 호명하고자 했던 강인한 모성을 지닌 '미망인'은 아니지만, 마치 해바라기처럼 자신의 삶을 꿋꿋하게 살아가는 건강한 '여성'으로 살아갈 것이라는 점을 예견할 수 있다. 이처럼 여성 감독이 그려낸 전후 '미망인'은 정상 가족의 환영에 사로잡히지 않고 스스로의 힘으로 전쟁 이후의 삶을 살아가기 위한 모습으로 재현된다.

〈독일, 창백한 어머니〉는 전쟁 이후 황폐해진 여성의 삶을 '창백한 어

---

18  박남옥, 『한국 첫 여성 영화감독』, 마음산책, 2017, 152면.

머니'로 은유하고 있다. 그러나 영화 〈미망인〉의 '신'은 전쟁의 망령에 사로잡힌 귀환한 남성을 끌어안고 살아가야 하는 '창백한 어머니'가 아니다. 오히려 정상 가족의 환영을 스스로 깨고 전쟁 이후의 삶을 사는 건강한 여성이다.

박남옥이 겪은 전후 영화 제작 환경도 영화 속 주인공과 그리 다르지 않다. 아이를 업고 촬영장을 뛰어다니며, 스태프의 밥을 지어가며 영화를 찍었던 그녀는 '아이를 창가에 던져버리고 싶기도 하고 몇 번 같이 죽고 싶기도'한 현실을 견디면서 영화를 제작했다.

결국 한국전쟁 이후 〈미망인〉의 '신'이 겪은 전쟁같은 삶은 전후 영화 산업의 폐허 속에서 영화를 만들어내야만 했던 박남옥의 삶과 영화 속에서 조응하고, 교차하고 있다. 이들에게 전쟁은 전쟁 이후에도 여전히 지속되었다. 이제 다시 전후 '미망인'의 삶에 주목해야 하고 이들을 재역사화하는 이유도 바로 여기에 있다.

재난과 여성

## 참고문헌

### 1차 자료

박남옥, 〈미망인〉, 1955.

### 문헌자료

강옥희, 「1950년대 대중소설에 등장하는 데이트 코스를 통해 본 대중문화와 연애풍경」, 『대중서사연구』21⑵, 2015, 151-185면.

김남석, 「한국 여성영화에 반복적으로 나타난 '거울'과 '새장'모티브 연구」, 『공연문화연구』제40집, 2020, 37-70면.

맹문제 외 편, 『한국현대여성의 일상문화 3. 복식』, 국학자료원, 2005.

「미망인 여감독 박남옥 작」, 《동아일보》, 1955. 2. 27.

박남옥, 『한국 첫 여성 영화감독』, 마음산책, 2017.

우현용, 「영화 속 전쟁미망인 표상 연구―〈미망인〉, 〈동심초〉, 〈동대문 시장 훈이엄마〉를 중심으로―」, 『현대영화연구』16, 2013, 201-222면.

이임하, 『계집은 어떻게 여성이 되었나』, 서해문집, 2004.

이임하, 『전쟁미망인, 한국현대사의 침묵을 깨다:구술로 풀어 쓴 한국전쟁과 전후 사회』, 책과함께, 2010.

조남사, 「「미망인」을 보고」, 《한국일보》, 1955. 2. 29.

함인희, 「한국전쟁, 가족 그리고 여성의 다중적 근대성」, 『사회와이론』, 2006, 159-189면.

허윤, 「한국전쟁과 히스테리의 전유―전쟁미망인의 섹슈얼리티와 전후 가족질서를 중심으로」, 『여성문학연구』21, 2009, 93-124면.

### 기타 자료

한국영상자료원 한국영화데이터베이스(https://www.koreafilm.or.kr/main)

저자 소개 (가나다 순)

## 김기림

조선대학교 기초교육대학 자유전공학부 교수.
한문학과 조선시대 여성의 일상생활사에 관심을 갖고 연구하고 있다.
번역서로 『19세기·20세기초여성생활사자료집3』, 논문으로 「공사견문록의
여성 유형과 여성생활사 측면에서 본 의의」, 「대책문 쓰기 전략과 글쓰기 수
업에의 활용 방안 모색」 외 다수가 있다.

## 김영미

조선대학교 HK연구교수.
한국 고전문학의 현대적 해석에 관심이 많다.
번역서로 『부안 우반 부안김씨 간찰 역주』 외 다수, 논문으로 「연암 박지원의
「양반전」과 「허생전」에 나타난 자본의 양상」, 「재난의 설화적 상상력과 희생
시스템의 타자성」 외 다수가 있다.

## 예지숙

조선대학교 HK연구교수.
일제시기 정책사, 사회사, 여성사를 집중적으로 연구를 하고 있다.
공저로 『일제강점기 경성지역 여학생의 운동과 생활』, 『경성과 평양의 3.1운
동』, 『日本殖民統治下的底層社會: 臺灣與朝鮮』 등이 있다.

## 우승정

조선대학교 자유전공학부 부교수.
영문학 전공자로 여성문학을 연구하고 있다.
논문으로 「여성주의 관점으로 다시 읽은 워텐베이커의 『나이팅게일의 사랑』」, 「『13가지 이유』에 나타난 소문과 그 전복성」 외 다수가 있다.


## 이숙

전북대학교와 군산간호대학교에서 강의하고 있다.
문학연구자로 현대문학 소설(비평)을 전공했다.
논문 「예술가의 사회적 책무: 폭력의 기억과 인간의 본질—한강 『소년이 온다』(2014)」 외 다수와 평론 「자유를 위한 항변의 수사학—마광수론」, 저서 『문학의 위무』, 공저 『문학으로 잇다』 등이 있다.


## 이영란

조선대학교 기초교육대학 자유전공학부 교수.
중국 근대사 연구자로 교육사, 중국인물사상, 여성에 관하여 연구하고 있다.
주요 논문으로 「19세기말 중국 여성 의식의 계몽: 부전족운동(不纏足運動)」, 「『소학』을 통해 본 조선시대 여성상」, 「청말여성의 일본 유학과 정체성의 확립」 외 다수가 있다.


## 최은영

무형문화연구원 전임연구원.
군산대학교에서 강의하며, 주로 영화와 여성 구술사를 연구하고 있다.
주요 논문으로는 「한국 영화에 나타난 감염의 은유 방식 연구—〈감기〉(2013), 〈부산행〉(2016)을 중심으로」, 「한국 전쟁기 〈전북일보〉 영화 기사 연구」 등이 있다.

**황수연**

홍익대학교에서 강의하고 있다.

조선 여성의 삶과 역사에 대한 글을 번역하고 연구하고 있다.

번역서로 『19세기·20세기 초 여성생활사 자료집』 7·8, 『18세기 여성생활사 자료집』1, 논문으로 「조선 여성의 공적 발언」, 「『本朝女史』속 첩의 존재」 외 다수가 있다.